路人甲或小说家

鲁敏 著

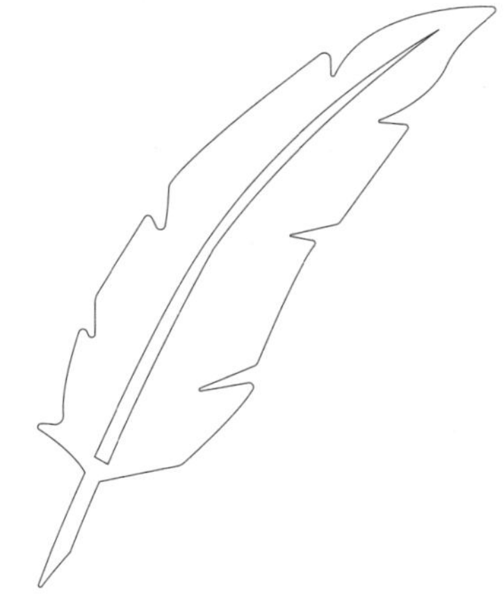

译林出版社

图书在版编目（CIP）数据

路人甲或小说家 / 鲁敏著. —南京：译林出版社，2019.8

ISBN 978-7-5447-7815-2

I.①路… II.①鲁… III.①随笔 - 作品集 - 中国 - 当代 IV.①I267.1

中国版本图书馆 CIP 数据核字（2019）第 109448 号

路人甲或小说家　鲁　敏 / 著

责任编辑　焦亚坤
装帧设计　周伟伟
校　　对　戴小娥
责任印制　颜　亮

出版发行　译林出版社
地　　址　南京市湖南路 1 号 A 楼
邮　　箱　yilin@yilin.com
网　　址　www.yilin.com
市场热线　025-86633278
排　　版　南京展望文化发展有限公司
印　　刷　苏州越洋印刷有限公司
开　　本　787 毫米 ×1092 毫米　1/32
印　　张　10.5
插　　页　4
版　　次　2019 年 8 月第 1 版　2019 年 8 月第 1 次印刷
书　　号　ISBN 978-7-5447-7815-2
定　　价　48.00 元

目录

辑二　萎泥与飘逸

辑三　取景器

辑一　我以虚妄为业

为了靠近　必须远离

对于写作对象，我的爱有时热切得像火山，恨不能紧紧搂在怀里，但不能！这样的热情让我产生了胆怯与警惕：一个激情的、顺溜的故事可能好看，但不是我所要的。我忍住情绪，小心翼翼地后退，再后退，直到我发现了一个恰当的位置，在我与对象以及事件之间，有一个“隔”。这个“隔”，可能就是叙述的基调。

比如时间的“隔”，偏偏不取当下现场，而走回顾与记忆。或是空间与经验的“隔”，身在利欲城市，而送目纯粹乡土。更多的，是视角与切入点的“隔”：一面镜子、摄影师的取景器、主人公的笔记本、信件与录音带。

我随即发现，某些情况下，“隔”可能还算个不赖的主意。它提供了一个稳妥的基石，一个从容的相对恒定的气氛。这一“隔”，有狡猾的技术性成分，也有笨拙的先天性元素，更辐射出时间的变形、拓展与影响力，小说会因此获得神秘独特的气氛，而那，可能恰好是我想在故事之外溢出的审美趣味。

还有另一种文本进程中的“隔”，同时也可以视作为对叙述的丰富与补充——我时常饶有兴味地做各种款式文体的套嵌，从早先《白围脖》里的“日记”，到《白衣》里的“民间偏方”，到《博情书》里的“私人博客”，到《取景器》里的“毛主席语录”，以及我最近几篇小说中出现的“电影录音剪辑”、流行歌曲歌词、古典诗歌……这当然并非故意为之，只是在行文中因需而生、自然而然进入了文本，是服务于人物个性与故事气氛的：主人公为何要背诵毛主席语录？为何要聆听过时的外国影片录音？民间偏方的奇妙构成与反讽意味，等等，效果不仅仅于此，它同时也对整个小说的调性有帮助，如同在大片大片的编织中杂入一些质地不同的金银线、铜线乃至草绳！叙事随之即获得了一种间离而又对照的衬托效果。

东坝是否是我的“邮票”？不是，最起码在初衷上，我反对这样预谋、带有姿态性的设置，自己给划定一块“邮票”。“东坝”只是一个地名，但它又不仅仅是个地名，它是叙述的背景与氛围，是情感的起因与终了，是一块文学性而非现实性的土壤，但这土壤是天然的，我写或者不写，它都在那里，在我们乡土审美的地域上，在敦厚人心的心尖上。

一个作家的文学版图跟其生活空间、少年记忆等有关，可能每个作家都有他的版图，但我并不认为，拥有一个固定的标签式的版图或体系就是一件值得称道的事情，某种程度上，我甚至正在试图挣脱这个伟大高尚的传统。我喜欢纷呈的、不可捉摸的、接踵而至的各种意象。东坝是我的，但我绝不仅仅有东坝。

经常会有读者留意到我对某些领域的描写，如剪纸技巧、摄影技术、裁缝手艺、农作物的种植乃至乡野的殡葬风俗等，常以为有趣、像、有意思……其实，小说写故事、写人物，无论怎么样，总要“及物”，需要有结结实实的现实作为底子与支撑，更何况，人物所生存的环境、他所从事的职业，在很大程度上正是决定其气质、命运的关键因素：庄稼收获让人心绪迟缓，剪纸使人获得静气，摄影常致多情易感，裁缝则不免会与风月相涉……这样一来，所谓的专业领域其实就是故事与人物的本身，它已不动声色地深融于小说之中，成为决定性与推进性的另一个主人公。

老实说，我是个反技巧论者。技巧，即为心计与谋略，是一种理性的控制，这与激情——写作的命门，似是相悖。在我最初的理解里，天才的小说家是不需要这个的，就像一场好的爱情，无须考虑追求与示爱的方式。

可这么几年小说写下来，再否认或忽视技法，那显然不够真诚。并且，我也会在许多伟大的作品中发现技巧的存在，那种有意无意显现出来的痕迹，是更专业的姿态、更专业的高度。

事实上，我们可以迅速地嗅出小说的不同味道——是发乎心、有切肤之感的作品还是技巧与经验的巧思之作，它们的气质、力量与高潮永远不在同一个点。

也许可以这么说：先天的激情与后天的技巧，会产生不同风貌、不同质地的作品，比如，前者是略有微瑕却激动人心的拙玉，后者是花纹精致、可供玩赏的瓦当。

所能做到的也许是：一边磨炼技巧，一边蔑视技巧。

叙事的人称也常常是我有所挣扎的地方。

全知全能是为读者所喜爱的，也是写作者通常乐意使用的，某种程度上，这是在扮演上帝，使故事的推进及矛盾的制造皆玩于掌中。可有时想想，这是多么偷懒和没有心肝的角度。它打破障碍、否定未知、出生入死。这多么讨巧！可我们对此多么驾轻就熟啊——需要警惕一切熟练的技术。

而第一人称，也许足够真诚，可是，它同样具有心理上的卖弄感，堂皇地逼近亲狎与私密，它投机地利用了阅读者的弱点。

我所能想到的是：无论从什么渠道进入故事，需要一种对规律、界限的敬畏与尊重，分寸感如同盐，永远是最好的调味剂。

可能，我们要花费相当长的时间去学习对叙述的控制——目前，我们中的大多数，都抓得太紧、靠得太近了。故事像紧贴在鼻子前一样，呼呼冒着热气。

说说长篇。

文体，有时就像无辜的风景，人们都喜欢在它上面刻字留念。比如说，中篇是过渡性的、中国式的文体；比如，长篇只是职业自恋与强迫症的产物；再比如，短篇才是最高级最精炼的大师级文体……是啊，长篇的声名而今似乎显得有点儿可疑、易致非议、高开低走，但我还是一如既往地崇拜和倚重长篇。大个子就是大个子，这一点无须多言，再多的残次品如熊出没也无损于它的强大光芒。跟中短篇同样，我在长篇上的练习也同样地用力——尽管我也自知，艺术的才能往往跟练习并无参数上的正面相关。但我依然孜孜于此。写到《六人晚餐》，实际上已经是第六本了——我坦然承认这个，就像前面说过的，我在用适合我的笨方法追求着心爱之物。

在我们的长篇样本里，跨度巨大、人物众多、故事复杂的优秀作品，其存量已经足够丰富，也达到了相当的高度，即使从生态种类讲，我也情愿“不走寻常路”，为其增添一些现代性的品种。长篇小说是一种古老的文体，却也是在不断爆发新鲜力量的文体。我希望能够成为这样一种力量，这是我一直以来的小小追求。沙雕很大，微雕很小，各有其不可替代的美，从来就没有轻重大小之分。我们的长篇需要更多的意外和冒险，而不是稳妥与策略。而且，我相信，这自古就不是一条孤独之路：《罗杰教授的版本》《邮差总按两遍铃》《我的米海尔》《别名格雷斯》《船讯》，这个清单其实可以列出很长，无数的前辈与同行，都在以“微雕”的方式通往经典，现代性的经典。

（2009—2012年）

小说的腔调

想以叶弥的小说为例，说说小说的腔调。

我认识叶弥很迟，而看她的小说则更迟一些。这之前，有人跟我说：叶弥啊，你看她的小说，完全不像她这个人。

一个人的小说，是否要“像”这个人，或者说这个“像”，又是什么角度与意义上的像，这个问题大概需要另外谈——我们熟悉的许多作家，其人其作，有的相似度极高，有的错位得厉害，这两种情况，或有失望，或有惊喜，并无定式……

总之，我是先认识她这个人的，但绝不是一见如故相见恨晚那样的流程，因为说句实话，我感觉她好像有一点儿怪，固执，像是不通人情，用她小说里的一个词，叫“土性”。但跟她小说里的江南才子不一样，对这样的人，我虽也同样感到一种“怕”，感到不适应，但这个怕与不适应，其实是高兴的意思。我最高兴看到有些格格不入的事物与人——因为我向往而做不到。

然后才去看她的小说，也没看几篇：《天鹅绒》《小女人》《猛虎》《马德里的雪白衬衫》《“崔记”火车》。这当然不能完全代表她的不同时期与不同风格，甚至这几篇也不全是她最出色的产出。但够了。我不能够再看了，或者暂时不愿意再看了。为什么？因为她仗着她的小说欺负人了。

看了小说，我写短信去，她回：我是个愚蠢的人，小题大做的人……

唉，小题大做！我正是被这个给弄得不肯再往下看了！

人们夸耀某人高超的技巧，都爱说“举重若轻”“绕指为柔”，就是把大得不得了、难得不得了、狠得不得了的事情，弄得跟羽毛或头发丝一样，极轻松地游刃有余并嬉笑如常，看的人个个都知道拍手喝彩——可是反过来试试看，把羽毛弄成铁，把头发丝弄成钢管，有几个会弄的？或者有几个肯这样弄的？

叶弥就会，并且太会弄了，会得让人愤怒，百肠纠结。她的小说，要真正说起来，把其大意讲给一个粗枝大叶的莽汉去听，哎呀，有什么嘛，那个有什么嘛，屎尖子大的个事情，还是个男人嘛，要老子我早就……可也许就在下一秒，这个莽汉本人就会回过头来气恼地追问一句：那么，到底，他妈的，那雪白衬衫上的六个小黑点是什么意思？

这就是她小说的狠，一丝丝不肯将就，只要有一点儿毛刺给钩了一下，日子就好比整匹的布料，完全而永远地毁了，每一个见到这匹布料的人，都会为之失去宁静。

当然话说回来，这样小题大做、往死里揪着小毛刺不放的写法，也有，还不少，但小题大做的难度在于落脚点。

这就要谈到此类小说的结局——正所谓要狠容易、收场难，尤其作为同行，不免一边看她要一边抿着嘴不敢叫好，因为生怕她行进到后面，散了。要知道，有多少的好篇章，尤其是短篇，开头都同样的惊人，中间都同样的惊险，但偏偏“做”到最后，要结尾了，要结尾了——作家自己本人先自慌了，阵脚一乱，破绽补都补不住，好不容易蓄下的水哩哩啦啦洒了一半，委实令人心疼。

可叶弥不大肯给人这种心疼的机会，她稳，她笃定，从头到尾都这个样子，因为她有她的道理与依靠——她小说里的人，你竟不能说他们是疯魔或是病态的，这太粗暴，也不公平。《天鹅绒》里的小队长也好，《马德里的雪白衬衫》里的马德里也好，还是那个小女人凤毛也好，他们完全有他们的逻辑，他们的头脑清醒极了，可这清醒也像是寒冬腊月里深夜的地面，坚硬，一点儿弹性都没有，任何人都没有办法使他们去化冻，除非他本人，比如小队长——这一天，他想消失了，于是他自己化掉了。

顺便插一句，说那个《天鹅绒》里的穷女人。她是个配角，或者说是个药引子，但就这么个穷女人，叶弥用了一千来字的笔墨，概括掉她的一生，就这么一生，同样也极为稳妥，经得起一百个推敲。这篇小说里，我尤其地喜欢这个穷女人。

> 她不知道自己能清醒多少时候，赶紧梳了头，洗个澡，穿上鞋子，乘着清醒又自尊的时候，急急忙忙地跳河了。

你看，这种疯子式的死，太像这个穷女人了，她就应当这样去死，这根本不是叶弥写出来的——因为我不知道叶弥是怎么写出来的。

接着说叶弥小说的结尾。

中国昆剧里，把中场称为“小煞”，终场称为“大煞”，前者讲究“留有勾想”，后者要“收于无形”，而叶弥小说的结尾，却好似把这两条都占了。只举一例。

看她《天鹅绒》的倒数第二段。

答案是会的。所有的人都这么说，唐雨林是个侠骨柔肠的男人。他如果想杀李东方，早就下手了，何必等到一定的时候。可以这么说，这是李东方自己找死。疯女人的儿子在一刹那驾驭着自尊滑到了生命的边缘，让我们看到自尊失控之后的灿烂和沉重。

要一般的处理，好比织毛线衣，这里就好收头了，已经相当之圆满了，该暗示的该华丽的，统统出来了，相当于爬到第九十九级台阶了。可是不，叶弥没有完。歇了一小口气，空了一大行，一长段的沉默之后，一个跳跃般的尾声才真正出场。

李东方死后的若干年后，公元一九九九年，大不列颠英国，王位继承人查尔斯王子，在与情人卡米拉通热线电话时说："我恨不得做你的卫生棉条。"这使我们想起若干年前，一个疯女人的儿子，一个至死都不知道天鹅绒为何物的乡下人，竟然说出与英国王子相仿的情话："我要做你用的草纸。"

于是我们思想了，于是我们对生命一视同仁。

看到这里，看到貌似十万八千里之外的查尔斯王子与卡米拉，再看到最后一句，看到“思想”一词，看到最后那个字，一视同仁的“仁”。哎呀，何止是再上一级台阶，而是又另外上了个九重天哎。

——她就这么一步步的，把个“小”做得如此之“大”，庞然、压顶，不可呼吸。

真是把人给欺负狠了。

为什么竟会觉得被欺负了？我想了想——同样是好文章，其好，却又各不相同。比方说，她的小说，并不柔顺，而是尖锐，可这尖锐，又兼具仁厚的成分，读来心知意会，但却令人痛苦。

我想到了“腔调”。

“腔调”这个词，说来好像比较俗气，甚或有些江湖气，像上海人最爱说的，做人要有腔调——这句话说来动听，但不好做，因为做人这件事，做着做着，大家都泯然众人或装着泯然众人，腔调都成了大合唱……

那么另一方面，为文要有腔调，如何呢？恐怕也好不到哪里。有人觉得这大概要容易些，就好比说话总归会有口音，写小说么，总归会有文风，可是，这个口音与文风的问题，也蛮复杂的，弄不好，就永远停留在口音与文风的地步：文风流畅、用词犀利、笔锋老到、行文幽默……

这些都是文风，也是语感，没有错的，但若要再进一步，成其为一种腔调，私以为大不易，也极宝贵。

叶弥的一部分小说，就具有了她的腔调。

她这股腔调，约莫可以这样描述：慢、简洁、有控制、掐尖儿；具体到个别情况下，还包括犹疑与狠毒……当然也不尽然，腔调这东西，本身就是抽象性的，用具体的理论去解释，更绝非我的强项。

只有用笨办法，仍旧录她的原文，仍以《天鹅绒》为例，请允许我就盯着这一篇说好了。

写唐雨林与痞子们的关系——

> 唐雨林对泼皮们说："有时候，我是你们的朋友……"泼皮们响应："是朋友啊！"
>
> 唐雨林又说："有时候，我是你们爹。"泼皮们再次响应："是老爹啊！"

这就是一种典型的掐尖儿式的腔调，两句傻乎乎的重复性的咏叹，表现唐某的侠义情怀、众人对他的服膺，足足够了。可同时，在这两句话的言外之意里，不知为何又看到了唐雨林的极端无聊……

> ……唐雨林站在屋前眺望落日。西边的天空

上不断变幻色彩，从桔红到桔黄是一个长长的芬芳的叹息，从桔黄到玫瑰红，到紫色，到蓝灰，到烟灰，是一系列转瞬即逝的秋波。然后，炊烟升起来了，表达着生活里简单的愿望……

光从写景角度看，这几句没什么惊人，但这是谁在看景？是唐雨林啊！他又是在什么背景下看景？是他欲杀李东方而不得为的背景下啊！更何况，这整篇小说里写景的笔墨殊为吝啬，每到一个怪异的关头，无知而迷人的大自然就出来了，甜美地活生生地对比着，令人目光流连，不忍离去——这也是叶弥小说的腔调，会打岔，会控制，绝不放纵悲情与惨烈，这好似是客气与节约，但我又觉得，这正成了她小说令人神伤和痛苦的地方。

顺便扯一句，我一向觉得，小说写得是否地道就是看这种控制与收放的能力，看走走停停、忽快忽慢的节奏感。有的小说，不急不慌像在烤火，才读半页，浑身都燥热，可写小说的认为那正是其特色；再或者，有的小说则照顾你的时间，一路往前狂走，于是被夸为一气呵成之类，但我觉得这些都不是最妙。妙的小说好比有趣的人，真诚、天然，活泼而多情，得意时会四顾，苦痛时会迂回，疾走时物是人非、流年忽忽，驻足处方寸万千、肝肠寸断。

话再说回来。叶弥小说的腔调还包括她的人物对话，典型的例子太多了，这里不一一举了，否则像在抄她的小说。她小说里的对话通常较短促，用词平常，却极险恶——这个恶，我不是取其本意，而是借它形容一个程度，指对话逼迫人心的程度，这种逼迫，我认为，就是恶的。而能够把对话做到险恶，这也是形成她小说腔调的一个要素。

……说了这么碎，却似乎还是没有说清腔调的确切含意，但为什么，一定要确切？

——可以定义的事物往往是狭窄和有限的，反之，则是广阔和耐人寻味的，我愿意让“小说的腔调”这个词成为后者，成为一个不可捉摸、囫囵吞枣的东西，有了，人人心中有数，没有，装也装不出。

（2010年）

背叛与冒犯

1998年的某个下午，站在一座高楼上盯着世界看，栏杆拍遍，心念一动，坐到电脑前，就此踏上这条神秘多变的小说之路，从此，在细雨中奔跑，忍受迎面击打的枝条……然而，每当从狭窄到渐宽，荆棘化为花朵，繁华摇曳，我反倒警觉且严厉了，行了，下一个路口，必须拐弯！要跑到草莽里，要跑到小兽出没处，跑到天地更深处。那才是粗糙、坚硬的万物之核。

是的，对写作，我的逆反心理非常严重。喜欢拐弯和走岔路，因为那预示着异样景致的可能性。可能这跟胃口有关，餐桌上的胃口，阅读的胃口，人际交往的胃口，我都偏爱变化与杂芜。“东坝系列”的创作前后，表现尤其明显。

“东坝系列”之前，2006年左右，我是写实主义的忠诚枪手，翻一翻，也能排出诸如《镜中姐妹》《方向盘》《白围脖》《超人中国造》《小径分叉的死亡》一批以市井生存及伪中产者苦闷为主题的小说，笔调成熟光滑，嬉笑怒骂，似略有风格，然而焦灼与轻蔑与此同生，我深深怀疑起这种对景写生、数码快照般的写作，它是否就是我辗转以求、闪闪发亮的小说？凌晨的微光里，我忽然强烈地思念起我寂寞辽远的故乡，那么个令人心疼的小地方，我想到岁月的深处去寻找它，我要离开这太过熟稔的大道，而开辟一条去往东坝的、杳无人迹的小径——在最初，写东坝就是为反现实主义，就是为了建造我一个人的乌托邦。

此后两年，我醉酒般地尽兴写作了一批以东坝为背景亦是为主角的小说，《思无邪》《离歌》《风月剪》《逝者的恩泽》《纸醉》《颠倒的时光》……这条路慢慢成形了，宽大了，更得到许多的鼓励与认同，那日月缓慢、人情持重的东坝，用评论家的话说，这成了我“邮票大小”的故乡、“一口可以不断深挖的井”。是的，这条路简直都不要费力气了，这已获得认同的审美与图景，它是安全的、顺利的，可以稳妥地诉求到更多的掌声与呼应，并确立起似是而非的风格与领土。

可是，我逆反的天性再次躁动起来了！不安与怀疑再一次从纸笔后浮现，像一道苛刻的目光：不要再这么美滋滋地原地盘桓吧，东坝真的就对了吗？总嚼同一块甜馍是不是太胆怯了？你难道不想试试逆流而上，哪怕是火中取栗、水中捞月？

事实上，作为乡下的孩子，我有好多年没有回去了，除了在梦中，除了在小说中，除了在淌不出来的泪水中。这泪水不是因为挚爱那个地方，而是因为这爱已开始变得老练和残败——就这么的，东坝的故事就此按下了暂停键，虽则我的心中对它还有着婴孩对母乳般的留恋，一些人物仍在心中流连不忍离去，但未知的风景更加令我颤抖和紧张，这是天性的暴动与欢愉，我必须信任它的直觉！去吧，信马由缰，去往下一个也许仍是寸草未生的荒芜处……

这样，我伤心地背叛了东坝，与之吻别了。在路口歇了歇，我重新起程，开始了都市“暗疾”的书写，它们不再是对普世价值观的代言，而带着摇摆与蜕变中的生涩气息……而我对城市小说的钟情也就始于这个时候。

事实上，我们这一代作家，真正在乡村生活的时间其实都非常短，有的甚至一出生就在县城、小城市，又由于后期的阅读，在古典欧美文学的基础上，深受大量当代译作及各种现代艺术的影响，这样，不管从个人经历还是审美训练上，我们都自觉不自觉地跳脱开了“乡土文学”这一重要传统的影响焦虑，自然而直接地踏上了城市小说的道路。

自然，此路自有崎岖。以我为例，居于都市，即如同身在高山画此山，几乎没有可能获得远观、冷静、周全的视角，因此，我的笔触与目光便常常是局部的，带着弧度，带着变形和变态的……可是，我又认为，这样的弧度与局限性，可能也正是一种蛊惑之魅的存在——都市“暗疾”之种种，从光照不足的人性皱褶处层层涌现，我饶有兴趣地研究这些从伟大的“现代化”生活中滋生出来的增生品，像从大海深处打捞奇特的珠宝，这一期间，我写了“暗疾系列”。N种的狂人、病人、孤家寡人、心智失序之人、头破血流之人、心灰意冷之人，他们像野花一样在路的尽头朝我微笑，这是献给拓荒者的礼物！他们进入了我的小说。我毫不回避甚至细致入微于他们的可怜可憎与可叹，而他们的病态每增加一分，我对他们的感情便浓烈一分。我深爱我的这些病人，以致舍不得他们遭遇非议直至遭遇非命。因为我是他们当中的一个，我病得同样地久，同样地深。我常会在小说中写到他们的死，他们兴味阑珊地跃向虚空，他们自以为是地一意孤行，他们宿命地踏上最后一步——我一个字一个字地把他们写得死了，同时又像失去了至亲、失去了我本人一样地压抑，以及在压抑之后获得奇异欣悦——我自己无法，也不愿意去判断这样的写法，个中的高下与正谬，我只知道我的情思为之耸动，日月为之增色，我获得了数倍于我的我。而这，本就是我对写字的最大寄托。

但“暗疾”亦非我久战之地。我一向如此，追求变化、动荡，追求危险与冒犯，我反感那种咬了一块大肉就死死不放的战略。下一步，我其实已朦朦胧胧地看到一个沉默的影子了。我向它摸索而去，而它也正慈爱地向我慢慢靠近。当然，极有可能就彼此错过了，或者接上头却被我搞砸了。都没关系的，这正是有劲之处。

……可能吧，我的小说之路，永远都是一条旁逸斜出的陌生之径，我须得为之凝神，为之踉跄。然而，摸索与征服，实乃颇为华美的滋味。

（2012年）

茫茫黑夜漫游

得老实承认和接受困境。写作一事从来达不到心满意足，每一个相关的夜晚都是艰难而结结巴巴的。

最近这些日子，再次意识到自己并不如想象中的强大和平静，再次意识到文学这一窄门的瑰丽与酷烈，意识到与文学相互捆绑是一件幸兼不幸的事。年近四十，迷惑与不安仍一如从前，半悲半欣。好在，无论怎样的体察或心绪也都是一种境遇，都可以慢慢消受，与之厮磨。

去年写完长篇《六人晚餐》，今年仅出了三个短篇，《谢伯茂之死》《西天寺》《字纸》。更多的时间，是没有产出的，守望着一无所有的荒原，像个因思虑壅塞而无从下手的农妇。既自信，也卑下。长存怀疑，又坚决不肯苟且。

只有阅读，仍是可以依靠的一部分，像坏年份里的维生素一样，维持着小心翼翼的供给。尽管这个读物与那个读物，跟我们视线的其他东西一样，低级与高级真是差得太多。幸之，总有很棒的作品，星光熠熠，充满新鲜格局，让人深感有同道如此，有好货色如此，遑论功名与虚妄，一切的怀疑都是胆怯和愚蠢的。所要做的仅仅就是继续，继续，再继续。

时常感到一种既沉重又庆幸的紧迫感，触目所见、道听途说，世相浑浊逼人，简直像拿刀在逼着我们去写它——文学就是这么残酷，纯粹的土壤颗粒无收，而充满活跃菌团、爬着各种昆虫、埋藏着腐烂物的大地，对收割者来说，或者会有着肥硕的果实。

当然我算不上是一个好的收割者。某些时候，好奇心像是深秋里缩着的脖子，激荡的生活如同狂风中快速翻飞的纸片，令我心悸且叹息，总在提笔之际即感到寡然、索然。物质及其所代表的一切，滔天浊水一样勒索并淹没着文学、艺术及其相关的精神，人们快快活活地撒手，听凭自己昏迷不醒、顺流而下。老天爷，这绝不是可堪吮吸的、好的那一部分生活。

有时不免这样想，那就稍稍迟钝点吧，静待它有所沉淀也行。文学不是时装，比的肯定不是意象与元素上的时髦，我不能气喘吁吁地跟着它跑，它前一秒钟吐出的事件、奇葩或者二氧化碳，后一秒钟就当作惊人的发现吞下去，消化并酝酿成所谓的文学……

于是，在笔下遭逢那样的人物，那些极端的、变异的家伙，有着去社会化的举止与行动，孤意追寻人性深渊里的阴影，逆流而上，去往冷僻的黑洞……这也许不能算是“自然”和“可爱”的小说，可是先且这样吧，我倒也不畏惧，大不了就是回到起点，像失忆者一样，重新跟文学初恋，并且不再机灵。写小说又不是做生意，不必投机于固定的审美，也不必循着旧传统四平八稳。冒险、自由、乖张，这难道不是我们选择小说的理由之一吗？

我应当安于这样一个过程，在电脑前反反复复、删删改改，想些坏点子或好点子。记得多年前，做行业报记者时，我采访过一个养鸽子的投递员，有机会看到许多鸽子的眼睛，那放大的瞳孔，陌生、黑暗，密集分布着血丝，我希望那就是我写小说时的心境。

总会迷信荷尔蒙、肾上素与创造力的关系，窥看众多艺术家的神奇生涯，活跃的胆汁分泌都扮演着非常微妙的重要角色。写作至长路中途，想象力的荷尔蒙似乎进入了危险的端点，极有可能，会就此拐入一个技术层面的高级通道，即便激情已然不再，仍可靠着长期积累的经验，像模像样地摆出造型、拿出成品。不，一万次地，我严厉警告自己，宁可死去，也不要这样可耻地苟延残喘。意象庸常的空房间，甜糖水一样的天伦之乐，我难以下咽；我近乎病态地渴求迎面的枝条与暴雨、某些紧张与慌乱。

——于是更多地陷入了这样的局面，像进入地域深处的泥泞地带：一旦意识到我所写出的是经验之作，而非生涩、歪扭的字迹，压抑后迸发的胆汁，这个成品或半成品立刻就自动被判处死刑了。刚刚过去的这个夏天，我常去游泳，有时候，下水之前还小有自得，认为可能刚刚写得还不错。游泳途中，呛咽着不洁的池水，我沮丧地发现，那些小说实际上味同嚼蜡。在泳池底部，晃动的蓝色水波下，躺着我夭折的小说。九十分钟后，我离开池水，拖着沉滞但骄傲的心境。重新一无所有，重新踌躇满志。

个人的体验与记忆，毫无疑问，是局限的，但这局限，我想正是其价值与力量所在。我不认为，在某个时代，人们共同经历了革命与杀头、改制与下岗、买房买车或是离乡打工，这就是公共经验与公共记忆，就代表了所处的时代与人心，以我的理解，这其实是一种媒体化的、所见即所得的思路，而不是文学的价值或特质所在。广谱化、既代表时代又超出时代的经验，正是一些最基本的人类体验，比如，旧去新来，肉身与灵魂的矛盾，强权与个体自由，撕毁美好之物，性，爱，死亡，信仰的幻灭，对阶层与身份的追求或摆脱，等等。这些体验，在不同的个体，不同的地域、国度与时代里，会有不同的表现。而小说最终所呈现的，正是取之于时间大河的“小我”及周遭环境的样本，也即常言所谓的人物及其环境，不是环境及其人物。重点落于人物，而非环境。

文学虽是纸上春秋，无棱无角，却永远都是有对抗性与破坏性的。但这个对抗性的假想敌不是前朝及五洲的诸大师们，也不是各个山头上的同行，或是电影、新闻、相声、歌舞等其他文化娱乐形式，文学的对抗与破坏方向是冲着写作者自己，以及自己所处世界的：既有的风格、保守与成见、思维的低处与局限、时代的傲慢与偏见。超过传统、超过大师不是一种富有价值的理想——文学的目的与趣味完全不同于竞技——不断地清除、覆盖并建立自己才是，竭尽全力地把我们和我们所处的世界表达出来才是。

当然，前面还有无数个茫茫黑夜，可供游弋与迷失。

（2012年）

我以虚妄为业

我与我的小说之间，有一条宽大的、波涛汹涌的河，我一个人孤零零地站在河的这一边，而另外一边，是两百万被我排列组合过的汉字，如一排静默而密集的树林。写了十几年，偶尔也会想到，大河这一边的我，与大河那一边的树林，之间的连接点是什么？直接或曲折的关系是什么？

有一个观点，人之所以成为某人，跟他吃过的食物、读过的书、交往过的人有关。这个说法很是通顺，最容易被推广至艺术领域：一个写作者的童年、家庭、学识教养、山水地域、所处阶层、所经之事等，总而言之，作家所拥有的那些往事，就是艺术准备上的一个腌制过程，生姜啊，烈酒啊，粗盐啊，陈醋啊，等等，一天天地沤着、闷着，这种腌制最终把作家的血液调和成了某种特别的质地，从这个血液里所流淌出来的作品，必然地就带有这个作家所独有的态度、风格与倾向，就成了大河对面的那一排树林。

可是，一定不仅仅是这些，不是一加二等于三。还有另一些连接点，即写作者所无法拥有、未曾经历、所渴求或力图背叛的那些东西：负一加负二等于正三。就我个人的体验而言，就有这样一个因为缺憾而生发出的寄托：用写作来弥补，来放纵，来摆脱局限，发出陌生的呼啸。这种体验其实也极为常见：胆怯的家伙，反擅长邪恶美学；单调刻板的人，会爆发诡异的狂想。大作家里头，卡夫卡是这样，舒尔茨是这样，包括村上春树等。这个名单可以开很多。所以我总是感到，与写作相匹配的情绪装备，是郁闷、苦恼、饥饿甚至愤怒与贪婪。我无法想象一个宁静、满足、水到渠成的写作者。

当然，所拥有的与所贫乏的，这两个连接点，并无矛盾，其实是并行的、博弈式合作的，像左右两条腿，交织穿插出一种无伴侣的、仅属于写作者的骄傲舞步。这支独舞的基调就是对抗：对抗记忆浑浊的旧时之我，对抗起伏不定的行进之我，对抗狂妄理想中无法抵达的将来之我。这一对抗，陪伴终身。

话说回来，作家与作品的关系，其实也是一个虚设的问题，并不值得去进行逻辑式的科学探究。文学的脾气，有时偏就是反理性、逆科学的。写作者与对面那几百万的汉字树林中间，永远隔着一条不知所起亦不知所往、可能断流亦可能泛滥的大河。

想说一下局限性。生而局限，有如胎记，这没什么不对，也无可避免。但具体到写作中，作家的局限却如陶器宝物上的裂痕，总会一下子令观者有所注意，并影响到其存在与流传的价值。低级的局限会使整部作品瞬间破裂、一文不值；因势利导的局限却又有某种积极的可能，甚至能够成为哥窑的“冰裂纹”“金丝铁线”。

写作这么些年，回想我曾经或正在发生的各种焦虑，那些昼伏夜出、如剑高悬的焦虑，究其实，都与自身写作中的那些“裂痕”有关。有的可能别人看不见，或看见了没有指出，或指出了但比较婉转，没有到位，但随便怎样，作为一个制作陶器的人，心里是自知的，每一阶段，每一作品，其格局、气象，包括语言、节奏、形式，方方面面的毛病，如镜中影像纤毫毕现。这种清楚就跟病人自知病症是一样的心境：有时深感无力，一心想着绕开它，装着没这回事；有时也会平生蛮劲，迎头而上，跟它打架，尝试变通，直至使之成为一个特质，像面补缀过的旗帜，无畏地飘扬起来。

当然，说得漂亮，做来未必好，甚至越做破绽越多，处处露出马脚。但我仍然乐于跟局限性进行不太愉快的相处，它是我写作之路上最值得重视的敌人和最长久的战友，使我不致懈怠，也使我永无宁日。

另有些不满，也是像缠绵的阴雨天一样时不时光临——这阴雨不是对文学本身，而是落在文学之外。文学的核心是结实的，从无动摇，但文学的发生过程中总有太多的华丽干扰素：传统审美的腐朽惯性、现代性的虚假口号、浅薄媒体的扭曲与消减、文化消费风尚对文学母本的腐蚀，等等，文学已经像别的行业一样精明且肥胖多脂了，浑身上下的口袋都塞得满满的，它看上去太中产太优裕了，时常会被恶趣味、恶话题、恶规则所绑架，保持某种镜头前的假态与繁荣。太可惜了，太悲哀了——内心深处，我仍然像置身旧石器时代一样迷信着文本的纯粹性，它真不该被那么多“外部的肮脏”所侵扰和伤害。

生活自是虚妄的，文字也是；生活是艰涩的，文字也是。这个排比句可以写出一长串——在日子的艾汁与奶蜜里浸泡得越久，对文学的贪恋程度就越高，乃至充满了一种情同手足、相濡以沫的信任感。年岁长了，并没有变得更宽容，尤其在获得乐趣的途径上，反而更加挑剔了，但文字本身一直没有让我失望过：不管是写，还是读。

与此同步存在的，是写作上持续的苦闷。我从来都不是一个很强大的人，就像卡夫卡说的那样：任何灾难都可以击垮我。写作的过程就是在不断地与各种误解、郁结、障碍、局限打交道，疏通了A，随即又产生了B，循环往复，永无终止——这件事命中注定，永远达不到心满意足。每一个与写作相关的夜晚，都是艰难的，结结巴巴的。

有时为了哄骗自己，我这么想：骄傲有多大，苦闷也就有多大。这种骄傲不是指其本意，不是出于性格或道德，因为准确说来，这种骄傲其实是以自卑与绝望的形式体现出来的。在各种风格、理论、流派、传统、臧否、纷争之前，我总是有些胆怯、愠怒、谨慎于谈论文学。我像追求不到文学似的在密切纠缠着她，以一种不敢张扬但从不退缩的方式。

许多作家都会说到写作对自身的重要与必须。我跟他们也差不多，这也算是从业者的共同心态。但是，这跟面包师与面包、编程员与电脑、厨师与调料的关系不一样，作家与写作的关系，好的能上天堂，坏的也能下地狱，以致去发疯，去离亲叛众，去反人伦反民族反国家，直至去死——我很珍重这一听上去有些离奇的耸人听闻的关系。

电影《逃离德黑兰》中有一句台词，大意是：我这工作，就像矿工，即使回家之后，仍然无法洗净全身的黑。

写作这差事，也差不多，别人工作的时候，我也开始工作，但看上去像在休息，发呆、喝茶，打一点儿字。别人休息的时候，我也开始休息，但看上去还是像在工作，仍然是发呆、喝茶，甚至还删掉此前所写的字。这不是讲俏皮话。就是这样，就是没有彻底的放松与休息，大脑深处的某个地方，总是思虑沉沉，总是不得开颜，好像那里有一个野心勃勃但终身被囚的武士。

（2012 年）

无辜的种马

有那么一个原始的阶段，刚刚抓起笔的写作者对文体的认识是含糊的。文体像一匹既会变大又会变小的马，凭着猛烈到自负的欲望，写作者急迫轻率地跨上去。

或者呢，元气充足，甩鞭疾驰，一下子跑出去十几里地，一路上目无所见，心无所得，光想着跑长途了，直至人仰马翻。嘿，瞧，我跑了个长篇。有的呢，心急火燎，如处子初夜，花架子弄得十分华丽，刚刚跑动没几步惜乎猛然抽空见底，仓皇收场，但是没关系，也够可以得意：喏，这就是短篇！还有的，一路马踏香花，东张西望，走走停停，东扯西拉，忘却来路去程，差不多快要迷路了才收起缰绳，自然也没白忙：是谓中篇。

这样的大马小马转换自若的情况下，我们常常就会欣然地、喜剧性地看到，在自己的笔下，在同行的笔下，那种像中篇一样的长篇，像中篇一样的短篇，像长篇节选一样的中篇——反正是用字数来分类的，说对也对，说错也还是对。

从这个意义上，我一直不大喜欢按照长度来划分文体，因为这常常会造成一种惰性与投机，造成对文体感的放任与不负责——如果作家没有足够的自觉意识，就极易变成一个随心所欲、信马由缰的骑手，不管长篇中篇或短篇，文体在这里都成了无辜的种马，被作家们慷慨而即兴地赋予生命，诞生出一批规格长度符合标准，但实质四不像、先天肥胖或先天羸弱的小说新生儿。而大部分时候，我们也会机灵地欢呼这种四不像，因为小说的一个重要原则就是“打破”，就是冒犯常规、自我创造。你似乎不可以因为“像不像”某种文体去进行道义或审美上的指责，人们会说你有文体的傲慢与偏见。

事实上，文体的确是有傲慢与偏见的，是需要挑剔的，需要肃清界限，具有传统与血统的。比如，我们说短篇。短篇这一文体，在无数作家们的孕育与生养下，已经被创造出了极其丰富的类型之美，有卡佛式的，有门罗式的，有奥康纳式的，有海明威式的，有契诃夫式的，有欧·亨利式的，等等。但最起码都有一个极其重要的共性：这些大师，在骑上文体这匹马的那一刻，不，也许在之前，在他整理靴子、束衣整帽、步出栅门的时候，他就有一个节制的谨慎的愿望，他将骑着这匹种马，走出一箭之遥，对，不太多也不太少，就这么远。他咬着嘴唇，像斗牛士那样，似乎每走一步都性命攸关，他也做点危险的花哨动作，一边敏锐地捕捉周边的气息与信号。他会回避铺陈的诱惑，也会放弃故事的婉转，甚至还会特意隐去人名与地名。这一位骑马人，既在不停地叠加动人的细节，同时又在对其进行抽象化或素描式的处理。他十分地无情和果断，他固执就只走一箭地。他不管人物还在生死未决，时间还在艰难地停滞，地点还在风火轮一样地流转。都不管。到了终点。他稳稳地勒住，翻身下马，扬长而去。

——他不是跑出了一个短篇，他是截取、裁剪、折叠、缝缀、放弃出了一个短篇。

（2014年）

来者何人?

写小说这件事，孤独、愉悦和烦恼都是巨大的，大到像大象那样，在书房里发出沉重的结实的脚步，阵阵看不见的灰尘扬得我满脸满身，让我惊惶又为之深深享受。但每篇小说，起码三分钟，会是纯粹好玩儿的。比如，给小说里的人取名字。

对主人公哪怕只是次要人物的名字，我向来比较谨慎，像赋予他们生命的双亲到派出所上户口那样谨慎，哪怕这种谨慎可能是多余的：大部分读者都随随便便像瞅一个代码一样就跳过去了，可我不行，我得对他们负责，我非常顶真地想着，姓名有着许多暗示与隐喻，气质上的、代际上的、地域上的、职业上的、出身上的，等等。尤其在视觉阅读中，姓名会传达出宿命的言外之意乃至对读者窃窃私语：瞧，他就是这么个人，就像他的名字一样，他就是这么个命嘛。

故而在小说开场之际，替主人公想名字时，我总是兴致盎然，好像给自己吃一块小糖一样，细细剥来慢慢吮。为了避免自己过分猎奇、生硬，我会跑到书架前，翻开许多书，找书皮上印着的出版人员姓名，比如策划、校对、设计、摄影、翻译、销售主管等概不满意；若碰巧女儿在家，就鬼鬼祟祟借来她的同学名册，从头看到尾，又拆又合，念念有词，还是一个也不中意，觉得一个也不像我的主人公。他们的名字，要不太甜美，要不太惊人，要不过分平熟——如果我自己过日子叫这个名字倒也无妨，可这是写小说呀，写小说不就是让我来肆意虚构、夸张反叛、大胆试验的吗？同时，还有另一个障碍，可能也是我心理感受上的悖论，一个已经被现有个体“占有”了的姓名，哪怕是个从未谋面的人，但我还是会觉得这名字已经带有体温、价值与经验了，端端不好再用了，既冒犯了这位姓名的主人，也冒犯了我笔下的人物，两边不落好……当然还有一个蠢笨无脑的办法：翻字典，像求签人一样闭着眼任意翻到一页，继续闭眼然后用手在上面移动一番，停下，以为能蒙上一个“天意”或“天赐”之名……

试举一小例，我写《不食》时，里头这位主人公因为对这个世界的人类食物深感绝望，故选择了只吃树叶、花草、藤条等自然产物……那么他叫什么好呢，我不愿他叫

“军”“磊”“峰”，也不愿叫“信哲”“宇轩”，更不想叫“迈克”“查理”。就为替他取个恰当的名字，我停工几日，为之苦想，同时也觉得自己这一执念简直好笑到滑稽了，本是虚构之境，哪里至于如此顶真？张三李四其实又有何不可？不，随即又自我反驳，张三李四确乎不可！就好比在商业规则里，对汽车运动系、香水新款、洗发水定义等需要很专业的再三推敲，作为一个“专注写作若干年”的写作者，这点小说家的职业牛角尖，钻一钻也是起码的吧。总之，挑三拣四，掂量一番，最终我为《不食》里这位特立独行的男人找到了一个只属于他的名字。嗯，这里就不说了，原谅我要卖这个一文不值的关子。为了弥补，我可以告诉你我最近一篇新小说里主人公的名字，他叫贺西南，一个像冰冻牛排那样一板一眼的人，对浪漫主义不屑一顾，但行动力极强。每次敲出贺西南这三个字，我就结结实实地感觉到，我的确认识这么个家伙，迎面碰上，我都能叫上他一块儿去吃饭。

顺便补充一下，哪怕有时特意要写出一种微若蚁蝼、泯然众人的人物效果，我也不愿去随意取名，诸如丽、秀、莲，等等。这种所谓的“平常性”，其实有一种我不太喜欢的明示与破绽，好像从一起笔起就打算草菅人命，带着相当世故的逻辑关系。不能够这样的，我反而会更加费力地去想这么一个所谓凡人的来路与出身，给他设计一份相称的工作，了解他喜好什么饮食，有什么口头禅，等等，并由此来设计他的姓甚名谁，像亲人一样地倚重与凝望他，给他建立一个属于他的世界，即便这只是一篇虚妄的小说。

（2014年）

腼腆的黄昏

有那么一些黄昏，会突然想起自己的书。光线的昏暗帮助了我，因为这需要自大的勇气。全世界那么多的书啊，自己的这几本，实在太渺小了，渺小到我必须庄重而自持地尊重它，就像一个黝黑的母亲，抿着嘴摇晃着她皱巴巴的婴儿，忍受着心中的忧虑与骄傲：担心世上只有她自己会热爱这个孩子。

我在书架的一角，慎重地给自己的书留下了位置，从过去到现在，一直到今年6月，反复地数，仅数到第十七本，真是可怜巴巴的……不过，回忆要大于实物的存在。我至今记得书写这些书的心境，那种起伏之情，布满激越与克制的孔洞，在某些时刻，甚至敏感得不太愿意提及、与他人正式谈论。有时是因为自觉太糟，有时却又因为自觉不错，恐被轻谈——真是变态啊。

以上一部长篇《六人晚餐》为例，所谓全程的心境，包括最初的起意，这约莫跟向往一个不熟悉的、高高在上的人有些相像。我拖延着无论如何不敢动笔，在缺乏参照物与细节的贫困局面下，我逼着自己反复地勾画他的轮廓、质地与精神局面。有时候，认为他会是个出色的伟岸的人；另一些时候，又会沮丧到极点，觉得这根本就是一个天大的误会：这本书是不值得写的；百千万、无数的好书在前、在上、在左、在右，这一本，如何赋予它特别的价值……

可是，那些句子与不安的情绪像咳嗽一样地堵在喉咙里。我必须出声。踌躇满志、按捺不住的时刻到了，某些段落、比喻，在何处戛然而止，了不起的念头像狡猾的小小鱼，我高兴起来，做起游戏，尽量完整地捕捉它们，请它们留在纸上，包括它们挣扎与首尾跃动的样子。

此后会有一段时间，可以名为幸福与宁静，每天睡前，点数当天写下的黑色字符，像小村里的土财主数钱，自感富甲天下。但不幸很快阴险地尾随而来——卡住了，干了，变形了，写得像白开水，诸如此类。绕开电脑，站到窗前，看楼下的人，他们在走来走去多么充实多么值得羡慕，他们每个人都在做着实实在在相当具体的事情。而我这里，只有一本将要夭折的书……几天过去，也许是某段极其俗气的音乐触动了我，我从灰尘里挣扎而起，并取得了“重大的”进展：一下子删去了前面的两万五千字，并找到方向，像清晨的树苗那样，伸出新鲜的枝杈。

……等到第一稿写完，来不及真正轻松，因为事实摆在眼前：真正的煎熬将在修改阶段到来，就像把一条大鱼在盘子里翻身，既要彻底、坚决、连头带尾，又不能破了皮相、洒了汤。比如，《六人晚餐》，就整整搞了六稿，在最后一遍时，疲惫之中我庆幸起来：好在不是九人晚餐啊……记得当时，我在墙上贴了一张小小的便笺，愚笨地在上面画“正”字，每改过一天，即画一笔，看哪一部分费时最长，又是哪一部分改得较为顺利——其实这些歪歪斜斜的“正”字在统计学上毫无意义，可是，请相信，在当时那对我真的蛮重要。每画上一笔，那一种孤独而特别的愉悦，很棒。

终于，书稿完结了，交出去了。不再像个忙碌的蜜蜂一样了。可是，相信吗？前所未有的空虚又像大网一样罩了上来，突然觉得人生失去了价值，玩、吃、睡，皆没有想象中的趣味，反而乏味得像老年。我顽固地继续坐到电脑面前，无限留恋地看着键盘，小心抚过那些因为持续敲打而发出光泽的字母键，伤心得像个一无所有者。同时，另有一个自己倚在书房门口，哑然失笑，看着这矫情的一幕。

与自己作战的部分结束了，世俗的部分也陆陆续续地大驾光临，但这是不可避免的，也是一本书成为一本书的技术性层面：在几家出版社之间犹豫，面谈，试探，看谁的家底好，更靠谱，谁的许诺虽然美丽却像不作数的情话；接着，谈合同，就版税与印数那几个芝麻数字进行故作斯文的谈判；就封面与编者和设计师碎碎念，直至拿到图样，却又深感委屈而失望，认为自己家的标致孩子被塞进了一件丑疯了的外套！甚至，都快要拿到书了，突然又对书的名字产生怀疑，觉得不够戏谑，觉得很土鳖，觉得此书必将命运不济，如小石子投入遥远的湖面，并无想象中的巨大动静……

嗨，这样的时候，摸摸脑门，长叹一声，才恍然惊觉：一本书，最愉悦的部分，是在前面，在没有到来之时，在看不见够不着的时候，在压根还不认识更没有占有它的时候——这跟世界上其他的事情，是一模一样的。

（2014年）

后窗的写作

上个世纪五十年代，希区柯克推出了他的经典之作《后窗》，这虽不是我最钟爱的他的代表性悬疑片，却是我最爱的片名之一，光从名字来说，比《精神病人》《美人计》要好很多，跟《西北偏北》并肩，各有其妙。不管如何，这位有着大脑袋与大下巴的大师，通过此片贡献了一个虽则早已存在，却是通过他才得到特别圈注的机位和视角：后窗。《后窗》在屏幕上打开的那一年，我还没有来到这个世界，数十年的时间大江奔流，流过死亡与出生，流过灯火与黑暗，流过门缝与锁孔，停到了我此刻的这一瞬间。当我置身中国某个南方城市的一角，检视和检讨起我们的写作，我想到了希区柯克这个命名：后窗。

不过请允许我先离开后窗远一点儿，先到餐厅、厨房、书房与客厅转一转——当然，这都是些小学生式的比喻，我想说的是，先回到我们的出身与经历，回到我们所汲取的食物与读物，置身的环境，我们往来结交的邻人，我们的举止与教养，成长与观照的镜像，等等。写作，虽算是精神性的活动，但也具有某些生物学的特质，我们笔下淌出的字，如同血液，跟写作者的体质、胆汁与DNA密切相关，由此，说到城市写作与乡土写作——这个提法不知始于何时，不知做何种分野，不知何时成了两个方向的河流。前不久读格非的《雪隐鹭鸶》一书，格非老师专有一章《市井与田园》涉谈及此："中国古代的城市大多兼有都市与乡村的风貌，城市与乡村诸多元素交相混杂，如南京、杭州和北平，莫不如此……明清之际的章回小说，也大致反映了这种城市与乡村相互错杂、相互渗透的基本状况。"这里，格非举例谈及《红楼梦》《儒林外史》《水浒传》《海上花列传》等，而"《金瓶梅》……却呈现出一种令人吃惊的单一性和排他性……反映出作者迥异于一般乡村意识的新型价值观……作者似乎人为地将与乡村生活有关的所有线索一并切断了……这预示着一种以商业贸易为基点的市井生活的确立"。记得当时我读到这里，停了好一阵，一方面是消化格非老师的结论：对比明清其他小说，《金瓶梅》是第一部描述当时单纯经济和商业社会的作品，也是唯一的一部。另一方面，也是想到现今被火热提及的城市写作，这当中，年代迢递、天翻地覆，乡村与城市，尊卑互搏、此消彼长，而乡村文学与城市文学亦是相应地左右互搏、冰火交融，又发生了怎么样的幻化与扭转？算了，这里不说了，因为没有这个本事来说，需要有大明白人专述论著了。

还是回转过来，到客厅坐下来，讲点具体的，讲我们的出身与经验。比如我，前面有十三年是不折不扣在乡下滚泥巴长大，随后，以考学校的方式进入省城，在南京寄居至今。如果从机械的统计学的意义上看，我的都市经验已经大大超出乡村部分，这种经验如果再与童年记忆、阅读、教育、交游等进行复杂的物理与化学交合作用，大概最终就会生成一种零碎豆腐账一般的含糊比例，体现到写作上，会成为更加含糊的无法权重的多元素的组合，但如果仅以乡村书写、城市写作来做一个省事但粗暴的划分的话，似也恰有其事，我的小说早期以虚构的“东坝”乌托邦为叙事坐标，近期是以“暗疾”为刀片的城市截面。

如果稍微扩大开来，看我的同龄人，看我这一代写作者，有相当一部分是与我类似：早期有着结结实实的乡村经验，但随后，或早或晚，一般在二十岁以前即完成了对城市生活的主动介入与相互占有。乔叶、阿乙、田耳、张楚、徐则臣、盛可以、曹寇等，大致如此。我们虽不是刀枪不入的阿喀琉斯，但也有着跟他差不多的脚踵，这块脚后跟似乎总还带着八十年代乡村最后一片残留的泥巴，带着隐秘的土气、老实与脆弱，容易伤感，也容易愤然不平。而我们其余的部分，从白净的皮肤开始，从缺乏野莽运动的细长下肢开始，从学生腔的普通话开始，从大量西方当代作品的阅读开始，从对影视通俗审美及各种现代性审美的巨大胃口开始，从所谓对国际性视野的诉求开始，我们已经高度、漂亮、精准地城市化了。这不是什么好消息，但也不是坏消息。这就是一则消息，一则无法选择的消息。人与其所在的环境大抵是同步的，地图上我们出生的那个小县城或小村庄也一样，要么已经快快活活粗枝大叶地城市化了，要么正在撅着屁股吭哧吭哧通往城市化的路上，要么流着口水沉浸在城市化的幻梦中。殊途同归，并且同样不能以好坏一言以蔽之。

带着阿喀琉斯之踵的我们，在阶段性地消化、吞咽下乡村经验之后，在统计比重上占有明显优势的城市生活，终于还是带着压倒性的重量，一边渗透一边覆盖，并开始鼓动着我们的思维与笔调，使之兴奋妄动了，哪怕我们骨子里还是个乡下半大孩子，只要一想起乡村就会莫名疼痛，哪怕私底下骂起人来还是用方言更带劲，发起烧来最想吃的还是几根乡下腌脆瓜，但无论如何，城市金属色的巨大身影已经开始投射到我们的小说中来了，成为背景，成为主角，成为对话与气味，成为矛盾与欲望，成为被毁灭或被建造的价值观……这些似乎也都是顺理成章的，于是乎，城市文学像一盆越烧越旺的火一样，更多的柴火丢进去，更大的影子晃动起来。大家开始雀跃：城市文学来了！收获了！热了！熟了！可以吃了！

但当真说到城市或城市文学，我还是有一些疑惑。想起我有一位朋友，研究数学，也以数学为业，多次向我赞美数学之美，他这人语言贫乏，翻过来倒过去就是那几句，大意是，当你千辛万苦去求解出一道数学题，最后得出这个未知数的答案，是“0”，是“1”，是“无穷大”，是“无限循环小数”，你想，这有多美呀。我不太能够体会出这到底“有多美”，但这种貌似简单的差异再一次向我证明，世界上有太多的审美、规则、文明，是远远超出我的体察与见识的。如此，我就要半通不通、试图类推地说到城市了——我们对城市的审美，某种程度上说不定也像一个文科生对数学的理解。

这就终于要说到《后窗》了。先简略讲讲这部片子，一位摄影记者，因为腿部受伤而不得不待在家中养伤，为排遣之故，他每日隔着后窗窥看对面公寓的阳台与卧室，由于寂寞却发达的思维，也由于被遮蔽的局部而导致的破绽假设，以及对犯罪预期的强烈暗示，等等，他从后窗所见的邻居日常，由此演变成一个荷尔蒙错乱、鬼魅重重、深藏玄机的戏剧化场景……以“后窗”这一情景模式，来观照我们与城市文学的关系，简直就像一帧带有戏谑化隐喻但也算相当精准的职业素描。

瞧着吧，作家替换上了摄影记者，一样是带着观察强迫症的职业，即便没有腿伤，但书斋式的生活方式，事实上正类似于这种局限空间的情境，作家囿居一隅，好似观众坐于台下，从一扇黑洞洞的后窗张望整个城市生活，并为城市中的市民加上了他想象中的性格、缺陷、焦虑、压抑，甚至像电影中的这位摄影记者一样，跳身进去，以局部窥视所得到的局部逻辑去建立起罪恶、戏剧、批判，并试图揭露或控制各种暗流与趋势……这里的一个小小漏洞就在于，在后窗进行窥探、演绎、升华并由此自感洞若观火、明察世情的写作者们，与对面公寓里的城市市民中间，有多大程度的贴合与代入？我们是否真的参与、觉悟和勘破到城市及其精神的核心？

城市有它的意志与特点，比如，其发达的商业丛林逻辑，其灿烂的金钱鬼魅，其零温度的社交本质，其对速度、效率与技术主义的高度崇拜，包括其投机性的道德修正体系，等等，城市是既压迫人性又提纯人性的完美场域，并散发出一种刺目的淬火取金般的美，以及由此而来的是对德行、对古典、对世故、对人伦的反叛和修正……但往往，由于出身与经历的局限也好，由于一种虚构惯性与道德惰性也好，我们在进入城市文学时，往往会带着千年文人的田园风度，一种身处灵魂高地的偏见与傲慢，去批判去感慨去抚今追昔，去像心理学家一般地寻求扭曲、压抑与残缺……我们对乡村及田园审美，总有着故土难离的深入骨髓的同位感，看故土与来路，看破败与愚昧，看迟缓与落后，总觉得里面有种旧照片色调，一种伤心、残败但很“经典”的美。而当我们把视线投向城市，就总像有黑面纱兜头盖下来一样，哪怕承认城市的强度、先进与高级，哪怕已与其相互占有与拥抱，但先天性地就会带有一种类似对“第二性”的审判、紧张与用力过猛，触目都是深长的阴影，是恶对美的侵犯与戕害，新对旧的凌迟与覆盖，是钢筋水泥对泥土花草的羞辱与摧残。

有时想想，以这种带有阿喀琉斯之踵的经验和道德，我们所呈现和构建的城市文学，是否带有特定的“方位感”与“局限性”？

看当代欧美小说，以及当代日本小说，前者比如《自由》《纠正》（乔纳森·弗兰岑）、《恶棍来访》（珍妮弗·伊根）、《纽约三部曲》《布鲁克林的荒唐事》（保罗·奥斯特），后者如《心醉神迷》（村上龙）、《一个人的好天气》（青山七惠）、《裂舌》（金原瞳）等，同样是对冰冷城市的体察与书写，我会注意到他们对于城市生活那种近乎亲情与归属感的温柔流露，包括对人际冷漠、铁血规则、万物速朽的高度认同，他们这种对都市审美的建立、认同，为之着迷并努力维护的表现，非常类似于我们对于乡村经典的那种感情。

我想这里面可能有两个因素：一是跟一个国度或区域的都市化程度与进程有关。同样是城市，可能处在各自的阶段，有各自的起源与流变，有各自的结构与气息，纽约与首尔不同，东京与上海不同，南京与深圳不同，等等。在欧美城市小说里，似乎一切已有定局，总有一种老派都会的自信、颓唐与暮气，而中国新兴城市的小说，则充满动荡与摇晃的活力，一种是非纠缠的矛盾与决裂，一种仍旧在与传统道德伦理进行撕扯的恍惚与阵痛。二是跟写作者的出身有关，这其实跟前一个问题是相连的。刚才随便提及的几位外国同行，都市就是他们的故乡，他们一生下来就被扔在城市之河里，从吸入的第一口空气起，从看到的第一张面孔起，从他们所有的食物、记忆、交际、消遣起，这些最根本的源头就提供给他们城市的坚硬内核。他们没有故土之殇的阿喀琉斯之踵。他们的城市书写跟他们的城市一样，是年代积累之后的老熟与轻捷，并自然而然带着一种童贞般的怜爱与深情。有时候，我们会在中国更年轻一代的写作者笔下看到这样的城市小说，虽则有时会失之浅薄和小文艺趣味，但确实也不会像我们这一代这样，总是拖着乡村影响、故土情怀，尤其是道德局限与审美积习上的长长尾巴。

可是话说回来，老实讲，这也正是我最想说的部分——这种胎记式的宿命般的阿喀琉斯之踵可能正是我们这一代人转向城市写作的最大辨识度所在，是我们这一代城市文学的特征与贡献，也最为忠实地体现出这一代际与整个社会的情境与进程。

城市本身也好，其中的居民也好，城市道德也好，城市伦理也好，都处于这种由乡村而城市、由传统而现代、由维护而解构的动荡的阶段，这一时期的写作及其他艺术门类，都是这一阶段的体现，我们正是这样一种带有阴影、矛盾与不谐因素的写作者，处在农耕文明与商业文明并与网络代际多元切割的交际点，我们以城市资深移民的视角，急切地，几乎还有点儿气喘吁吁地，利用并不算太长的都市经验，找到一个后窗式的取景器，带着地域性的先天乡村基因，以祖传审美加后天见识杂糅而成的复杂视角，投向同样复杂、同样杂糅的城市生活。我们这一代的城市书写也许还缺少一个牢靠的成熟的支架，有时候是从乡村自卑地仰视，有时候又从天堂与灵魂加以万能地俯视，我们同时也缺少一个赤裸的毫无遮挡的视角，我们更擅于以点及面，以局部推测整体，以窥视去滋养想象，甚至我们也缺乏哪怕只是资料装备性的对城市文明的考察和梳理，可是我们就这么着，本能地、贪心地、兴致盎然地、将计就计地，去试图书写这么一个正处于发育期且发育不均、发育过快乃至伴有诸多并发症的都市，这个都市，可能也不比我们本身强多少，它被豪华地堆砌，被粗暴地误会，声名狼藉，被追求同时被丑化，被认为是一切罪恶的温床，可同时也是它，在以巨大的勇气和力量拖曳着整个社会文明以蚁速向前，甚至也包括我们总是难以忘怀，并总认为是在被城市毁坏的乡村大地。

从这个角度而言，我们这一代的城市文学可能终将会是一个基石般的进程，它不会在短期内达到圆熟、老烂的地步，但这绝对会是一块如烙铁般炙热、多情、复杂、分裂的基石，文学和城市一起在这块烙铁上携手起舞，老实讲，我喜欢这样的舞姿，更乐于身在其中，怀着满是偏见的狂热，去追踪这样的都市，深入到它的腹部，深入到它的铁与锈，贡献出哪怕只是一个黑色闪电般的后窗剪影。

（2014年）

钉子与包袱

有时候觉得，写小说就是在往墙上钉钉子，然后再往钉子上挂包袱。所有写作者的前面都有这么一堵巨大的无边无际的墙，不过上面已经密密麻麻地满是现成的洞眼，现成的钉子，并且已经有了大小不同的各样包袱，有时候啊，你简直都找不到一个空地儿。

钉子当然只是个比方，约莫就是我们通常所说的主题。主题其实是恒定的，一代又一代作家前赴后继中，永远在写着这些千古而倏忽的事情。比如青春期成长、性的觉悟。比如爱情的发生与幻灭。比如贫困之境与对成功的无限渴求。比如新旧交替，以及交替碾压中的人性。等等。就像戏剧界会归纳出N个永远有效的戏剧主题一样，小说的主题也能拉出一个清单，像大小不一的钉子，我们所看到的长篇短篇中篇，不过是挂在这些钉子上的包袱。

大部分时候，读者看不到后面的钉子，他们的注意力总是在包袱上，这是必然的。外观上看如此，理论上讲也是如此，决定一部作品是否成立、是大是小、是钢铁是棉花，不在钉子，再陈旧的主题都能有当下的个体化的解读。说过的话，永远可以再说一遍、再听一遍，不同的嗓门不同的语言振动着不同年份的空气，以及空气中的灰尘，这话，已然不同了。问题是，如何“已然不同”了？

这就又要打另一个比方了。曾经去看一个摄影展，那许多摄影作品中，空难、战争或吸毒者什么的无疑总是最为热门，但同样的背景与题材，更吸引我们的却总是些日常与细节，是街道上走路的人、正在准备晚餐的母亲，是窗户与帘子后的目光。它的焦点所截取的细节，既属于某个特定的框架（如战争、灾难、吸毒），但更是超出那个特定的圈囿而延展至人类的日常生活。那个影展结束后有一个商业化的器材展，全是价格昂贵的各种机身与专业镜头，众人纷纷感叹机子多么好、多么贵，因此效果就是不一样；也有的见识高一些，认为关键是要亲临现场，要躬逢盛世，要贴近对象……有一位摄影师在旁边不作声地听着，最终还是急了：你们真逗，把机子给你试试，把你也扔到现场试试。这些都不是关键，关键是如何取景，如何构图，该留下什么，又该不要什么……

我注意到他说到“取景”。写作者在这个问题上是一样的，刚才说到主题的钉子，或者具象一点儿，说到生活与时代，面对同样的复杂世情，同样平淡的市井日月，一个写作者的高下，肯定不在于武装上最先进的镜头，不在于气喘吁吁地去跟现实赛跑，最起码不仅仅是这样，那样弄出来的包袱可能真不咋的。文学之魅的奥秘同样在于“取景”。这个取景器是你所独有的，不同于别人的眼睛，也不同于先进的放大器，并且要胜出新闻、社论、电视剧或微博微信，它核心部分所认领所介入的，正是肉眼所不及的、工具所不及的非物质部分。我相信每一位写作者都持有一个秘密的取景器在虚构或非虚构，在对世界进行剥离与萃取，这一取景器的层次、远近、构图、核心焦点、曝光参照、光圈系数，正是一个作家的眼光与气象所在，并最终生成和决定了他最终编织出的那只包袱，它将以什么样的结构、比例、内容、质地，去悬挂到那些完全公开的、几乎是透明的钉子上去。

最终所呈现出来的这个包袱，包袱决定了结果，这大致就是通常所说的怎么写的问题。举个较为粗暴的例子。我们可以注意到，流行写作与畅销书，他们所选择的写作主题其实是同样的一些钉子，同样在写成长（青春校园）、爱情（古今穿越与粉红幻想）、人性（官场、成功人物传记）、冒险（悬疑、盗墓）等，只不过他们所披挂上去的，是够刺激的彩色灯泡，是跌宕起伏的过山车，或者直接就是一棵圣诞树……这些过分漂亮、讨人喜欢的包袱决定了这位作家与作品的体量、格局与寿命，它们像怒放的花朵，开过一个热闹的季节，或也就随风而去了。恰如另一些作家，在同样的钉子上，他们所挂上的是生锈的刀，是扔不出去的石头，是枯萎的枝条，是空空如也的笼子，是一首漂泊的安魂曲……这样的包袱绝不魅人，不那么戏剧性，甚至都没有那么巨大，可是怪了，它们就是可以长久地占据在那面墙上，像生了根安了家，无数的后来者，眼光像被黏住了似的，在它的上面越拉越长，并产生了敬畏与谨慎：他是否真的打算在同样的钉子上，重新编织一个新的包袱，他有更经得住风吹雨打、经得住目光淘洗的想法吗？

一部分作家可能就会在这里犹豫不决，或者干脆另起炉灶，他觉得他应当聪明一些，同一个钉子上，已经有了太好的货色，当然应当回避可能的风险与徒劳，但另一些作家恰恰就会在这个时候产生巨大的骄傲感，他不在意的，他偏要在同一个地方、同一个钉子上去作为。他在影响的焦虑中诞生出一种毁灭般的信心，他相信他的包袱里会包藏着对同一个世界的另一种理解，或者，干脆就是另一个世界。随便想想看，同样是反战这枚钉子，海明威与冯内古特，他们的取景器、他们由此所拿出来的包袱何其不同！我从资料中看到过，在《五号屠场》动笔之前，冯内古特急疯了似的要在二战这个钉子上挂上他的小说，他找了很久，试过各个角度，失败了多次，直到最终，同一枚钉子上悬挂上了他的独一无二。

当然，什么钉子啊取景器啊包袱啊，也就是说说，或者本都是不必多虑的事。真正高明的作家可能都不会让你看到钉子，你都无法准确地说清楚，它背后有没有钉子，是什么钉子，又有几个钉子。甚至也看不到包袱，你所见到的好像就是两三个人物、四五段回忆还有若干的晨昏，随意而辽阔地搭配在那里，这是没有了边界线与疙瘩结的包袱，这是已经融入了白墙、融入了视线、融入了世界本身的存在。

我不知道我这一辈子，能不能写出这最后一种小说，这种处理掉钉子也淡化掉包袱的小说。我知道我曾经为着寻找与众不同的钉子而耿耿于怀，也曾经为着包袱的大小与轻重而拼命往里面塞东西。又有一阵子，试图藐视和隐藏最初的那枚让我注目的钉子……我不知道，我怀疑我会一直惦记着这些事情，一直处于惶然取舍与自我斗争的阶段。当然，这都是需要的过程，而过程，总是大大地美妙于终点的。也好，就这样吧。

（2015年）

十二年的目光

2004年9月，也是这样的秋风伊起，人海之中，枝叶纷飘，《小说选刊》远远地看了我一眼。

其时我尚在南京邮政局工作，是整日包裹在深色邮差绿中的一个平庸小职员，先后做过营业员、团总支书记、劳资员、企宣、干事、行业报记者、秘书……满心抱负着与此行业不相干也不相称的文学野心，并不自量力地点灯熬油敲打字纸，然后四处找抄地址，漫天遍野地往各大小刊物盲目投稿。记得当时经常要蹭到一间有长途电话功能的办公室去，尽可能地瞅个空子企图瞒过同事，压低嗓门往各地编辑部打电话，询问对我投稿的观感以及录用情况。我既无家学，亦没有受过专门的高等教育，除了一颗大胆热烈的心，文学上的储备极为贫瘠，这一段毫无章法、在暗黑中独自摸索的情境，很是漫长。不过随着《小说选刊》这一道目光的投射，我终于慢慢地向着光亮处接近了。

《小说选刊》最早选用我的小说是在2004年，此后便时不时会有穿空而来的闪烁青眼。到了2007年，这一偶尔投射的目光，好像忽然定住了双目，像舞台上的追光灯一下聚起焦来：2007年3月起的十六个月，选刊先后选用过我六篇小说（五篇中篇，一篇短篇），有三期都是头条：2007年第3期的《颠倒的时光》，2007年第7期的《逝者的恩泽》，2008年第2期的《纸醉》，有两期配发批评家点评，有一期配发作者自述，这样的密度与力度，据当时选刊的编辑们回忆，是选刊史上很少见的，或者干脆点说吧，没有过的。《小说选刊》这样地对新人新作的不吝激赏、反复推送，简直像是在拼命打扮没见过世面的丑孩子，直往外人眼皮子底下送，让人家想看不见都不行的劲头。也就是从那时候起，心理上讲，我对《小说选刊》就有些长辈亲人般的归认感。从我的整个写作生涯上讲，可能正是由于《小说选刊》这一番强力举荐，我这才算是摇摇摆摆、小心翼翼地进入了写作之道。

上面这算是第一层需要提及的往事。第二层，则是我在文学界所获得的第一个奖项，仍然是从《小说选刊》手里拿的。

那几年，我虽也有些习作进入中国小说学会年度排行或各选家的年度选本，但若要论正经获奖，除了南京本地的奖项外，确乎还没有过这样的荣幸。当然，写作与获奖，现时已能勘破其中的无规则与非正向关联，但对当时比较年轻的那个我来说，对获奖啊肯定啊，还是蛮当真的。因此，在2007年夏末秋初，突然从北方传来消息，说我获得了“2006—2007年《小说选刊》读者最喜爱小说奖”，倒真是老大的欢喜，颁奖期间正好我在鲁迅文学院就读高研班，遂兴冲冲地跟班主任请假，赶往东北沈阳去领奖。在那里，初次见到《小说选刊》的秦万里、冯敏等老师。记得秦主编总笑眯眯的，很喜欢拍照，脖子里总挂着单反给大家拍肖像照，在一片稀疏的寒风乍起的北方树林里，他也替我拍了好几张，其中有一幅侧身正脸穿着毛绒领口衣服的，成为我后来在杂志上到处发着用的。说来真巧，我到很久之后才知道，我当时去请假的鲁院班主任，个头不高，讲话细言慢语，修养特别好的那位秦老师，跟秦万里主编，是嫡亲兄妹俩。而他们的父亲秦兆阳先生，也是文坛上鼎鼎有名的大编辑、作家。瞧我这无知的。我还记得在颁奖会上头次见到的冯敏老师，他个头高，爱扮酷，爱讲笑话，他在颁奖后跟我讲，鲁敏啊，你将来要记得啊，你的第一个奖是从《小说选刊》这里得的。我记得我懵懵地笑着，觉得他这话实在多余了，像我这个业余选手，能得一次奖就不错了，难不成还会老得奖吗？当然后来多多少少也侥幸得过一些别的奖，但冯敏老师的担心仍然是多余的：《小说选刊》的这第一个奖，确乎难忘，就像乡下孩子头一次进城一样，当时跟哪些人一起领的奖，跟谁住一间屋，参观过哪些地方，吃了些什么东西，比后来的若干经历都记得清楚多啦。

还有第三层。说话间也就到了2008年，这一年选刊共选用了我四篇小说，并且提出由《小说选刊》来主办，替我在北京开一个作品研讨会——这也是我平生第一次的个人作品研讨会，居然会放在北京，居然由一家选刊主办。记得当时张罗此事的是编辑部主任崔艾真老师，突然接到她的电话，动议此事，我是着实不安、吃惊。我何德何能，又何其大幸啊，能得遇这么一批太好的老师编者，不仅为作者做嫁衣裳，还描红着绿、敲锣打鼓地牵来白马要送上一程。事情果真有声有色地张罗起来了，崔艾真老师是有名的能干爽利人，很短时间里网罗到一大批京城的著名批评家，我记得当天到场的北京嘉宾有韩作荣、孟繁华、贺绍俊、施战军、阎晶明、胡平、张陵、徐坤、彭学明、李建军、李云雷等。选刊的编辑部更是上下出动，杜卫东、秦万里、冯敏等悉数出场替我撑台面。大概正是看在《小说选刊》的面子上，与会评论家对我那一阶段有些嚣张的写作喷涌，表达了很大程度的善意与宽容。最令我感动的是崔艾真主任，我一来很不懂事，二来也因为谁都不认识，故什么具体事情都没有参与进去，从头到尾是她带着编辑部的同事们在张罗，尤其还替我请到那时早已深居简出、闭门谢客的张洁老师。记得张洁老师稍微迟了几分钟朴素现身，然而还是引起了众人的一小阵波动，她连连摆手坐下，然后瞅个话头，细细谈起对我小说的读后印象，我极为惶然，都不大好意思去跟张老师打照面儿。最后还是崔老师把我领到张洁跟前，替我介绍说："这就是您曾经打电话来询问过的鲁敏呀。"后来听崔老师介绍，张洁老师正是在选刊上看到我的小说，可能是《纸醉》或《墙上的父亲》中的某一篇，曾打电话跟编辑部打听过我……

这三桩事——高频选荐，给第一个奖，主办第一个研讨会——只要有其中一桩，便是一本选刊与一个写作者的佳话了，而我与选刊之间，竟然三桩都齐全了，此中际会，用俗语，并且是逗趣的俗语来说，真可谓是"猿粪（缘分）"了。想想看，这是多么大的一只猿，大概有我最喜欢的"人猿泰山"那样的大了。

时月更迭，人事轮变，选刊的编者们有来有去，有升有退，增添了不少的新师挚友，但仍一如从前地延续着关爱的目光，以每年一到两篇的频率继续关注着我的写作。这穿透季节与冷暖的目光，越拉越长，也越拉越稠，更加寄予期许，瞻之在前，急焉在后，不远不近地伴我同行，随时警醒着我的滞停或超速。后来几年的选稿里，有从

“东坝系列”到“暗疾系列”的转型之作《铁血信鸽》，有争议四起的《不食》，也有被转刊后引起影视话剧关注的《惹尘埃》《零房租》，有原发在中英双语杂志《天南》上、几乎不大为文学圈所注意到的《西天寺》，有写法传统、方物风味较浓的《徐记鸭往事》，有用比较实验的写法但我个人私爱的《万有引力》等。

以小学生式的简单算术来看，从第一道目光至今，整整十二年一个生肖轮回过去了，我与选刊，一南一北，一人一刊，共同经历了更多的晨露、晚霞与长夜，我溢出皱纹，她多生华发，我重了心事，她轻了肉身，忽忽流转、韶华不在，但这种亲人相扶般的感情，一直不敢也不能够忘掉。故此写上这一篇，既输文采，也谈不上深度，好像还带点好汉湎于当年勇式的夸耀。但我想《小说选刊》的列位编者以及偶然读到此篇的新老读者，一定是明白我的心意的。那种年深日久开始发黄了的恩念，一再地在雨天想起，使人疼痛而慨叹。故实笔记之，以慰秋风。

（2016年）

胡迁之死

也，我“也”是先读到胡迁的死亡，之后才读他的一些作品，跟所有那些懒洋洋又不失真诚与精致的眼光一起，通过汩汩的网络推送，像推送其他类似的激起涟漪的艺术家之死一样（大数据思维下的我们，甚至会比较这些涟漪的大小与轻重，或者有种莫名的攀比心，假若死去的是自己，也许会有差不多的涟漪，也许会小得多或者干脆没有呢？那简直算是白死了吧）。我亦不想讳言，胡迁之死——年纪很轻、刚烈自取、拮据日常、女友分手、影视圈倾轧、艺术梦想幻灭等渐次披露或倒推的信息——呈几何级倍数地带动了对胡迁阅读以及这种阅读的投入程度。人们从各个角度带着痛心与愤怒般（这痛心与愤怒，究竟投射于什么，或谁呢？）的惊呼：这是天才的陨落。那整齐的喟叹活像是在惋惜正要端上桌子却不幸被打翻的甜点。其中我读到最刺目的一条微信公号推送，是某别具影响力的书评副刊，在推送胡迁其人其事其作时简约带过的一句背景：胡迁此前的新书，也曾被推荐给编辑部，但因种种原因我们没有关注。“种种原因”——这是一句很诚实的无心之语，却以游鸿一瞥的方式，勾画出世俗与艺术的勾肩搭背之道：从泯然路人到聚光灯下，有一条含混又确乎运转有效的链（别的领域不敢妄言，仅指与大众有互动的艺术门类）：媒体、评论、展览或研讨、签约或获奖、版权改编或输出，等等，大致如此。而可堪玩味的在于，这个聚光灯是高频变更的，是流水向前、淘汰如洗的，平均每人三分钟、三天到三个月不等（视吨位与道行深浅不同，有着力学与纳米单位的精准程度），相当于一则微信从开头拉到末尾点赞，相当于一个榜单的投票周期，相当于一个流行季的温度与风向。并且，这被普遍认为很公平，可谓生生不息、有容乃大，是艺术与俗世博弈之后在传媒学意义或未来艺术史册上的最大公约数。不会出现怀才不遇，不会发生出身偏见，不会遭遇审美傲慢，必然会百花争妍、各自芬芳的。嗯，也许差不多算这样吧。挺好。

当然，人们偶尔也会想到，究竟是什么，决定了这一链条的准入环节？像被一只巨大的无形之手从仆仆尘灰里拈起，投放到亮光闪闪的成功学台面上？那个神秘到致命（不是比喻，在胡迁这里，是实指）的契机式推动，取决于什么？艺术家本人的某种姿态，其艺术创作的超凡脱俗，茫茫暗黑中的伯乐之灯，火热俗世中资本控场方闲嗑瓜子般的唇形与口水，永远饥饿又胃口败坏的媒介与媒介审美？不知道。没有人可以回答，并且我想，这是应当藐视、拒绝回答的一个问题——当一名艺术家钻研或思考起这个问题，在那个瞬间，他已经站到艺术的马路对面了，中间隔着马车、自行车、跑车和红尘。马路这边的艺术或那边的世俗，大而化之地讲，本无所谓对立，都是肖像与风景，无非在质地、标准与掌声上有些差异。但有一点，无法回避：艺术家及其艺术，是需要通过辐射来达成光热的，需要目光与回声，需要流淌的牛奶与蜜。此在与彼岸，他们最好、必须、不得不双跨。或谓之：内心飘飘遗世，肉身烟火熏烤——

于是，这些搞艺术的大家伙与小家伙就会在马路两侧交叉跑动，反复地横穿马路，可能大多数人，随着熟，随着老，随着角质变厚、脑子变钝，头发稀白落光，他们掌握了穿梭马路而毫发无损的技巧，甚至会因为这种高段位的穿梭而形成大境界的冰裂纹与隐身衣——同时，我们也会眼睁睁看到，有一些人，年轻到没来得及学会，或年长得执意不肯去学会那跑动之术，乃或认为这世界竟可以飘逸飞翔。他们坠落了倒下了，愚蠢或笨拙，主动或被动，无意或蓄意。胡迁是其中之一。由于身为导演（以原名胡波自编自导四小时长片《大象席地而坐》）、身为作家（以笔名胡迁出版中短篇集《大裂》与长篇《牛蛙》，生前遗作《远处的拉莫》也已出版）、得到大奖（生前获台湾华文世界电影小说奖首奖、身故后获柏林电影节最佳处女作奖特别提及奖）等关键词的传播效应，胡迁之死多少还惊起几只雀儿，震落几朵野花。而更多的坠落与倒下者，只是像灰尘绊倒在灰尘中那样，从生到死，从有到无，从始到终，都在不为人知处。那些可能怀有亦可能诞生的伟大艺术，像从来没有落下的雨点，是无稽的、不存在的，于是也被认为是无世俗意义的。胡迁之前，亦有多例。胡迁之后，不会中止。这是哪里出了错（如同人们那些无所指、无法指的痛惜与愤怒），还是艺术在向俗世流动中的折损与成本？以生命的方式，以骄傲的残酷，以纤尘般的力量。

具体到胡迁，以可憎的后来的眼光来看（因我们无法假装无视他的死去，否则我们甚至都不会打开他的书），正可以感受（加强版的逻辑）到那无法或拒绝与世俗勾搭的气息，他对艺术这件事，有着不自知的令人敬畏的绝对顶真与迷信，艺术成了他飞行的扫帚，他在空中，或者只能在空中，一旦落到马路的对面，世相的那种热腾、甜美与务实，便与他彼此侧目，互相伤害了。

这里，我想觍着早已变厚的脸皮说一句：我能体悟到这种极具伤害性的隔阂与打击。即便而今我已人到中年——用陀思妥耶夫斯基在《地下室手记》里的说法：只有傻瓜才会活到四十以上，并成为这个，成为那个。四十岁，这就是整个一生，就已经是风烛残年，就已经卑鄙了，不道德了——但在俗世与艺术的马路两侧，我也依然没法摸索到真正安全的周到地带，我仍会频频遭遇撞击与险情，会滑倒，会倒退，会迷路，会迈出夸张僵硬的步伐，会因为走形的飞升而更加堕落。但因为努力的麻木和足够的鲁钝，我还是在左冲右突、别别扭扭中，侥幸又可疑地抵达到世俗的局部。

因此，假如说，艺术、俗世与死亡是一个“可回收标识”的三角关系，那么我想稍作延展，像一切可恶的世故者那样，我们总在追求面面俱到的说法。

一、在一定的高度、角度和一定的圆融手法上，艺术与俗世，亦可如盐入水，混沌如一。例子很多，多得站满了所有的纪念碑、博物馆或广场，比如名人堂、大师雕像、终身成就或德艺双馨——虽然看上去像，但我真的一点儿都不是讽刺，世界上的确有许多这样的双全者。艺术本身，绝对是慷慨大方、无限宽广的，它护佑并解救着所有那些受苦或以为自己在受苦、简直过不去了的人们。

大约就在半个月前，我看过一部法国纪录片，纪录的是法国新浪潮祖母阿涅斯·瓦尔达在八十九岁高龄与街头艺术家JR合作进行的一项艺术活动，他们进入乡村，把农夫与农妇的面孔拍放成巨幅照片，张贴在山墙、谷仓、礁石、码头集装箱或长途大货车上……瓦尔达在影片里对着镜头说（大意如此）：艺术就是这样，你要寻找一个方式让它去进入更多人的生活，与此同时，你也能够巧妙地夹入和实现自己的想法（私货）。瓦尔达做到了，她顶着一头并不好看的蘑菇型双色发，她矮胖，八十九岁之老。也许，这种兼达的谐和，得足够老衰才能抵达，得向长寿去努力，去与时间并肩，进行消耗战与持久战，这会让年轻人感到陈腐吧，哪怕那陈腐即意味着肥沃，如同特供给艺术家的野心酵母。

二、如果不圆融、不辩证也不野心，并且拒绝陈腐，宁可去死。那么……好的，这个小小三段论就直接进入死亡。

死亡，当然，这是一个百感交集的点。如果我们足够冷静冷酷，尽量不感情用事不伤感主义，你可能多少会同意，人们对死亡总有强烈到难以掩饰也不想掩饰的嗜血之癖，在这一点上，俗世和艺术算是达到了高度的共性。世俗的权力、幸存者的内疚或者垂怜，会以青眼投注到亡者身上，慷慨地开辟绿色通道，直接通关，予以长达三分钟或三天的光芒。众声嗡嗡嗡。另一方面，对艺术家最后一击的作品评判，也会因死亡之力，而被直接镀金、升华，是的，死亡的大悲大恸大决裂在不知不觉中高拔了放大了我们的感受力。死，那一无功利、无争夺的终止符，多么泫然，又多么炫目——这难道不是一种巧夺天工般的顶级光芒吗？罪过，如果我的口气仍然显然反讽，我愿意为此修正并道歉。此非本意，因我并无这一资格，或许任何生者都会推卸这一资格。死亡面前，所有的立场都会三鞠躬，都会颤抖着股膝表示对死神的心悦诚服。这是八百击的最强一击，扭转俗世规则与艺术困境的赛末点。

……死亡成了胡迁作品的一部分。我不赞成（当然，谁又需要谁的赞成呢）他的死亡，也并非说喜欢他的小说到一个多么高的程度，但我看重他对写作风格的选择，看重他对世俗的彻底背弃，看重他对死亡的主动调度，这三个方面，他所达到的纯粹与酷烈，仿佛是我们所有这些混迹艺术与世俗者的一个代表——拒绝的、反方向与反作用力的一个代表。

最后写两句关于胡迁的小说本身。说实话，他的东西不太适合集中阅读。那股强烈的丧衰，会大大地拉拽阅读者的心绪，你会感受到那赤诚中所迸射出的破坏力，是的，我用了“破坏力”这个褒贬各半的词。我个人感觉，他的小说适合单独、单篇、冷不丁地读。夹杂在光鲜顺溜的公号文或金融报表或逗趣对话截屏里，这时的阅读才会更为清澈，获得完整和有效的灼伤，纯正的艺术性灼伤，如同佐罗的签名或V字仇杀队的面具，那是胡迁对艺术这片领土，日渐荒芜贫瘠的领土的贡献。他加重了阴影，他校减了速度。他后视镜，他恶作剧，他思无邪。

（2018年）

辑二　萎泥与飘逸

我曾无意中丢下一粒种子

——与姜广平的对话

一

姜广平（以下简称姜）：写于2002年的《白围脖》确实在同情与理解上，特别是在女性本质的寂寞上，我是说崔波与忆宁的关系处理，狠狠地作了一种表达，说到底，女性的疼痛终究难免。只不过，揭出这种疼痛的，竟然是母亲。当然，这时候的母亲，仅仅是一个类似于守了一辈子寡的近乎变态的女人。

鲁敏（以下简称鲁）：也不能说她就是完全的变态，就算是“变”，也有其前因后果。在这个小说里，有三个女人："我"、小白兔和母亲。她们在情感体验、道德尺度、伦理立场上都完全不同，有一种互为因果、互为表里却又无法梳理的牵掣关系，小白兔是有“爱”的女人，即便在那个禁锢的年代，即便她付出声名的代价，但她仍是幸运和幸福的；而“我”，在当下这个开明开放的年代，一切似皆可为所欲为，但显然，“我”是不快乐的，在精神层面上，仍是孤独和迷惑的，“我”之所以“参照”父亲当年的所谓风流韵事来投入那种似是而非、顺流而下的婚外情，这是一种徒劳的攀附，肉体的形式解决不了精神的空洞。

回过头来说母亲，被父亲长期冷落在乡间的母亲，她是一个保守年代中被迫的“忠贞”者，她的一生，实际上都是“饥饿”的，是情感缺失、肉体沉睡的，但她不自知，她以为她这样便是“妇人正道”，她把这生命的苦涩当成了台阶与底气，认为她因此可以高高在上，获得心理与道德上的“俯视与审问”视角，故而她不仅对小白兔有充分的道德鄙视，就是对自己的女儿——“我”，她依然可以站出来，揭出苟且之事，撕破生活暗幕。

姜：偷看黄色光碟这个细节，其实交代了母亲毕竟是一个需要正常生活的女人。因而母亲值得理解与同情。

鲁：对，这是母亲作为女人最为正常的抚慰之需，但在她的意识里，她把这个行为理解为一种批判行为，似乎借此可以抓住“我”的不检点之处，包括母亲对“我”夫妻私生活的贴身“询问”，那种逼视与窥探，其实都是她下意识的肉体需求，但她不会承认的，她就感到自己是道德审判长，以她一辈子守活寡般的经历作为抵押，她认为她获得了这一权力。

姜：这篇小说，非常舒缓，但在小白兔跟忆宁那一段对话那里，可能节奏快了点。虽然是对七十年代的一些交代与补充，但可以更舒缓些。这里可能显得有点儿稚嫩了。

鲁：谢谢你指出这一点。这是我比较早期的作品，可能在技法上存在一些问题。

但对于技法，我常常存有一种非常矛盾的心态，因为，技法实际上是一种心计与谋略，是个技术层面的活儿，是一种控制，这与激情——写作状态的要素之一，似乎是相悖的，在我最初的理解里，好的小说是可以不需要这个的，就像一场好的恋爱，并不讲究追求与示爱的方式或者浪漫情调之类。有了爱，别的统统不计。可这么几年小说写下来，再否认或忽视技法，那就不够真诚了。并且，作为一个读者或作家，我在阅读中，会在大量优秀的作品中发现技法的存在，那种有意无意显现出来的痕迹，如同戏曲名角的一亮相，是功力的流露，是成熟的标志，是日积月累后的“专业”之态。

可是，技法圆熟与优秀小说之间，真的存在正向的逻辑关系吗？我存疑。

姜：如果在读了一些你的作品过后再回过头来看《白围脖》，一个非常有意味的文学现象再度出现，这篇你写得较早的作品，是一篇相对成功的作品。你后来的很多作品，可能都未能达到《白围脖》的高度。

鲁：你的这一感觉，或者说，你指出的这一文学现象，我认为，应该是参照标准发生变化，是阅读期待发生变化；当然，另一个原因，是《白围脖》这个东西，在我的写作体验中，确实有某些切肤之感，有发乎心的地方，这决定了作品的气质和力量，这是后来的技巧之作、经验之作所不能及的。这其实还是在某种程度上验证了我的"反技巧说"。先天的激情与心力，后天的技巧与控制，所产生作品的质地是不同的，有可能，前者是略有微瑕却令人心动的拙玉，后者是花纹精致、可供玩赏的瓦当，有不同的美学效果。

姜：《镜中姐妹》写作的时候，你可能刚刚过三十岁吧？虽然是写的张家姐妹，但写法与笔意上，确实带上了更多的沧桑。上面提到的《白围脖》说到底也是写了七十年代之后的事情。似乎在你一开始走进写作就没有将当下作为你的着力点。

鲁：嗯，我查了一下，那年我二十八岁了。《十月》一发出来，当时刚创刊的《北京文学·中篇小说选刊》就选了这个小说，我昨天还刚刚碰到这个杂志的关圣力主编，都过去这么几年了，他一坐下来，还是夸我这个小说。

那么说到我对写作时代的某种偏好，这可能与我写作的一种理解有关。在一个文学座谈中，我曾说过，好的写作对象，不应是贴身肉搏战，不是刚刚出炉从新闻上拿下来就进入写作范围，最好，我认为是“隔”的，可以是时间的“隔”，比如，我一些作品中所描写的年代、往事；或者是空间的“隔”，身在城市，而放目乡村；也可以是视角与切入点的“隔”，比如我的《取景器》、《暗疾》与《穿越黑暗的玻璃》，这里的“隔”分别是：一个女摄影师的镜头、几位描写对象各自不同的精神黑洞、主人公“我”的超发达感官。

那么具体说一下时间上的“隔”，我为什么较少触笔当下，而专注过往，主要的原因，从叙事角度来看，这种“隔”，它提供了一个稳妥的基石，一个从容的相对恒定的气氛，这让我胸有成竹，又让我悲欣交集，这种回看和超越，会有智慧的成分，也有笨拙的成分，会体悟到宿命的气息，也让我感到生命的顽强与壮丽，总之，这种“隔”特别会带有某种调子，恰好是我比较倾心的调子……

姜： 突然发现最后小五子那一声“姐姐”跟《白围脖》里忆宁那一声“爸爸，我爱你——”采取了一样的处理方法。不知你有没有注意到这一点。

鲁： 对，我最初没有意识到，甚至一点儿没有注意到。这个，算是一种重复吗？有可能，哎呀，惭愧……不过，这让我想到关于“结尾”的艺术。

中国昆剧里，中场称为“小煞”，终场称为“大煞”，前者讲究“留有勾想”，后者要“收于无形”……这一点，关于结尾的处理，你看，还是在谈技巧了，这真是写作中不可回避的东西。理想化的结尾，是止于当止，止于自然，止于无痕，但写作中，这种“自然与无痕”，是要用了“力气”之后才能达到的。我有一次跟一个朋友谈：我说我就怕结尾被别人看出来我在用劲，看出来我在结尾。怎么把这个“用劲”的作案指纹给抹掉呢？朋友说，那你得继续用劲，劲再大一点儿，好到一个程度，才能浑然。我亦认为是，好“结尾”的那个浑然，是大人工后的天成。这是我理想中追求和致力的“大煞”。

姜：《笑贫记》其实是在写一种美好，总觉得题目似乎不可取。毕竟，这篇小说的主要视角还是在邵丽珍这里。

鲁：啊，你觉得题目不好？我自己倒是十分喜欢。此“笑贫”非我们常说的“笑贫不笑娼”那个意思。这个“笑贫”，省略的主语是以邵丽珍为代表的城市平民，“笑”，是动词，是谓语，“贫”是宾语，是她与他们好梦难圆、东牵西掣、捉襟见肘的生活现状。邵丽珍们的“笑贫”，正是他们对温寒生活的态度，是他们的度世方式。

我一向认为，在中国民间的生存哲学里，特别有一种自圆其说的能力，再糟的生活、再不堪的境地，人们都能够在“自嘲”和“小满足”中实现自我安慰、苦中作乐。中国人历代多难，但生命力之顽强、偷生之余欢，实在罕见，常令我感动而珍重。

这里不免捎带讲两句，现在被圈子内外诟病甚重的所谓底层写作，这个主题下产生的大量作品里面，文学成就高下暂且不谈，最起码有一条，我感到，对于“底层人民”的理解，有一点是常常被忽视的，那就是“底层”的乐观与活泼，他们不是作家想象的那样，因为“底层”，然后仇恨、压抑、报复、乖戾等。“底层”的智慧与愉悦和他们的悲苦与压力，往往是成正比的。

我是在乡下长大的，从小看到太多幽默的农民，包括娶不上女人的光棍汉，无儿无女的孤身老人，欠下一身债务的老赌徒，等等，他们的那种嬉笑怒骂、潇洒乐观，给我留下极深的印象；后来长大，看到我们这个民族历史上更多的事情、更多的大小人物，我愈加坚定自己这一感觉：民间有多少大悲苦，民间即有多少小欢喜。他们一正一负地抵消着，使我们这个国度的子民，一代代圆通地存活着。

回过头说这个《笑贫记》，写于2004年，算是较早就注意到所谓的底层了，后来我没再写，但2008年，我还有一个仍以城市平民为对象的中篇《超人中国造》要出来，你会看到，在这个中篇里，我仍然书写了平民们的狡黠与执着，他们的机会主义，他们顺应时势、就祸纳福的生存之道。

二

姜：《方向盘》这篇小说，在语言上似乎开始形成你的风格了，活泼、灵动、俏皮，这些特点之外，还有一种会心的幽默。

鲁：这是我语言风格之一种。我对语言的想法是，与叙述内容和气氛相合拍。这一风格在《男人是水，女人是油》、《喧嚣的旅程》以及最近刚发的《秘书之书》里，都有延续，很多人也说喜欢，感到有趣、反讽之类的。实际上，这种语言风格是非常接近当下口语的，现代人说话，就是这样，说笑、嘻哈，带点小智慧、小掌故、小刺儿之类。实际上，这远不是我追求的小说语言，但是考虑到其中人物所处的环境与背景，他们的思维模式与处世方式，我认为这种语言风格才是与小说主题相贴的，为了给小说“加分”，我必须放弃我个人对语言风格的偏好，出于对“技巧”的妥协而选择这样。

但在我另外一些小说，比如“东坝系列”中的《思无邪》《逝者的恩泽》《风月剪》，以及《人民文学》2008年第1期的《纸醉》里，你应当注意到，那完全是另一种语言风格，淡的、静的、拙的，带有一定的地域特色。那是我比较中意的一种风格，我把我对语言的讲究放在这里。

再比如我的“暗疾”类主题的小说——这是我自己给自己的归类，主要就是写人性中比较幽暗的那一块，主要包括人在现世的内心状态、人与人之间的隐秘关联、人与人最大限度接近的可能性，以及人在日常中的病态，等等。《取景器》《暗疾》《跟陌生人说话》，以及我最近刚刚写的《墙上的父亲》《碎镜》等，在这类题材里，我使用了一种相对纯粹一些的书面语，冷淡，精准，克制，略有吊诡。

这种对语言的取舍和塑造，代表了我在小说语言上的一种自我期许。不过，在写作理想面前，写作者总会对自己的能力感到失望，长年如影随形。

姜：《穿过黑暗的玻璃》是不是想要在语言的巫性和情节的神奇上作展开？我觉得这个中篇并没有能达到理想的效果。

鲁：很高兴你洞悉了我的企图，这说明我还是实现了我想要传达的那一部分东西。就这个小说，我在创作谈《无法抵达的感官之旅》里第一次提到我对“感官”的青睐。

对于气味、温度、湿度、色泽、光线等，我总是有着狂热的迷恋。这是些具体的东西，随时随地地包围着我们：一只木瓜的气味，灰尘在空气里的阴影，黑暗中眼睛的光泽，静水深流的明暗。但问题是，谁都知道它们在那儿，却从来没有人能够真正抵达它们的核心，人们粗枝大叶地任由这些感觉发生着、消失着，好像它们只是一种抽象，是一种想象，永远只停留于表象。可我总是认为，正是这些微妙而细小的东西，它们会像子弹一样富有攻击力和影响力，通过一个肉眼无法看到的小孔，它深入到我们的内心和生活，不动声色地决定了我们某一时段的心境与遭遇，甚至成就我们的习性与运气，我们与他人的关系，我们与自己的关系。

因此，我总是有着一个关于感官的想法，我要写一个东西，这里面，有一个家伙，天赋异禀，她有着超常的听觉与嗅觉，对于感官，她隐秘地暗自珍重，给予足够的信赖和重视，她通过感官去感知、判断，与他人和世界交往，当然，因为这个，她获得了先知先觉的愉悦，也体验到被当作精神病患者的隔膜……无疑，这个故事是荒诞的、激进的，可是，也是可信的、温柔的。这里面，我想传达一种梦想和渴望，那是对感官世界的无限热爱与追逐，就像一只鸟，张开它弱小的翅膀，掠过阴险的气流，以最大限度地接近天空——我沉湎于此。

然后，在这个小说里，正因为有了感官的微妙存在，便没有了真正的秘密可言：官员们的腐败交易，情人们的暧昧床第，诡计者的复杂手势，绝望者的清澈泪水，这一切的一切，只要发生了，存在便是告知，它们便会产生气味与声息，使空气颤动，使光线交映，它们将被他者的感官在偶然间捕获，得以感知，事情将以另一种形式重新呈现出来。秘密不复是秘密，它会开成一朵繁复的花——这便是感官的表达方式和控制手段，它让世界透明，变形，危险。这里面，有一种趣味，是顽皮的，也是悲哀的。

这个小说是我对感官世界的第一次放胆尝试，但虚实的结合还没有做好。以后，可能还会再试一试。因为太喜欢了。

姜：《白衣》这个中篇有点儿意味，陈冬生穿着的是一件白衣。医生嘛！但沈小莲、英姿这样的女人，在你的笔下，也从一种非常残酷的角度呈现出一件衣服的特征。但是，可能你是想这样展开的：陈冬生穿白衣，而自身已经不白，跟邹虎这样的市井混混已经毫无二致，跟那个退伍军人、院长亲戚也在自然而然间成了同志，完成了一个纯洁高中男生到一个市井流氓的转变。而沈小莲这样的衣服，肯定绝非白衣。至于英姿，跟邹虎一次自杀性的疯狂过后，却保持了洁白品质。不知这是不是你这样安排人物及人物关系的初衷。

鲁：你的这个理解，是一个比较典型的职业批评家的诠释。谢谢！我喜欢听到这样理性的分析与梳理，这对我，有恍然大悟般的触动，好像是我曾无意中丢下一粒种子，时光流转、浑不在意，忽然有一天，有人捧了只果实到我面前，说：这是你的，这是你种下的！

但话说回来，小说的言外之意，有时真在作家的意图之外，因在写作中，写作者是全然不自知的，他这时是缺乏理性的，甚至是不够聪明的……

姜：在《正午的美德》和《颠倒的时光》里，你开始着力表现人心的美好了。当然，像木丹的迷惘也非常有意味，是对现代化进程的迷惘。这篇小说里关于蝴蝶的思考确实挺有意思的，你抓住的这个细节也非常到位。这是表现你个性的地方。

鲁：谢谢夸奖，哈哈，甚是受用。对的，一度，我对人性中浑浊下沉的部分喜欢穷追不舍，看世间为人为事，如何失信，如何失德，如何失真，力图处处写得不依不饶，似乎那种刻薄与刺刀见红便是功德圆满的写作宏图。但后来慢慢发现，我所流连忘返的那部分，其实只是人性之风景一种，既有浑浊下沉，则必有明亮与宽容，何不眷顾于后者？再者，想到一个寓言故事：狂风与太阳，都想剥了农夫的衣衫，一个是劲吹，一个是暖照，到最后，反是太阳得胜。所谓恶与善，几可比之于狂风与太阳，如果我真想通过笔下的故事与人物寄托点什么道德文章，真不若选择一轮暖暖之日吧。转念及此，似有所悟，再经选材取舍，又经腹中春秋，便有了后来一系列的以“善”为温暖底色的小说。

说到木丹的迷惘，这是乡村大地在城市化进程中必然会碰到的迷惘，也是当下生态悲观现状中比较典型的一种迷惘，故而，也有批评家把这一小说定义为“生态小说”，我认同这一说法，这正是我这个小说的言外之意。这篇小说，表面上温情脉脉，充满乡间的人情温良，其实，我是想传达一种悲切与绝望，因为我知道，这一切，将跟水土流失一样，正在慢慢失去。

至于你提到的细节。正好想到前两天有前辈跟我聊过细节与情节孰轻孰重，我当时这样说：在酝酿之初，情节当为要领；但在行进之中，细节则为要务。我对细节，一向是用心的，这个，不要人教，写的时候，自然会碰到，没有物质的、具象的、细部的依靠，小说就软塌塌的，并且，还会碰到节奏问题，你停不下来，只能跟在情节后面跌跌爬爬地走，这样的小说，就算勉强写出来，也“缺钙”，站不起来的。

三

姜：《取景器》中的“文革”记忆从何处而来？当然，

这一问也可以指向《白围脖》。对七十年代出生的作家而言，“文革”应该是陌生的，至少，没有经验或体验，更不会有切肤之感。

鲁：我常跟人开玩笑，说我是一只反常的煎鸡蛋，“外嫩内焦”，我外在的生理年龄与内在的心理年龄，是有落差的。我的记忆与体验，是从我爷爷奶奶、父亲母亲那里慢慢延下来的，也就是说，因为血肉之亲或家庭之脉，他们的记忆已经无形中叠加在我身上，往前延展了我的目力。但我不特别在意“文革”不“文革”，只是因为，我把记忆往前面推一代人，正好碰到的就是“文革”，它虽然没有“切”我的“肤”，但它“切”了我的家、我的家人，这便已足够。文学的经验，不可能来源于直接。

姜：“文革”在你们这一代作家的意识里也不可能形成重负。

鲁：对，我没有特别地去理解为重负。并且我也知道，对“文革”的反思与再现，不是我们这一代作家能做的，最起码，我个人是没有能力去做的。但它为什么还会进入我的小说，只是因为，我其实是把它与前面、与后来，与国人所碰到的各种问题、禁锢、打击、颠覆等，等而视之。这一系列的变故，可能来自传统伦理之倾塌，来自市场经济，来自世纪病，来自全球化浪潮，来自电子与网络，来自城市化进程，等等。故而，我只是恰好在追溯时，碰到了“文革”，就像我在最近的一篇小说里，往前倒走时，我碰到了1983年的“严打”一样……

姜：《取景器》是非常有意味的。以取景器定义人是一种视角的发现，譬如看自己，看妻子，看儿子，在取景器中就有了非同寻常的意味。这一来，你的目的我也就发现了，你将爱也放在取景器中重新定义了。至少，在你这篇作品中，爱中就应该包含着那种哪怕是被放大了的弱点。可惜，人有时候却不敢面对这样的爱与弱点。

鲁：是啊，但如果我爱一个人，一定会爱他的全部，甚至更爱他的虚弱处，就像我热爱写作，同时，也热爱由此带来的焦灼、自卑、摇摆等。你知道吗？《取景器》是我最为私爱的一篇小说，也有一些陌生读者向我直接表达他们的阅读感受。这里面，的确有许多地方，间接地表达了我对“爱”的理解，诸如“爱”的存在样式与可能性、“爱”的无疾而终、“爱”的虚无与归零等。说实话，我一直这样，对人类情感的深度、心灵的广度，无比渴求，对我而言，那像是一个无底的悬崖，我忍受着恐惧，站在边上向下张望，我想无限接近！但问题的悲观在于，我永远近身不得——人性彼此间的遮蔽与误读，正是其本质所在。

姜：“我”对唐冠那种被“鸟人”抛弃所需要的解脱，分析得也是非常入骨的。读到这里，我越来越坚信一句话，作家，其实就是在处理自身与世界的关系。就像你这里写的唐冠与艺术的关系变得别扭而疏远，也是一种关系。

鲁：是的，我很感动，你读得这样细！这篇小说，有许多对话与小小的感喟，都是我特别在意的，因为我是说了心里话的，简直像在写散文，用小说的外壳，说我的真性情，说我对各种事物、情境或关系的思考与理解。

姜：当然，说到底，自身与世界的关系中，有着人与人的关系。我读了你的全部中短篇以后，觉得，《取景器》的最后，唐冠寄来那么多“我”的照片，是唐冠对“我”的一种抚摸，一种温情。你这一点相当厉害，用了道具，更是用了一种不同的方法，来展现一种美好的抚摸，一种温馨的疼痛。

鲁：不仅仅抚摸与疼痛，还是对所爱的诀别，对人间的告白。要知道，患有绝症的“我”，到最后，就只能以这几张照片存在于世，存于那过了时的“取景器”之中，存于也在日渐老去的情人之手……哀哉命之将尽，唯有爱意一息尚存……

姜：《逝者的恩泽》说到底也是在展现一种美好。红嫂的宽容是一种美好，古丽的献身与让步也是一种美好。当然，这可能都是因为逝者留下的恩泽所滋养起来的一种美德。所以，这一来，这篇小说，有了更深的意味。那个没有出场的陈寅冬，那么平凡、那么普通，却又是那么美好。

鲁：这个故事里，任何一个福祉的背后，都有舍弃。陈寅冬以一命之舍，换来供亲人们生养的“经济”，红嫂以“宽容”之心，换来最为根本的“和美”，古丽又以对“爱”的舍弃而保全少女菁菁的幻梦，小达吾提，放弃他的眼睛，从而换来通灵的嗅觉……这里面的人，都是受苦的，但他们安心接纳这苦，因而他们反倒是有福了。

姜：说到这里，又发现了视角的问题。就像《取景器》，你的小说视角非常好。关于上述视角，可能也是你对小说文本的一种贡献。之前，我们谈论得多的，就是人称视角，而现在，你的视角可以是另一双“外在的眼睛”，可以是取景器（《取景器》），可以是耳朵（《穿过黑暗的玻璃》），可以是一个孩子的嗅觉（《逝者的恩泽》），甚至可以是一个已逝的人的恩泽……

鲁：这个问题，就是我选择的“隔”的方式。

姜：与《穿过黑暗的玻璃》相比，我认为，《暗疾》同样有了相当的巫性。只是，我更觉得，这篇小说在人物性格和故事情节的把握方面，是不是过于遵守了你自己设定的情境？这篇似乎有了做的痕迹。至少，梅小梅最后说的“退货”，虽然在情节上有出人意表之处，但是，仍然觉得既不符合情境，也似乎不能由黑桃九的一个细节引发出这样的情节。我觉得小说还是得在“像”上做出努力，像生活，甚至就是生活本身的还原。同时，我也认为这样的小说，才更逼真。

鲁：不，这一点我不同意。我不认为，小说一定要还原生活本身。我来试着与你“争鸣”一下，或许，这是两类小说的不同通道，或者说是小说的两种境界。一类小说，它“像”生活，它是再现与描摹的能力，包括对合理性、逻辑性的设计等。但当然有另一种小说，它远远“不像”生活，我认为我的《暗疾》恰恰就是后一类小说的典型代表，这篇小说，从一开始，它的调子就是荒诞和夸张的，父亲的“神经性呕吐”、姨婆对“大便”其物的超级关注、母亲的“记账癖”、小梅的“退货强迫症”，等等，这种种毛病，本身就是具有象征意味和预设性的，故而你读出了“巫性”，这种“巫”本身便是严重偏离日常生活的，我所求的不是“像”，恰恰就是“不像”，在“不像”中把人性深处的病相与变异给压榨出来。

姜：当然，对小说的理解，或者说小说观吧，每一个作家都有自己的理解。然而，我仍然认为，在“像”与“逼真”方面的努力，是当代很多作家未能做到的。“像”与“逼真”本身并没有要求照搬生活，它仍然要求一个作家表达出自己对生活的理解。

鲁：嗯。有道理。

姜：在《风月剪》里，我读到了这句话：“到底要把我送到哪一家去做学徒呢？家里人为此颇费思量。唉。每个人，这辈子里总是要选来选去，小径分岔的路口，一去不能复返的路程。从那一天起，沿着家里人所选的小径，再经过若干岔道与十字，我一直走到今天……”小径分岔——这样的话，对我们这样的文学读者来说，是非常熟悉了。但是，我的意思是，到了小说里，这样的话又太多了。你也用他也用。当然，显而易见，这是大师的影响。可是，我总觉得，你可以有其他的表达方式的选择。你在语言上的感觉不坏，可是，我总觉得还是应该有自己的东西。这次鲁迅文学奖的获奖作品《心爱的树》对我启发颇深。作家应该学习蒋韵，这是一个在语言上玩命的作家。她终于找到了自己的语言方式。这篇作品也足以说明当代作家在语言学方面的追求与造诣。

鲁：你说得很对。我知道我这里用了一个被作家们用到让人厌倦的小典，但我是明知不可为而为之。有两个小小的原因，一是有点儿傻乎乎的致敬之意，就像许多导演，他们会故意在自己的影像中刻意模仿他所崇敬的大师的某些镜头，以此表达晚生的敬意；二是，考虑到读者。要知道，小说除了被专业的批评家读，被具有文学素养的同行们读，更多的终点，是给那一大批未知的众生去读，为了他们，我愿意犯这个有点儿傻的小错误，我想用这个“旧典”来再次传达我的主旨：命运即为偶然。

姜：仍然是这篇小说里的一句话：“一个与布料同谋的

女人，永远胜过愚蠢的全裸出镜者。”我仍然觉得这句话与小说有着很大的裂缝。这不是应该出现在这篇小说里的语言方式。因为，人是在东坝，小裁缝又是一个“书念不下去的”主子。所以，这样一来，就觉得，你很多作品的语言选择都非常贴切，独有这一篇，觉得偏了。

鲁：你这个问题很好！说实话，这句话也在我眼睛里、心里头“烙”了好久。其实，我在写的时候，在修改的时候，一直都在这句话前面犹豫，但我为什么没有删掉？最主要，因为我这篇小说是一个倒叙结构，小说的第一句话就定了调子：“我打算说一些往事。事情，已隔20年之久，我却一直忘不掉，像挂在脖子里的一块玉，凉而润。”从这个角度，出现一些溢出小裁缝当时年龄与身份的话，是可以的，包括在后文中，我也常常会跳出来，这样说，“时至今日，回看当初……”等等，用当下的视角去审视往事，这其实是我特意做出来的一种“间离”效果，是在有意无意地提醒读者，这是一个旧故事，是一个成年者的少年回忆。

当然现在看来，这一小句还是应该删掉的，这句话里所抖搂出来的小机灵劲儿，有些让人生厌。这个删小说的决绝与气魄，应当向毕飞宇老师学习，我听说，他的《平原》删掉有八万字；而他的《玉米》，在那么个最棒的结尾之后，本来还有相当长的篇幅，可他后来在修改中，全部去掉。叹服啊！

姜：当然，这里的问题其实很深，也一直是我所困惑的，就是叙述者、叙述对象、叙述的当下、被叙述的当时，这里的关系非常复杂。每一个作家可能都会被这个问题困扰。

鲁：对，这个也是我经常会碰到的问题，也是我在思考的问题，因这仍是属于我所抗拒的“技术”问题。比如，不同的人物，不同的城乡场景，不同的时间维度，严格来讲，都应有差异性的语言载体，但写作者能否自如扮演，并顺利跳转，并惟妙惟肖，这真是一个大技术活儿。

但话说回来，是否人说人话、鬼说鬼话，旧时说古话，今日说新语，这样便对了呢，又不尽然，这个问题，我会慢慢边实践边想。

姜：这篇小说里又出现了一个叫“英姿”的女人。这个女人在《白衣》里出现过，名字、人物特点，都有点儿像。于是，这又让我想起上次与韩东说起过的一个不太让人愉快的话题：作家如何避免重复自己。

鲁：不，不一样，我这是故意为之。你若留心，你会发现，我在多篇小说里，还有一个叫“忆宁”的女子，在“东坝系列”里，有一个叫“伊老师”的人。这些取同一个名字的人，是在相似情境里有着接近气质的人，只是在不同的故事里，他们有不同的扮相与运数。我是有这样一个想法，除了主人公之外，我想在我的各个系列里，出现一个或几个恒定而个性的“配角”，我在特定环境赋予他们特定的人性……我认为，这个想法是个有趣的事情。所以，你若细看，这两个“英姿”，并不是你那个意义上的重复。

姜：当然，与此相关的问题是：作家要不要重复自己？上次与南京一位作家交流，他对重复有自己的看法：譬如建筑，正因为有重复之美，才有了建筑之美。

鲁：重复是作家写到一定阶段，比较容易被指责的问题。这个问题，我一直在警醒着，像狗竖着耳朵。简单说一下，首先，我反对简单意义上的重复，像剪纸四方联、十六方联，那太可怕，也没有一个真正的作家会衰弱到那个地步；其次，如若留意到许多文学大师，在同一母题下的多角度书写，或者在同一系列下的，群像式的分部展示，跨时空维度的呼应与书写，这也算作是重复吗？我认为不是。这个话题，我先说这两点吧，事实上可以谈的还有很多，非一言两语可解，与此相关还有个人风格的重复与自我压抑等。

姜：不过，这个《风月剪》写得还是让人服气的，对裁剪艺术，是真的懂行的人才能写得出。现在的很多小说家，在这方面确实令人起敬，不像前一阵子，会舞文弄墨就都是个什么作家。不是这样的。还是得看谁跟生活贴得近。更何况这篇小说的情节是那样地令人感到服帖。

鲁：谢谢。每一篇小说，只要稍微涉及一些相对专门的东西，比如《颠倒的时光》里的大棚种植，《取景器》里的摄影术，《纸醉》里的民间剪纸等，我事先都会做一些功课，这是作家最起码的分内活儿吧，我听说，像迟子建写《额尔古纳河右岸》，范稳写《悲悯大地》，那事先的资料准备，都是巨大无比的活儿，工作量比后来的小说还要大……这方面，前辈们放的样子太好了，我这个，实在不值一提。

姜：让人服气的还有英姿这个人物的安排。在《白衣》里，在《风月剪》里，英姿都有着英雄般决绝的姿态。一个就这样悲壮地给出了，一个想要给出却无法实现便出走了。但是，在这里，我更希望听到关于宋师傅这个人的诠释或理解。

鲁：对呀，这两个英姿，都是我有意为之的一个典型"配角"，乡下里那样一种女人嘛，人好的，心高的，命低的。至于宋师傅，这完全是一个虚构的人物，但有趣的是，我碰到不少人问我：你们那里，真有这么个裁缝？

当然不是。我在撒弥天大谎，在编破绽之网。但话说回来，就如同"世上绝没有无缘无故的爱"，世上也绝没有"无缘无故的虚构"，就算是谎言，它也是有倚仗的，是落地生根的，它跟经验之间，有着暗度陈仓、藕断丝连的暧昧，下笔再怎么狂放不羁、恣肆汪洋，猛回头一瞧，跟经验还是脱不了干系，总得在过往的日月光阴里，有个影儿有个样儿。

这宋师傅的影儿与样儿，源自我幼时里关于裁缝铺的记忆。这跟我母亲有关系。她是个喜欢在穷日子里用穷办法打扮自己的女人，她年轻时，省得要命，省下来所有的钱，然后，最爱跑两个地方，理发店与裁缝铺。她甚至与那里面的师傅们建立了类似现今VIP客户的关系，可以打折，或享受不排队、提前取货等方面的优惠。在这种愉快的小镇消费场景中，自然，她总带着我……然后，我有些像《风月剪》中的“我”，沉醉于那种碎布头与旧卷尺的味道，享受缝纫机所发出来的“专业”声音，并尤其着迷于大剪刀在布料上大刀阔斧地动作——现在想来，从心理学角度看，这是一种被压抑的破坏癖，我喜欢看到完整的东西被剪开、被重构、被变形，甚至赋予某种神性……

至于宋师傅其人，你想想，就算他在性取向上符合大多数人的尺度，他还是会终身抑郁的，要知道，因为职业之故性格之故，他实在是太白净，太修长，太精致。在七八十年代的乡间，他这样的形象、这样的活法，在本质上，就是个错误，错误就得被擦去，被剪掉，被屏蔽。同样的，我们也可以知道，就算是现在，这个号称宽容与自由的时代，同样，有另一些“宋师傅”，他们依然在被当下的“风月剪”所戕害，有机会的话，我也许还会写一写那样的人与事。顺便说一下，性取向问题，我从第一篇小说《寻找李麦》就开始了，但这是个碰巧，不是说我特别关注。

姜：当然，非常有意味的是，你的很多小说里，我突然发现，都似乎有一样东西对应人的某种器官，甚至，譬如像《风月剪》，宋师傅替英姿做旗袍的那种行为，太近于一种性行为，有一种情色意味。

鲁：你说的情色，我承认，我小说里经常会有一些小细节，有情色之感。在《逝者的恩泽》里，我几乎只提了一句“他喜欢用脚……”等等，但仍旧有许多的人注意到。嘻嘻，看来，情色之力，不可小视。

四

姜：我不得不承认，在你这一代作家的写作中，你的写作智慧是需要深入小说文本才能体认的。我同时也认为，这才是一种真正的智慧写作。当然，说到东坝了，就说开去吧。看来，东坝是你想要构筑的一个人文板块，就像沈从文的边城、贾平凹的商州、张炜的龙口、毕飞宇的王家庄……

鲁：没错。可能稍显刻意，但主要也是为了向我亲爱的故乡——江苏东台表达我的爱恋。我是东坝的孩子，那是我的乡村乌托邦。但我也会注意，不要过分用力，还是要自然、丰满地去慢慢做这个系列。宁可缺，不可伪。

姜：《致邮差的情书》有些异域情调了。有意这样设计的？看完了，我才明白，你想说有这么两类人，他们永远就是两类人，搭不到一起的。

鲁：谈不上十分的异域情调吧。其实是讲平民与小资，这是不搭调的两个小群体，可是我找了两个个体，把他们拧到一块儿，不是用情感拧，而是用结结实实的日常流水去拧，我喜欢这种“混搭”之效，人与人的巨大差异与惊人的隔阂，就此摊在所有人面前！我在短篇《小径分叉的死亡》与《烟》中，也表现过这一主题，但后者，结尾没有处理好，流俗了；而这一篇，相对而言，我是满意的。这小说也是对我长达十五年在邮政局做事的一个小小呼应。那些亲爱的平淡的有着粗大指关节的邮差，我曾经天天在一个楼里跟他们一起上班下班……

姜：《思无邪》读完了。这一篇好像非常纯粹了。你的叙事，也似乎开始基于零度。不作任何价值判断，也似乎没有感情介入。淡淡的。

鲁：对，这正是我在这一篇所想要达到的味道。最初，我并不了解，读者是否会接受这种相对有些旧的手法和笔触，但从后来的反馈来看，爱者甚众。我因此心里觉得很是暖和，原来，有那么多的读者体味、懂得。

姜：很多人都在讲这篇小说的好，可是，我发现一个问题，这里的伦理判断，其实是被歪曲的。你有没有注意到这个问题？

鲁：这个问题，其实类似于我们前面争鸣过的“像”生活还是“不像”的问题。我的答复是：小说不是道德法庭或伦理宣教书。小说，是书写各样的可能性。美的一万种可能性与恶的一万种可能性。

姜：无论纯粹、纯净或者美好，都只存在于兰小与来宝之间。我明白，也已经看出来，你一直是在书写着美好，那种似乎被很多人遗忘遗漏掉的美好。

鲁：这个，也非故意为之，只是碰到其情其境，他们就得那样了。或许，也因我最近一阶段对人性中“暖”和“亮”的部分比较开放。事实上，对人性之沉沦与黑暗，我也是特别要探究的。不急，慢慢来。

姜：我仍然认为这是你在可能的或偶然的问题上做出的努力。毕竟，现在的时代是我们作家应该正视的：荒谬与偶然，可能与存在，需要我们作家勘探，更需要一种扎实的勘探。有些时候，生命之轻与生命之重，都可能是我们的笔无法承受的。

鲁：是啊，这是无力之处，也是有趣之处。世间万物，钱、权皆非我所欲，但是，千万，上帝啊，请多让我见到一些有意味有趣味的人，满足我对人性的好奇与贪心……

姜：刚刚看到一则读者的评论，对你的这部作品并不看好。当然，这只是读者一孔之见。然而，这样一来，问题也来了，作家写的，读者不一定明白。或者说，作家如何面对那些非职业文学读者呢？生活中大多是这样的读者，甚至，这样的读者占百分之九十。这种情形下，作家何为？

鲁：很遗憾他不喜欢此小说，但我尊重和维护他的声音。作家面对什么样的读者？作家何为？我是这样看的，在写的时候，我忘了读者，专业的或非专业的，均若不在，我完全地按照我对小说审美的理想去写、去做，这是我的本分，是我所能提供的最甜美的果实；但在投稿与发表时，我适时记起这一点，会考量之，尽量选择相应的刊物，因为，那后面，有一个相对而言，趣味较为接近的读者受众。但到了第三步，好比是，我们作家与杂志社编辑，联手做出了一顿营养不错、色味皆可的餐菜来，读者爱不爱吃？能不能吃？吸收不吸收得到？这是一个对作家而言比较辽远的话题，我想杂志社的出版人会想得更多一些，那亦是他们的本分所在。

话再说回来，我们既不要过高地估计读者，同时，也不要过低地估计读者。对“美”的东西、“好”的东西，人们其实比对“恶”与“差”更为敏感。我对读者的接受与阅读，总的来说，还是乐观的。

姜： 好，我们谈得够多了。现在，我们谈点其他的东西吧！你是如何走上文学写作之路的？对你而言，你自己觉得今后的写作主要是向哪一个方向上努力？

鲁： 一个人与一种职业，或一种爱好，与婚姻啊，长相啊，性格啊什么的一样，均属于命运之一种，是偶然性与必然性的双重结果。扪心自问，可能跟我整个童年期、少年期的成长经历略有相关：我的成长记忆中，亲情与温情，较为缺失或较为别扭。然后，使我终身对人类情感的深度与广度抱有复杂的贪念，这有点儿像从小挨过饿的人，一辈子都喜欢大吃大喝，使胃袋带着微醺的胀痛。

但除却自身的因素，另一个外在的激发恐怕更为重要。那就是诸位同行前辈、诸多编辑师友的关注与厚爱，从第一篇小说发表起，我碰到“好人好事”挺多的，真要列举，那会写出一大串。大部分情况下，我感到幸福，一种知遇之幸，一种逢良之幸，文学是最慈悲的母亲，在她的怀中，兄弟姐妹们互相亲爱，前辈引领后生，此乃人文之大美。

至于说到下一步的方向，在不过分刻意、过分用力的前提下，有几个系列我仍会试着再走远一点儿：“东坝系列”、人性暗疾（包括对感官的挖掘）系列等。但这其实只是讲的题材与母题；在文学理想上，我另有一些朦朦胧胧的想法，但皆若散云，变幻未定，故也无法言说。

姜：你如何评价自己的作品？你觉得你的写作是以清醒的理性支配着的还是以一种直觉左右着的？

鲁：如何评价？这真难说！允许我这样说吧：我满意我的一部分，正如我不满意我的同一部分，因其风格化与技术化；我亦知我有生涩与虚弱的一部分，但正是这不够强大的一部分，让我看到希望与空间。

我的写作，比如开始一个作品，在前一个阶段，是天真的直觉与激情；但在后一个时段，冷冰冰、面目可憎的理性开始复苏。这两者绞在一起，相互威胁、相互妥协，然后成之。

姜：我发现你有很多作品的语言风格、语言特色包括一些情节的处理，都似乎能在当代名家中找到着落点。正像有作家不讳言是学莫言的，一些七零后的作家，也在李锐、苏童、余华、格非、毕飞宇、李洱那里寻到了文学的楷模。你的情况如何呢？受哪些作家的影响呢？我似乎能在你的语言里，读到当代一些名家的语言风格。这句话说得不好，对你可能也有某种不公平，但我必须对我的阅读感觉负责。

鲁：人食五谷，得以营养。我当然会受到众多前辈的影响。但我的文学源头一时很难报出具体名单，就像我不能精确地回忆我前面一段时间吃过的食物。但可以这样说，跟一个讲究养生，企图体力充沛、企图长寿的家伙一样，对好的、有营养的文学前辈们，我均带着馋劲儿，欣悦而感恩地请过来吃之喝之，并在吃喝中感到莫大的愉快，对他们充满巨大的敬意。这样，不可避免的，在吃喝中，会形成口胃的偏好，喜欢奶制品与豆制品，喜欢各式点心与水果，等等，然后，不知不觉就影响到我的体质与体形，也就是，形成了你在阅读中对我语言中可能存在的“眼熟”，这提醒了我，我可能存在一些消化不良，或者过分偏食。

姜：对西方作家，你更喜欢哪一些作家？哪一些人给了你具有影响性的文学营养？

鲁：说实话，我最怕类似的问题，许多外国作家的名字，我没有特别去记，就像我吃水果，有一些奇怪的，根本不知道叫什么。再说我经常会读一些不太知名的外国作家外国小说，大名鼎鼎的被作家奉为圭臬的那一部分我当然也读，但有的吸收效果并不好，所以我也羞于再提。要不我列一下我最近在看的几本书，聊作回答：《船讯》《中国民俗志》《精神病文化史》《记忆》。

姜：作为一个七零后作家，你对中国先锋文学如何看？

鲁：中国先锋文学里，精品佳作甚多，亦是我曾经的营养来源之一，在我早期的一些作品中，如《左手》《未卜》《虚线》等短篇里，仍可见其余韵。在最近一些作品里也有呼应，比如2007年的《暗疾》与《种戒指》，后一个短篇你可能没有留意，不长，一万字不到，在《山花》上，也是我比较自爱的，在这些小说里，我重新开始试着揉一点儿隐秘的不想让别人看出来的先锋尝试。

对于曾经的先锋，我还是有一些想法的。我前两天还跟一个朋友聊起，在当下委地成泥、跟生活贴得紧紧的现实主义风潮中，我多么希望能看到先锋精神的局部回归与灵魂附体！如果，在现实主义题材中，缀上先锋的虚无与空灵、苦诣与匠心，那我们的小说会飞起来的，而不是现在，许多小说，都是在地上爬、在地上走。

姜：非常遗憾，这次未能就你的长篇展开。你在长篇小说上，其实也已经有了成果。不知你对长篇的写作有什么想法？

鲁：我的长篇，跟中短篇相比，远未达到我的理想。因为长篇是一个对控制力和技巧性要求特别高的文体，而这正是我一直刻意不肯去用力的地方，这与长篇的讲究，有点儿出入。但我前面说过，我高兴我有这么多需要学习需要成长的地方，这多么有滋味，多么有盼头。

（本篇发表于《莽原》2008年第2期）

对话者简介：

姜广平：1964年生于江苏兴化，作家、文学评论家、教育学者。

与小说跳一场危险的舞

——与李云雷的对话

李云雷（以下简称李）：你从2001年开始发表作品，至今已出版了五部长篇小说和三部中短篇小说集，在文学界引起了广泛的关注和重视，今年（2010年）又以短篇《伴宴》获得了鲁迅文学奖，你能否谈谈你是如何走上创作道路的？你在文学上有什么样的理想或追求？

鲁：一个人，与某种职业、某个爱好或某些人的相遇，我想都是偶然与必然的共同产物，我与写作的相遇也是如此。

我学的专业是通信管理，跟文学完全不搭界；工作也比较早，十八岁就开始了，先后从事过营业员、小干事、企宣、秘书、记者等职，即便俗世的职业外壳变化万千，但我内心却总有一个不安分的小野兽，我想，得干点别的——这是宿命般的必然。

而具体到那个偶然的缘起，则是这么个场景：二十五岁的某个下午，写完当天的公文，站到办公室窗口，从所在的十七楼往外看，往整个世界看，栏杆拍遍，心念忽动，坐到电脑前，就此一脚踏上这条神秘多变的小说之路。

说到文学的理想或是追求，其实是羞于说的，或者也是不能够说得清楚的——作家对文学，本质上都是单恋，你爱得再热烈、再诚恳、再勤奋，没有用的，最终还得看她，文学如果不爱你，不赐予你才华，你就永远只能做你的大头梦。

所以，对这个问题，我只能说，写作十年，我单恋的这一边，其痴、其诚、其决心，自立始，未有变。对将来，我心中自有辽阔的梦、壮丽的寄托与远大的野心……但作为一个被灵感所奴役的行当，还是不进行过分明确的架构预谋吧。

李：你的小说中，令人印象深刻的是一系列中短篇小说，如《镜中姐妹》《暗疾》《墙上的父亲》《思无邪》《离歌》《风月剪》等，这些作品取材于你现在所置身的城市与你的故乡，但是在这些作品中，我们却很少看到你的生活或自传性因素，而更多地感受到你的观察和思考，你如何看待生活与写作的关系？或者说你如何看待个人体验与文学创作的关系？

鲁：如果把小说比作包子，那么“取材”其实就相当于替这个包子准备馅。作家的早期作品，往往喜欢取材于己，因为特别熟悉、清楚滋味浓淡，但这种馅料，时间长了，必定是有限的，也很容易导致一批意向集中、趣味相近的作品，于是作家们去“蹲点”“挂职”“采风”“体验生活”，甚或为了增加更多的生活体验而吃更多的苦……

但就我个人而言，我是不太习惯上述这种“生活与写作”的关系。一个人的生活、记忆、体验，与大千世界相比，再丰富再折腾再疯狂，最多就是从五十步到一百步，都还是薄得像一张纸。而作家，是要书写人间的，他必须学会用广泛的观察、不合作的思考、繁复的虚构、狂野的想象去做“包子馅”，这是作为写作者必备的能力之一。

同时，我个人也一直认为，文学的价值不是讲述多么离奇、陌生、紧凑的故事，这部分，可以有新闻与传记、电影与微博去做，文学的价值在于你通过某一个故事、某一个人、某一个场景，去建构一个审美空间，触动人性，触动美，触动世界的弱点。

所以，从一开始写作，我就尽量不要过分依赖个人经验，况且我的个人体验本便极为有限，大概连半张纸都没有。实际上，我更追求个人生活的风平浪静，越是这样，我的笔下才越是自由与跳脱。

李：你的“东坝系列”在文学界引起了广泛的关注，

如《离歌》《纸醉》《风月剪》《逝者的恩泽》等，这些作品取材于你的故乡，但是既没有对当下乡村问题的表现，也没有个人过去生活的回忆，而是以独特的方式营造出了一个艺术世界，着力发掘乡村生活中美好的一面，醇厚的人情，匠人的尊严，缓慢的生活方式，构成了一幅幅温暖的画面。这是否与你对文学的理解有关？在这些作品中，你是否像张爱玲那样更注重人生“安稳”的一面，或者像沈从文那样试图以文学构筑一个“人性的小庙”？

鲁：的确，“东坝系列”小说得到了很多的肯定与关注，这批作品主要集中在2007、2008年，跟我那两年放肆的醉酒般的灵感汹涌有关，我想尝试一下，作为一个乡下长大的孩子，也来写写我心目中的乡土小说。

乡土小说是中国文学的传统，同时，苦难、贫困、愚昧、野蛮、悲剧等是很常见也很强大的乡土叙事主题，但我的乡村与这些关键词无关，我只抽取了“审美”价值的那一部分，我笔下的“东坝系列”是日月有情、人情敦厚之所，是东方田园居中最悠然最惆怅的那一部分——我建构这个纸上乌托邦，应当跟参照系有关，成年后，我一直生活在城市，触目所见，众生皆醉心于速度、效率与成功，并由此而产生了都市化的“苦难、愚昧、野蛮、悲剧”，这实在可怜，可叹！故而，我很想通过这一批东坝小说来重申乡土田园的本意，并告诉所有的人，有一个曾经属于我们人类的童年，那样迟缓、美好。

不过，现今看来，这种文学理解也还是有局限的——美则美矣，力量却是小的。你提到张爱玲与沈从文，他们对中国文学都有他们了不起的、不可替代的贡献，但我尚没有形成那么确定的文学观，我似乎一直在困惑、摸索与变化之中。“东坝系列”，其实我心里还有好几篇可以写，但我好像已经失去了那时的热情了。我对小说的理解，现阶段更侧重于力。

李：有人说，你的《纸醉》是一个当代版的“边城”故事，这既可以视为一种赞扬也可以视为一种批评，从赞扬的角度来看，这篇作品在艺术上可以和沈从文的《边城》在一起讨论，而从批评的角度来看，则这篇小说只是重新讲述了《边城》的故事，你如何看待这样的批评意见，如何看待自己的作品与经典作品的相似与不同之处？

鲁：对这个批评，一开始我理解得比较简单，也高兴也奇怪，因为许多要素都全然不同啊，包括地域、语言、场景、故事、结局、主题等，为何会联想到《边城》……但后来我想，这跟小说的气息有关。如果仍然拿我前面说的包子来做比喻，尽管《纸醉》的馅与《边城》根本不一样，从做法到调料到养分都不同，可吃包子的人，他的味蕾却在无意中提醒他，这个包子，跟那个包子，似乎有同一种味儿呢——这大概就是小说的气息，或者说气质。

再往深里说，是小说主题的审美取向有重叠。前面说过，我的乡土是避开苦难与落后，而强调其“日月缓慢、人情持重”之好的，而这，也是沈从文湘西小说的主题之一……所以，这种相似，我想，应当是这种乡土美学理想上的相似。

但同时，这也引起了我的警惕与思考：如果某一类型、某一题材的小说，作家在审美向度上没有新的建树、新的开拓的话，那么这种书写，往往是有难度的，也是有障碍的，他必须用更卓越的技巧去替自己的文字创造独特的气味，而这，我想，也是一个真正强大的书写者，面对过往一切经典所必须确立的自信与抱负。

李：与《离歌》《纸醉》等作品相比，同样以乡村为题材的《颠倒的时光》触及了当前农村中所面临的“新经验”，这篇小说写青年农民木丹夫妇种大棚西瓜的经历，由于蔬菜大棚的出现，正常的四季循环被打破了，几千年来的农耕习惯，人与自然之间的和谐关系，在这里被完全颠倒了过来，这给木丹带来了精神上的困惑。我觉得对这种“新经验”的发现，也在美学上带来了新的元素，可以让我们更深入理解这个时代及心灵世界的变化，但是你这样的作品比较少，不知你有什么样的考虑？

鲁：《颠倒的时光》是因为我连续几年在冬天回乡的

感受，加上后来又做了一些有目的的与乡下亲戚的聊天，所以，是很有感触地想表达自然与乡村的关系、农人与自然的关系，这篇小说被批评家汪政定义为“生态小说”，也正是我的初衷之一。

但为何后来写得比较少，一是灵感没有光顾，而我又不愿生造或勉强。我的写作，一向尊重灵感、尊重冲动。在我的文学观里，写小说不是占山头，不是挖古井，“邮票大小”的写作模式，好像不太适合我。二是我觉得，对当下乡村或者中国生态的诸多新经验、新矛盾，自己所知道的只是形而上的皮毛，远不如我对女性成长、城市症候的观察与思考。与其为所短，不如为所长。要创造新的审美，有多条路径可以抵达，一定要选自己有激情的。

李：你写城市和乡村的作品具有不同的色调，如果说后者是明媚的，那么前者则是黯淡的，如《墙上的父亲》《暗疾》《镜中姐妹》等，可以看到城市底层的精神状态，这是由多方面的因素所形成的一种阴郁、压抑、黯淡而绝望的处境，一种看不到希望与出路的生活，你的小说瞩目于主人公幽微的心思与改变的渴望。我觉得，你对城市底层人物内心世界的挖掘是很重要的，这不同于一般“底层文学”对社会问题、事件的重视，不知你为何选择这样的角度关注这些人物？

鲁：这个问题其实前面也偶有提及。说到底还是文学观。如果以物质与精神作为关键词来考察小说，我想小说或可分为四层。

一是对大众化的公共的物质生活的书写，这可能像是文学《故事会》，用高雅的方式讲故事；二是个性化的、陌生化的生活经验的开拓。比如我们读到的一些异域风情的、非常独特、令人难忘的小说，包括我们所读的很多翻译小说，其独特的意象成了最有力的磁石；三是，物质生活亦为渡船与载体，小说着重对精神生活的关注，这种精神审美有可能是广普性的、容易引起共鸣的，例如，真善美在这个时代的尴尬与退守，城乡二元分化所造成的人性伤害，传统伦理与两性新关系的冲突等，这是我们在当下最常见的小说，有物质事件，也有精神寄托，批评界与读者也都喜欢；第四层，我认为是较难以达到的境界，是在第三层小说的基础上，其树立的精神旗帜是反大众的、反呼应的，带着冒犯与叛逆的，并由此开辟出独特的美学疆界。在前辈与同行中，有这样令人尊敬的作品，但流传得不像第三类小说那么广泛。

回到你的问题。这也就是我为什么在写城市平民时，不太重视问题与事件、物质矛盾，而更侧重其心灵色泽，侧重其哀乐的精神起源，侧重其个人的幽暗空间。不管写作对象是平民或是知识分子，他们都有作为人的精神部分，作家应当尊重这一点，而不是脸谱化地或代言式地去书写他们的生活与烦恼。这是我对“及物”与“心灵”的关系的处理。

李：《超人中国造》在你写城市的小说中可以说是一个例外，这篇小说写了一个小人物的“童话”，在辛酸中又有温暖，同时它也让人看到中国打工者在世界经济体系的位置，你能否谈一谈这篇作品？

鲁：《超人中国造》的确有对全球经济一体化的背景考察，作为极低端的廉价劳动力，中国尤其是中国南方产业工人的生存境况，但是，如上一个问题所言，我的重点仍然不在这一写实的物质部分，而在这个主人公的精神哲学。

小说中的刘传强是一个比较典型的小人物，有着小人物常见的那种退一步海阔天空的自我圆通理论，带有小小的喜剧性，那是几千年来中国式弱者“满脸油汗的笑”，骨子里，永远有种“话说回来了”的迂回，碰到再大的难事坏事，他们都有办法能把自己给救转过来，仍然能够快快活活地裹着寒风喝两口小酒——许许多多跟他一样的“中国式超人”，都是这样的，在他们小小的角落里，用他们小小的智力与努力，像锄草一样，锄掉各样的烦恼与折磨。草根的世俗，最富写意式的大哲学。

我写《超人中国造》，就是想打破一般小说对底层的怜悯推理，把他们弄得如何不堪、如何绝望……我认为，那不是真正意义上的中国平民，中国大众的苦与难由来久远，他们处理苦难的方式远远大过文学的想象。

李：在你另一类小说中，“混搭”式的结构很有意思，如《致邮差的情书》《正午的美德》，以及《思无邪》《逝者的恩泽》等，这些作品将不可能相遇或不协调的人物，通过某件事连接起来，将不可能转化为可能，从不协调之中体现出一种参差交错之美，这是很好的一个尝试，从中可以看出先锋小说的遗韵，不过却更扎实细腻，请问你对这些小说怎么看，对先锋文学怎么看？

鲁：是2008年吧，在我的一个作品研讨会上，你当时提出“混搭”，非常特别，很有意思。2009年，王彬彬教授在写到我这一类小说时，因为不可能、不协调，他用到一个词“传奇”。不论是混搭还是传奇，总而言之，都是对故事性本身的一个界定与评介。

从我个人的初衷来说，讲一个故事，当然希望与众不同，有意外、有惊讶、有荒诞。这不那么容易，但当然不是没有可能，我很喜欢打破固有搭配，去为难自己，也为难主人公——很多时候，写作的巨大乐趣，就在这个过程……

至于先锋小说，我个人觉得，我是受过其影响的，但其影响主要不是技术层面，而是写作态度方面、写作理想方面。

先锋那一代，有种理想主义的高蹈的文学观，他们不考虑读者的阅读与接受，甚至故意反着来……这跟我们当下的写作态度有很大差别，现在的写作，现实主义风太盛，从内容到方式到与读者的关系，都追求脚踏实地，从众、配合与迎合。我认为这不可取，需要警惕，需要反对。文学的重要品格之一就是个性、自由与不合作，也包括先锋！先锋，作为主义或潮流，已成过往，但其精神内核，仍然应当被继承并葆有在我们的写作态度之中。

李：你最近的作品中，体现出了一种“理解他人”的努力，这表现在对其他职业、年龄、性别的人物的兴趣与好奇，比如《在地图上》的铁路跑线员、《企鹅》中的速递员，以及《惹尘埃》中卖保健品的小伙子，等等，这些人在日常生活中我们都会遇到，但很少有人会留心，你将对这些人物的观察与思考融入小说，试图去进入他们的生活与内心，我觉得这是一个很好的理解世界的方式，从我们周围的人物与日常场景开始，寻找一条进入外部世界的道路，不知你最初是怎么考虑的？

鲁：这种选择，主观性与预设性很强——可能更多先是想到一个精神主题，然后再发现一个适合表达它的人物与故事。比如，我想写人的渺小轨迹与巨大世界的落差，由此想到地图，世界上无数的地图，想到地图上的轨道，以及局限在轨道上的人生，这么一来，“铁路跑线员”是一个切入口，同时，我还赋予了他疯狂热爱创造地图的另类个性，这其实也是为我的主题服务的……

同样的考虑，也是我选择“速递员”与“卖保健品者”作为主人公的原因，前者是“快与慢”的小小暗示，后者是依靠职业性谎言来求生存的族类代表……

而从阅读效果上看，读者或批评家会注意到我写了跟我完全不相干的人，感到是特别的通道与入口……这可以算作是小小的附加性的效果吧。因为事实上，所有的写作对象，都是“他人”，但一旦你确立了“他”，就必须灵魂附体，使“他人”成为完整的独立的血肉。

李：你最近的作品，如《惹尘埃》《铁血信鸽》等，试图去面对与思考一些大的问题，比如都市中人与人之间信任危机的问题，养生狂热下的精神贫弱，等等。你在创作谈《下一个路口》中也表达了要去探索新领域的信心，我觉得你的探索很有价值，抓住了我们这个时代一些典型的精神症候，但是另一方面，与你以前的作品相比，这些作品中有的在艺术上尚不够圆熟，也有些“主题先行”的痕迹，我想这也是探索中难免会出现的问题，可能需要你去继续努力，我想这对你也是一个挑战，不知你如何看待这一问题？

鲁：对，这是我在“东坝系列”之后的新兴趣点，从大的方面来说，可以算作都市小说。与乡土小说比，我们的都市小说没有很好的传统与积累，这更加带给我兴奋与激情。

我喜欢考察这些从伟大的“现代化”生活中滋生出来的增生品，早一些的《暗疾》《企鹅》《致邮差的情书》，可能比较个人化一点儿，写的是性格隐疾、人际隔阂等，但到了《铁血信鸽》《惹尘埃》，就是所涉更广的人群高发症：养生狂热、信任危机、不安全感，等等。这类小说思辨性较强，其人物或故事，似无正负与成败，小说也不以“救赎家”姿态去指明结局——你所提到的“主题先行”，我早已自知，但我绝不后悔，甚至还打算我行我素，我就想抛弃和背叛我原来所有的圆熟的技术，完全像一个生手，诚恳而冷静地处理，尊重并追随它们的明暗规律，以及不可侵犯的歧义性。

一个危险的、带刺的、偶有破绽的小说，或是一个老到的、审美安全的、极易获得掌声的小说，我宁可选择前者——最起码，那不会是一个乏味的小说家。摸索与征服，实乃颇为华美的滋味，像在与小说跳一曲无伴奏的双人舞，我们相互踩脚，我们寻找步调，并尝试创造出令人惊奇的新节奏、新空间。

（本篇发表于《北京青年报》2011年1月6日）

对话者简介：

李云雷：1976年生，现任职于《文艺报》，毕业于北京大学。2018年荣获第五届冯牧文学奖。

写作把我从虚妄的生活里解脱出来
——与舒晋瑜的对话

第一部分：写作

舒晋瑜（以下简称舒）：你走上写作之路的起缘，似乎有些命定或天赋的因素：二十五岁，从高楼往窗外俯看的一瞬，写作的灵感突发其来——在这之前，你大概也为走上文学之路做了很多的准备吧？或者有些是不经意的。你从来没想到过有一天写作会成为职业吗？

鲁：早先的确从未想过。我至今记得，十八岁时我开始工作，在南京新街口邮局做营业员，卖邮票，有一天，窗口有个人慢吞吞地跟我开口，要买一套《古人对弈图》邮票，我抬头一看，是苏童！他当然不认识我，我也没勇气跟他多说半句话，我若无其事地像一个疲惫而冷淡的营业员那样收下他的钱。可我内心里当时一片荒凉的呼啸之声，我悲哀地想着：这大概就是我与文学、跟作家所能发生的最亲密接触吧。许多年过去了，2010年，我的新书《此情无法投递》在南京做首发，苏童老师已作为我的“亲友团”到现场捧场。这就是命运的奇特和戏剧性，也是文学的精彩和迷人之处：你永远不知道，下一个路口是什么。

当然，在那之前，我确乎也存在着朦胧的幻想，并在茫然之中进行着无意识的阅读。小时候家里订了《民间文学》《外国文学》这些杂志。然后上学，就是图书馆。记得那时整本整本地抄泰戈尔和聂鲁达，最傻的是读欧仁·苏的《巴黎的秘密》、大仲马《基督山伯爵》时，因为里面的人物、事件比较庞杂，我就挨个儿地替人物做年表、做故事线、做家族谱系，等等，把书里所有的伏笔啊，呼应啊，关节点啊等等什么的全都标出来，做成表或图，特别较真，像身负重任，在进行一桩壮丽宏大的事业……所以，唉，我的所谓青春期，没有对口红的尝试，没有周末舞会，没有亮闪闪的月下初吻，好似一部闷片，说起来都要让人打哈欠。

舒：开始写作就很顺利吗？最早发表的作品是小说还是其他？

鲁：我最初只是写些随笔和书评，在《艺术世界》

《书与人》《美文》这些地方，我还记得第一回拿稿费，我高高兴兴地买了几两小笼汤包回家“献给”妈妈和妹妹，那似乎是我们母女三人最开心的瞬间。至今，对小笼包，我都还存有一种亲切的略有伤感的情绪。

真正写起小说，可能跟我家庭里的一些变故有关，也跟我对复杂人性的贪求有关，对虚妄生活的恐慌有关。每一个人，他的身份、语调、笑容并不真像我们所看到的那样，目光所及的外表之后，他们有着另外的感情和身世，每个人都有一团影子那样黑乎乎的秘密，我渴望寻找一条绳子，把我从虚妄的生活中解脱出来，同时进入人们的秘密，进入命运的核心。

最初的作品《寻找李麦》寄给了《小说家》(即现在的《小说月报·原创版》)杂志，时任主编的康伟杰老师说我写得不错，很快发表。随后，当时在《十月》的周晓枫约了我两个短篇，她再配一个评论，在《十月》推新人的《新干线》栏目。就这么地，一步步写。到今天，我已经写了十四年了，现在看来，我也许算是找对了这条绳子。

舒：谈到你的创作，任何评论都不可能离开“东坝系列”。你如何看待真实的乡村生活？你笔下的乡村生活是表达乡村真实的生存处境吗？我想也融入了你的思考或理想？

鲁：我的“东坝系列”所展现的是八九十年代的乡

村，而且带有浓重的乌托邦意味：东坝，日月缓慢，生死持重，人情相亲。这是与真实世界背道而驰的去处，也算是“对照记”，对照我们而今两手抓得满满的这些速度、效率、成功、精明、博弈，等等。我所描绘的这个东坝更多是一个审美的存在，是世风道德的无邪期，对步入了肮脏成年期的时代来说，是对逝去美好的悼念与追怀。

整个“东坝系列”如野草生长，浑朴不自知，许多人至今仍然会重提这些作品，评论界甚至认为我发掘和建树了我的“邮票大小的故乡”，但我想这个成功跟读者对古典乡土叙事的浓厚情感有关，这在中国文学里是一个大传统，是一种童年式的审美，有距离，有温度，有一种悠远田园的自我催眠。这种审美有历史传统，这是它的优点，也是缺点——很难创造出新的审美价值。

舒：2010年，你的短篇《伴宴》获得第五届鲁迅文学奖，排名短篇首位。这部作品，对你来说有什么特别的意义吗？

鲁：得奖不是衡量成功的标准，尤其对写作而言，时间的考验更为重要。当然，这个奖我十分珍爱，它像是对我前面十二年光阴的一个小小慰藉。从1998年第一篇小说开始，我已经在期刊写了十二年的中短篇小说，跟火热的出版市场相比，在期刊写作，是一条相对冷清的路，但现在回头看来，这些年的中短篇写作，像是一个不断磨刀的过程，我需要大量中短篇的训练，它们在技巧和耐心上给了我许多的滋养。

《伴宴》之前，我于乡土“东坝系列”着力较多，但我的获奖感言是《下一个路口》：“每当从狭窄至渐宽，荆棘化为花朵，我反倒警觉且严厉了，行了，下一个路口，必须拐弯！要跑到草莽里，要跑到小兽出没处，跑到天地更深处。那才是粗糙、坚硬的万物之核。”

《伴宴》获奖，给了我更多的动力，我的东坝故事就此按下了暂停键，这是灵感的自我暴动，我必须信任它的直觉与方向，信马由缰，去往下一个寸草未生的荒芜处，开辟新的疆域。

舒：在创作上，你有过怎样成功或不成功的探索，能否分享一下？

鲁：可能表面看，我的写作还算顺利，但这个顺利是不可靠的，实际上，内心的困苦从未间断，我与写作的关系一直很紧张，从来达不到真正的心满意足，每一个与之相关的夜晚都是艰难而结结巴巴的。也许以灵感为生就是这样，难以拥有真正的宁静，时刻经受着对庸常的警惕与惧怕，对才华的自我打击与否定。

在转为都市“暗疾系列”时，最初，我感到了障碍，因为这一主题比较地五味杂陈、复杂、沉重、世故，带有青春末期的荷尔蒙气息，又有点儿风不知往哪个方向的茫然感。我得忘掉原有的技艺，完全像一个生手，小心翼翼地处理，尊重并追随某种明暗规律，以及不可侵犯的歧义性。也许，这正是小说深处的秘密景致之一，我走了很久，好像才依稀看到一角，从光照不足的人性皱褶处，摘取这些从伟大的“现代化”生活中滋生出来的增生品，像包裹沙粒的珍珠，我摘到了《暗疾》《铁血信鸽》《惹尘埃》《死迷藏》《不食》《谢伯茂之死》等，这些作品，虽有建树，但也存有不少破绽。不过，我珍爱这一摇摇晃晃、艰难前行的过程。中国都市小说方兴未艾，有着很大的空间，我想在这个方向有更多的努力和呈现。

第二部分：关于新作《六人晚餐》

舒：从中篇到长篇，你觉得是必须的过渡吗？因为在我的印象里多数作家都会以为，非长篇不足以证明自己的实力。而《六人晚餐》的写作，也有评论家注意到，像是中篇的体量。你认同吗？

鲁：这个要看不同的作家对不同文体的把握。就我来说，我对中短篇和长篇有不同的理想与寄托，但没有孰重孰轻，五千字的经典短篇牛过五十万的皇皇长篇，这样的例子很多。

关于《六人晚餐》，我预料到会有不同的观点，我其实也懂得“周全”“稳妥”的长篇策略，包括从名字开始，出版社多次建议过，换上一个“鸿篇巨制”的名字什么的。可是，什么像长篇，什么像中篇？《邮差总按两遍铃》《我的米海尔》等是否也会因为不够复杂而更“像”一个中篇？我想一个作品是平庸还是优秀，跟这些并无关系。

同时，在我们的长篇样本里，跨度巨大、人物众多、故事复杂的优秀作品，其存量已经足够丰富，也达到了相当的高度，即使从生态种类讲，我也情愿“不走寻常路”。小说是一门古老的艺术，却也是不断爆发新鲜力量的艺术。我希望能够成为这样一种力量。

同时，每个作家都有自己对小说的理解与理想，并在寻找着最适合自己的路径与样式。沙雕很大，微雕很小，各有其不可替代的美，从来就没有轻重好坏之分。归根结底，还是要独立地看作品本身。

舒：从《戒指》《博情书》《家书》等到《六人晚餐》，你的每一部长篇，都用力地突破自我。能说说自己在创作上的追求吗？

鲁：处在不同的写作阶段，会有不同的想法，追求总在不停地修正和提升。总的来说，我拒绝墨守成规，厌恶平庸，我想每一个艺术家，都会有这个起码的自我期许。在既有的领土和荣耀上安全地重复，那是最可悲的艺术家生涯。我追求意外的冒险的审美，我们的小说需要更多的异质的尝试。

舒：《六人晚餐》中，为何采取这样六重视角？我觉得每个人都是弱者，每个人的命运都很悲凉。你有怎样的考虑？

鲁：现在这个六重视角，被说成是“六扇门”“六棱镜”“立体魔方”等，其实初稿在写到五分之三时，都还是传统的全知全能视角，并且是按时间先后顺序一路写下来。但回头审视时，我感到厌倦与不满意。小说中每一个人，都是那样的孤独、隔阂而又充满热烈的幻想，我的视角不该全知全能，那太简单也太冷淡了，我必须全心全意地化身为他（她），从他（她）的身影里出发，成为一个局限的、被蒙蔽的人，我们要一起在暴雨中淋个透。

由此，我决心推翻，打乱重来，以表面上的第三人称，从每一个人物的视角分为六个篇章，不同的事件、情节、因果由不同的叙述主体去承担推进与展开的任务。

同时，这个六人视角恰好还解决了小说里的时间轴问题。《六人晚餐》前后跨度近二十年，简单的顺序或倒序都不足为奇，也是对难度的放弃。而通过六个人物的视角就可打乱这种固有的模式，叙事可以在不同的时间节点上进行跳出、闪回、插入、展望与回忆，形成一种自由而曲折的命运感。

说到底，技术上的舍易求难不仅是对自己能力的挑战，其实也是对长篇这一体裁应有的敬重。很高兴我的这个努力得到了肯定。我相信，更多的读者会在对《六人晚餐》的阅读中感受到一种智力上的愉悦。

舒：《六人晚餐》中有不少的“作家声音”，由一些细节引发开的联想、议论，都很精彩。这么安排，是出于怎样的考虑？

鲁：对，在六人视角外，我还随时加入画外音，一个即兴展开议论与感慨的叙述者之声——这是我一直以来的写作特点，以前在中短篇里就有多次尝试，这次继续毫无保留地加以放大。隐匿的零度叙事是一种表现，但主观化的、富有性格的叙事也是一种风格。

我一直认为，写作手法永无定式，需要各种现代性的打破与加入，需要强烈风格化、带有识别度的尝试与发挥。这是“我”的故事，这是“我”在讲述人物与他们的命运。

舒：如果说，过去的小说缺乏“史”的意识，其实我倒认为在这部作品中，你尝试了对时代对当下的把握，就你看来，一位作家应该与当下保持怎样的关系？对他所处时代的社会问题应该有什么程度的关心？

鲁：对，跟您一样，有一些评论文章中提到，《六人晚餐》对于特定区域、特定年代、特定事件的定位有一种“史”的意识，但又以“个人命运”的形式来呈现。我的想法是，“史”是必须的背景，是环境与基调，但我会以加长的“特写”镜头，把当中的人物、他们的表情、细部的动作拉到最前面，紧贴着，听人物的呼吸。我非常重视“史”，但会把“史”设在后台。

关于作家与当下的关系，我可以讲个我与当下的巧合的小插曲。

《六人晚餐》从2009年起动笔，中间因故中断。南京2010年“7·28”大爆炸事故那天，我正从外地返宁，路上突然接到若干短信：你怎样？安全吧？家里人都好？回到家打开门：阳台整幅落地窗完全震飞，厨房移门倒地，板凳飞到冰箱上，它的一只断腿砸坏橱柜，处处留下暴力痕迹——如果我在家，这些暗器无疑会跟我发生一点儿亲密的瓜葛。毫发无损的我怀着奇怪的心绪打扫起了满地的玻璃屑，耳边似乎听到整个城市都在打扫玻璃屑子，我突然想起了搁置太久的《六人晚餐》，想起了小说里的六个亲人，不知为何，我浑身一凉，深切感知到一股难抑的哀伤，并清晰地知道，我的男主人公，就在这天下午，他和他的玻璃屋，永远地消失在了这场大爆炸里。

当天晚上，我到小区附近的广场散步，名声颇恶的露天卡拉OK如同前面任何一天一样扎堆开张，夜色中那些面孔模糊的人们在快活地唱歌，而就在两公里之外，大爆炸后的废墟余温尚在。

你看，写作者与其所处的时代，就是这样的，不必过多思虑，现实如疾风扑面，激荡的生活像快速翻飞的纸片。文学向来就是这么残酷的，幸福的土壤颗粒无收，而充满活跃菌团、爬着各种昆虫、埋藏着腐烂物的大地，对收割者来说，或者会有着肥硕的果实。

至今，我们仍可不停地听到各种巨大声响，它们从中国大地各个拆迁工地轰然响起，从被遗弃的化工区响起，从迷宫般的管道深处响起，伴随着黑红色的瑰丽云烟，许多人在那些瞬间永远失去了他们的晚餐。

舒：《六人晚餐》前后六稿，都改了哪些地方？

鲁：小说一稿后，我发给了三个人看，一个是朋友、批评家张莉，两个是普通读者。他们从第一阅读直觉的角度给了我很多意见，非常谢谢他们；此后，在与《人民文学》杂志及十月文艺出版社的沟通过程中，几位编者也有一些反馈，感到我们在作家与编辑之间，有点儿古风，提意见、修改，大家都富有耐心。同时，我自己也在思考，包括对南京这一特定背景，后来我决定把城市虚掉，因为这是一个会发生在中国任何城市的故事，发生在城郊接合部、发生在厂区的故事。

当然，最大量的修改还是放在人称与视角上，这是一个“自我折腾、自找麻烦”的过程，必须反复对时间轴与人物视角进行挪移、取舍和覆盖，又要避免重复，还要注意不同人物的风格。

舒：你怎么看《六人晚餐》中这些“失败的大多数”？

鲁：没有特别的目光，因为我就是其中的一个。这不是矫情的说法，因为这个时代里大家都一样，都是被亮光闪闪的“成功学”锁住了、击中了。试举一例，我们等飞机，常会看到机场书店，它就散发出我们所处时代最典型的势利之气——触目所见，那些大而华丽的成功学书籍、营销视频、首富传记、职场真经，扉页上晃动着“我知道我是谁，世界没有我就完蛋”的面孔，那些书，用一种精明的、必然的语气，以强盗般的推理教诲着所有的人，像对付冷冻食品一般，对拥挤着的人群加以果断的分割，并放入不同的位置，高级的、中等的、低下的……社会阶层的残酷分化像火焰与海水那样。直至飞机升空之后，悬坐在白色花朵般的天空，我仍会感到一种感慨万千的苦恼，并思念起大地上的你和我：被邪恶“成功学”所勒索所奴役而昏迷着的人们，不得不出卖一切本不该出卖的一无所有者，被掩埋着的、处境粗鄙的沉默者，我们其实都是失败的大多数。

第三部分：话题

舒：有一次王安忆接受采访，认为七零后是成熟较晚的一代作家。此前，很多作家四十岁之前就获茅盾文学奖或通过作品确立了自己在文坛的地位，但是现在整体上七零后作家还难以承担这样的重任。你如何评价七零后一代作家？

鲁：关于七零后的话题已经被谈得足够多，成熟较晚是个婉转的说法，也有人说是不幸的一代：写作履历平淡，才华不得张扬，既不如上一辈享受过文学大热的荣光，也不如后来者火速赢得市场碰头彩，像是身处冷水域与暖水域的交汇处——此处，营养最为丰富，命运也最为叵测，搞不好会在中途沮丧至死，或许会顺流而下远离航道。

但是我从不如此悲观，我坚信，优秀者正可以将势就势、难时受命，回到文学深处，真正做得好了，留下来的，一定是强健有力的。

关于这一代写作者的问题，肯定有，可能问题还不少。但这一点不可怕，因为每一代、每一个体都会面临着各自的局限性，但艺术尤其是文学就是一个不断与弱点、困境和局限做斗争的过程，重点在于，我们在写作中有没有明确的自觉意识，有没有逆流而上的能力和勇气。

舒：相对而言，七零后作家的作品，更侧重于写实，想象力偏弱。而且“非虚构”概念的提出，某种程度上给这一类作品的出现，提供了更广阔的平台和出口。你如何看待想象力？是否认同我对于七零后作家的这一判断？能否谈谈自己的看法？

鲁：想象力、虚构能力、天马行空、无中生有、匪夷所思，这些都是写小说者最起码的技术能力吧，既然是能力，肯定有的强，有的稍弱。七零后也一样。但有一点要看到，七零后进入写作时，整个中国文学从先锋进入了现实主义，这是一个重要的背景，再狂放的想象力，仍会要兼顾到写实的呈现，我想这多多少少对想象力是一种削弱和制约，但是，一个有追求有辨识力的作家，应当从这个当中跳出来，要有“逆行”和冒险的勇气，走出固有态势，打破现实主义这四平八稳的魔罩，让小说还原其应有的异样、诡异、神奇。

舒：在我的印象中，鲁敏是一个特别中规中矩的女孩子（呵呵，当然现在我们都成长为孩她妈了）。无论是人生之路还是写作之路，都是一步一步脚踏实地走过来。如果我的印象准确，这种“规矩”给你带来了怎样的利弊？如果我的判断不够准确，那么，你认为自己是怎样的作家？

鲁：哈哈，你被我的假象迷惑了。内心里，我从不是个“规矩”的人，只怕比一般的人还要愤怒、凶狠、拒绝、悲观。但这不会表现在待人接物中，也不会表现在诸如结婚生子上班工作等这些日常中，却会表现在与自己相处的过程，与小说相处的过程中。

尽管已年近四十，但我的心境一如当初，总是处于起伏晦暗的黑暗情绪之中。正如你所说，太“规矩”对作家来说是问题，但是总是“激烈”有时也会成为障碍，会被速度和冲动所裹挟。我想我是一个情绪化的作家，我在尽力协调自己的情绪，我不愿意这情绪化为一池死水，可也经不起总是惊涛骇浪。

舒：有作家在研究为什么国外的作家像托尔斯泰等年过八旬依然能创作出优秀的作品，希望能保持自己创作的持久力。您怎么看这个问题？您觉得自己能写到多少岁？

鲁：哈哈，我一直很注意锻炼，既锻炼肉身，比如游泳、慢跑——以期盼可以活到一百岁；同时也在锻炼大脑，保持大量的阅读、空闲与思考——以期盼可以写到九十岁。写作不是一个年纪到了便退休的职业，可也不是因体魄强健就可以写到九十岁。

从另一方面来说，写作寿命与写作质量，这两者关系很微妙，比如波兰作家布鲁诺·舒尔茨在街头被流弹击中而亡，死在五十岁的年纪。如果能像托氏，既寿且强，甚好；如果短暂耀目如舒尔茨，也不坏。

舒：你的语言很有特色，你怎么看“语言”对小说的意义？你是如何形成自己的语言风格的？

鲁：“语言”是小说的皮肤、外衣、面孔，是与读者直接发生感应的通道，就好比一个人，谁会不讲究、重视自己的外形呢，这是他跟世界打交道的第一层次。我一直非常重视语言，尤其在这个快阅读、微阅读、碎片化阅读甚至干脆就是读图的背景之下，作为写作者，我觉得自己有道义，也有这个职业的诉求，要呈现和保持语言的水准，甚至要建构、开创语言的美。

我的语言风格如何形成？这很难回答，因为这是一个漫长的、不自知的过程，跟阅读、沉默、发呆、观察、学习、遗忘、修整、季节、年份等相关吧。

舒：有评论说，“鲁敏已经进入了一个比较自觉的把小说当作艺术来经营的时期，说明她是很留心的，在小说的形式感方面她有了非常自觉的一个构造”。我怎么觉得，这评价有点儿匠气？你真的是这么经营小说？

鲁：如果在二十来岁，对这个评介，我会介意并反思，但到了三十大几，我觉得这是个好评价。写作是有阶段性的，早期更发乎天然、随性而至，如同无心插柳，不会经营也不必经营；但到一定阶段，像对待任何艺术创造一样，必须研究、思考、经营。写小说是感性和激情的，或是常言所谓灵感的灵性的，但同样肯定的，必须有理性与智性的充分参与。而且，经营与构造小说，其最高的目的与境界仍然是尊重小说写作本身的规律，使小说仅仅表现为小说，而不是技术表演场或思想实验田。

舒：你对自己的人生有规划吗？

鲁：没有。我有野心和幻梦，却不敢付诸规划，因为人生和写作一样，充满偶然性，并带有宿命感。我的想法是积极于当下、虚无于未来。

（本篇发表于《中华读书报》2012年10月31日）

对话者简介：

舒晋瑜，毕业于中国新闻学院，中国作协会员。自1999年供职于光明日报报业集团《中华读书报》，现为总编辑助理。著有《说吧，从头说起——舒晋瑜文学访谈录》《以笔为旗——与军旅作家对话》《深度对话茅奖作家》。

不能承受之真：小说与虚构

——与黄荭、菲利普·福雷斯特的对话

黄荭（以下简称黄）：菲利普·福雷斯特大部分文学作品都源于强烈的个人生活。读过他作品的人都知道他的创作源于什么，《永恒的孩子》和那一份哀悼对他而言又意味着什么。处女作《永恒的孩子》于1997年由伽利玛出版社推出，那是对幼女的死“无半点虚构”的回忆，从此写作一发不可收，他一直不停地重写、重现自己生命的故事，以此来探求“‘真’之不可破解的奥秘”。最近99读书人再版了这本书，想问菲利普，今天你自己如何看待这个文本？时间过去，那份真实在一次次被讲述、被重复的过程中是否依然完好无损？

菲利普·福雷斯特（以下简称菲利普）：我写完《永恒的孩子》已经快二十年了，现在看到中国又出了新版，对我来说有种奇怪的感觉。书写完后我就不再去看了，但记忆依然存在，它以另一种方式不断地重现。写自己的生活，的确是一种奇特的经历。当我们去写寓言或传说，可以说题材是永恒的，但是写个人生活就是另一回事。它没有那么永恒，因为过于个人化。有些书会在几个世纪里不断地被阅读，书写的内容都是个人的生活。所以写作对我而言，并不是保存我的记忆，因为把个人记忆书写出来后就变成了集体记忆。当生活变成书，书往往就会替代记忆，作家会认为书是真实的，反而质疑自己的记忆是否真实，是否真如我所写。因此在某种程度上，想象替代了真实。写《永恒的孩子》时，我的女儿刚刚去世，我还沉浸在巨大的悲痛中，所以我的表达也受到当时心情的影响，悲痛和创伤就永远呈现在这本书里。不过，近二十年时光流逝，在我，这种悲痛肯定有所变化，在我的其他小说里，这种痛苦有不同的呈现方式，我的感受不同，所以写出来的基调和内容也有所不同。

黄：法语联盟这次的活动海报做得有意思，绿幽幽的，带着些许斑驳的黑渍，让我想到年代久远的邮筒，杵在那里，承载了记忆，又有些寂寥，仿佛今天读图时代的文学。鲁敏曾经和邮局打过十五年的交道，先是读书，后是工作。“浸泡在这老绿色里的十五年，我对日月有了初步的、体己的感受，我破灭了一些梦，失去过各种东西，

有了自己的孩子，变得世故而冷静，但最终不世故、不冷静地爱上了写小说，并决心一去不返。”这十五年的邮局生活是否成了你日后写作的起点？抑或是，这种生活是你想逃离的？是小说给了你“无限刺探的自由、疯狂冒险的权利”，让你可以用小说的虚妄来抵抗生活的虚妄……

鲁：我觉得每个人过往的生活、你从事的职业、你吃过的食物、你读过的书、你接受的教育、你认识的朋友，其实都是在直接地或者间接地塑造你的审美、塑造你对世界的看法、塑造你的性格、塑造你的取舍好恶，等等。所以说，在邮局工作的那些年，跟其他阶段对我的影响是一样的。我做过很多职业，卖过邮票，拍过电报，做过报刊发行，做过储蓄柜员、行业记者、秘书，等等，我觉得这些职业都变成了深浅不一的烙印。在当时你可能不觉得它会有什么作用，因为那只是在生活，在过日子。但是若干年后，它会不自觉地渗入笔下。所以我写过以邮递员为主题、以火车上长途押运员为主题的小说。邮局的那种绿色，那种很老旧的绿色，特别像我们惆怅的感情，就是你对情感的投递、呼唤，或者中途的丢失，这种惆怅跟职业无关，是一种情绪上的影响。

黄：我想到鲁敏写的《谢伯茂之死》，这部作品我个人很喜欢，最近也被埃及的译者翻译成了阿拉伯语。在现代社会里，人们基本上已经不再写信了。在鲁敏的这部作品中，谢伯茂是个不存在的收信人，但是邮递员还是孜孜不倦地去寻找这个虚构的人物，我觉得这其中有很深的寓意。请鲁敏谈一谈创作这部作品的感受。

鲁： 这是一部短篇小说，已经被翻译成了西班牙语、俄语还有阿拉伯语。故事很简单，讲一个邮递员送一封怎么也送不出去的邮件，借此阐释现代人内心的孤独。有时候，我们看起来似乎朋友很多，但是当你想找人说一说自己的内心、说一些关于自己的话时，往往这个人却非常难找到。这部作品里的主人公就是这种情况，他在各种社交平台上都找不到倾诉对象，于是就想到了写信，从收信人的人名到地名都是杜撰的。收信人的地址设置在了南京的老城南。老城南有很多地名在城市变迁的过程中消失了，主人公就找了一个自己喜欢的老地名，用毛笔写在信封上寄出去，但其实信纸上没有任何内容，只是空白的纸张，他却认为这样就能满足他内心的倾诉欲望。收信人叫谢伯茂。拿到这封信的邮递员是个很认真、很优秀、很有职业自豪感的邮差，所有的死信在他手上都能变“活”，顺利送到收信人的手上。可是他找遍整个南京城都没有找到这个叫谢伯茂的人。有一天，孤独的寄信人和抓狂的邮递员相遇了，寄信人对邮递员说不用找了，你找不到的，谢伯茂已经死了。换句话说，我虚构了一个人，又让他死亡，讲了孤独如何诞生、向外呼救，又如何泯灭、消解在自己的内心。

菲利普：我很期待这本书以及鲁敏的其他作品能被翻译成法语。这个故事很有意思，让我想到我们作家就像邮递员一样在传达情感，也让我想起自己的另一部作品——《云的世纪》。

黄：是的。《云的世纪》讲述的是你父亲那一代飞行员的故事。航空最初是邮政航空，用于运输信件包裹，后来才有了民航。请你说一说父亲在这部作品中意味着什么，这部书是否也是对一个世纪的告别。

菲利普：《云的世纪》和我的其他作品一样，也是跟逝去有关，但我是以不同的方式来讲述的，每次选择的主题也不一样。这是一本很厚的书，讲的是二十世纪飞行员的故事，具体来说，是我父亲作为飞行员的故事，他先是在二战中做了飞行员，之后在法航工作，直到退休，退休时巴黎—北京航线正好即将开通。这既是一部历史小说，也是一部讲述我个人家庭的小说，与圣艾克絮佩里的作品有些相似。

黄：在鲁敏的作品中父亲也是一个绕不过去的形象。在《回忆的深渊》里，鲁敏写有一篇题为《以父之名》的文章，我看了非常感动。而且，死亡也是你作品中经常出现的主题，你甚至写过各式各样的死法。那么，父亲和死亡对你的写作有什么影响？菲利普的作品给我的最深的印象无疑就是哀悼，固执的哀悼。我想请你们谈一谈，在何种程度上，文学是“置之死地而后生”？死亡在你们的作品中更多是一种美学还是哲学的形式？

鲁：其实，死亡是很多作家都会去书写的话题。比如，我跟菲利普的写作状态和领域都不同，但是我们的作品中有一个共同点，就是死亡。大部分时候，我们都会说爱、生命、美好等字眼，但我觉得，其实我们的餐桌上每天都坐着一位看不到的客人——死亡，可是大家不太愿意承认或是接受这个事实，但我觉得它是一个重要的、不可摆脱的存在。写死亡，不仅是感性的事情，不仅是审美的事情，也是一个哲学思考上的事情，是每个作家都要面对的主题。所以我很高兴地看到菲利普在自己的作品中反复地书写死亡，它是我们每个作家、每个生命个体都必须去面对的永恒的客人。在我们每个人的生命中，都会有亲人离去。这种感觉很奇怪，就像，如果你满口的牙齿都健在，你就从来都不会觉得自己有一口好牙，但是如果你掉了一颗，你就会永远感到自己掉了一颗牙齿，即使用高科技手段补上了，但你永远都知道那是一颗假牙。生活中某一亲人的离开或者不在场，让你觉得即使通过各种各样理智的手段来填充这颗假牙的位置，它都无时无刻不在以一种假的方式提醒你、警告你，不断地压迫你，告诉你这不是一颗好牙，你比别人少一颗牙齿。菲利普成了残缺的父亲，我成了残缺的女儿，对于作家而言，这种残缺往往是一个非常好的出发点。如果你的生活过于圆满、喜乐、宁静，也许并不能提供理想的写作土壤。说起来比较残酷，但这是个事实：不足的生活、残酷的生活、被压迫的生活、不自由的生活，等等，往往会成为最好的写作土壤，在这里可能会产生鲜花、臭虫、肥料等，你能想象到的一切都会产生。所以，我一方面感叹死亡和残缺，另一方面也在非常仔细、非常贪婪地占有这件东西。我觉得艺术家有权力去处理这种残缺。

菲利普：我非常赞同鲁敏女士的观点，作家有权力去写自己的过往、自己生命里的不完整以及不幸，甚至说，作家有义务去书写这方面的内容。文学让我们可以去思考、去寻找一些问题的答案，哪怕这些问题是无解的。哲学、科学和宗教都在寻找人生和世界的答案，这些学科有时候能够很好地解释某些问题，但有时候并不能找出答案，而文学却可以带着我们去探寻这些无解的问题。文学家有权利去谈论死亡，但是不能随意地去谈论，而是要带着爱去讲述死亡。

黄：刚才菲利普说，哲学、科学和宗教不能解决的问题，我们可以通过文学去讨论、去思考。记得两年前鲁敏送过我她的一本书——《九种忧伤》，还题了词：有文学，不忧伤。幸好我们还有文学。书名是“九种忧伤”，但实际上只写了八个故事、八个忧伤，那么第九种在哪儿呢？可能是读者的忧伤，芸芸众生都会有的各自的忧伤。忧伤不仅是鲁敏作品中经常出现的内容，也是菲利普常常书写的主题，忧伤可以是个人的小忧伤，也可以是国家、社会层面很真实、很现实的忧伤。比如《不食》，说的是对食品安全隐患之忧。类似的短篇小说鲁敏写了很多，都带一点儿寓言的色彩，既有些光怪陆离，又有些警世的意味，这种写作方式也是中法两国作家都比较擅长的。想请两位作家就“忧伤”的话题和寓言的写作方式来谈一谈你们的想法。

鲁：我觉得首先应该把“忧伤”这个词去魅化，因为很多词都已经被网络改变得很奇怪，比如“远方”“理想”“诗意”成了很反讽的词语，我们好像不敢再去碰它们了。但是如果回到“忧伤”的本意，我在这里是表达一种愁苦乃至怒目金刚。现在的所有娱乐方式，比如旅行、美食、拍照，都在提醒我们要笑、要开心，好像开心才是我们生活的全部内容、全部追求。可是作为一个作家，我就是喜欢愁眉苦脸的人。忧伤是一个完整的人性的一部分，生活中有很多不如意的、向下的、负面的东西，可以通过文学、艺术、歌曲等等去宣泄出来。我的《九种忧伤》里是有些寓言性，比如在一个故事里，有个人家养了鸽子，妻子想吃鸽子肉、鸽子蛋，因为很补养。可是丈夫却觉得鸽子的飞翔、飞翔的消失，这种人和理想、人和飞翔、人和理想的消失之间的关系更能吸引自己。一个追求肉身的健康，一个追求精神的寄托、灵魂的痛苦和追问。可能很多人都觉得肉身是需要补养的，但其实我们的精神也是需要的。《九种忧伤》这部小说集大致就是想呈现这样的思想。

黄： 菲利普的《薛定谔之猫》在中国出版时，我请鲁敏写了推荐词，她是这样写的："我们在思考，同时脑中空空。我们在阅读，同时目无所见。我们在吞咽，同时饥肠辘辘。我们在爱恋，同时冰冷无情。《薛定谔之猫》像巨大但和气的阴影，覆盖着软绵绵的生活，所有那些无聊、衰败的时刻。"这样一段话其实也可以用来描述鲁敏自己的作品。在某种意义上，两位作家的作品之间是有共鸣的，因为反映的都是这些"无聊、衰败的时刻"，而这样的时刻也是我们曾经那么在意、那么爱恋的时刻。《薛定谔之猫》的第二十八章叫"一滴忧伤"，菲利普写道："每个人都背负着一只承载忧伤的罐子，一滴微小的忧伤足以使它漫溢。而且一不留神，它会从四面八方流淌出来。我们感觉随时可能哭出来，但不知是为了什么事、什么人。这些眼泪和世上所有的悲伤一样，不管是自己的还是别人的，是大悲还是小戚，因为它们同样表达了面对光阴无情的感伤。时间带走一切，它把我们钟爱的一切一个接一个推向虚无，不留给我们任何可以依赖的东西。”那么菲利普，谈谈你所理解的“忧伤”？

菲利普：首先感谢鲁敏女士为《薛定谔之猫》写的推荐词，我也很认同她的观点。无论我们生活在什么样的社会中、环境里，都会感到周围有种幸福和快乐对我们的专制，它无时无刻不包围着我们，在我们身上施加它强大的力量和影响，一直在制止或者诱惑我们。但其实，生活的底色是忧伤的、悲伤的，甚至是悲剧的，我们需要用忧伤和悲剧去对抗幸福和快乐对我们造成的压力和专制，如果回归到生活的真正核心上，就会看到它是忧伤的，这是文学的一种功能，也是文学家的一个责任。关于寓言，我想说，人类最初的故事就是以寓言、神话和传说的形式来表述的，这也是文学的起源。而且当一个人还是孩子的时候，父母给我们讲的睡前故事也是这种类型的。所以说寓言和故事是文学最初的、最基本的形式。后来的先锋派让小说变得更加复杂，离文学最初的本质越来越远，不过我在写作的时候，还是想回到讲故事的功能上。虽然我的作品很多时候具有哲学上的含义，但我还是想尽量通过讲故事的方式来书写，这也是文学家不应该放弃的一种讲述方式，因为读者喜欢听故事，他们需要故事，这种书写也是在把现代的先锋文学和最初的文学形式联系在一起，比如我在《永恒的孩子》里就写到了《彼得·潘》和《爱丽丝梦游仙境》。

黄：菲利普在自己的书中会写到其他作家的作品，可见好作家很多时候首先是个好读者，阅读对写作有着很大的作用。我知道菲利普的阅读量非常大，这也可能跟他是文学批评家有关，比如雨果、马拉美、普鲁斯特、罗兰·巴特、乔伊斯、夏目漱石、大江健三郎……他也阅读了不少中国文学的法译本，包括中国的古典文学，如《红楼梦》《水浒传》《西游记》，同时他也非常关注中国当代作家，如莫言、余华、毕飞宇、韩少功。我想请菲利普谈一谈阅读对写作的影响，你又是如何看待中国当代作家的写作的？

菲利普：我其实还不能算是非常了解中国文学。但十几年来，我多次来到中国，有机会结识了许多中国作家，与他们对话，就像今天有幸在此和鲁敏交流一样，这对我而言是十分重要的。我认为阅读、了解、关注外国文学是非常重要的事情，因为文学既是国家的也是世界的，文学中有全人类共通的地方，我们可以通过文学去了解其他的国家和民族。我们在电影院、电视，甚至是一些书上看到的内容，都呈现出一种均质的、全世界都一样的、贫乏的形式。因此，为了打破这种霸权，我们要关注世界文学的多样性，要听到别样的声音。除了中国文学，我也在关注其他国家的文学。十五年前，我开始接触日本文学，并开始对日本作家的作品发生了很大的兴趣。我对中国的古典和当代的文学作品都很感兴趣，但是还不够了解。去年，我读了《西游记》，今年，我的行李箱里又多了一本《水浒传》。我也阅读当代中国作家的书，比如，在莫言获得诺贝尔奖后，我被邀请在巴黎举办的一个关于莫言的写作研讨会上做总结发言；不久前，我在一本法国文学批评杂志上发表了一篇很长的文章，谈刚译成法语出版的毕飞宇的《苏北少年"堂吉诃德"》。这本具有自传色彩的非虚构作品很是打动我，标题很有趣，这本书讲述了"文革"时期身在乡下的一个中国少年的经历，却有西班牙古典时期"堂吉诃德"的影子。而作为法国作家，我也希望在中国文学中找到回应。

黄：那么，鲁敏，你最喜欢的外国作家有哪些呢？

鲁：外国作家读的中文作品往往仅限于莫言、《红楼梦》，而中国作家长期对外国文学的吸纳可能会占到阅读量的百分之五十，当然这要归功于各位翻译了。菲利普强调不同国度的作品对本土作家的影响，我觉得中国作家在这一点上，既幸福又不幸。因为你看到全世界有那么多非常优秀的作品，然而你终其一生能否达到那样的高度？但阅读外国文学作品对于写作来说也是个很好的参照，因为你会知道什么是顶尖的写作，哪怕身处小乡村也依然可以知道世界上最好的写作水平在哪里。我个人喜欢的外国作家和作品太多了，像伊莱娜·内米洛夫斯基的《法兰西组曲》、法国哲学家阿尔都塞的自传、罗曼·加里的《来日方长》、塞利纳的《茫茫黑夜漫游》，还有纪德等等，再比如日本的三岛由纪夫。中国作家是一个兼容并济的群体，我们的清单上会列出一大串外国作家的名字，然而外国作家对中国作品的了解就很少了。这也牵扯到文化输入输出的问题，中国作品输出之路漫漫。

黄：刚才鲁敏也谈到了译介的问题。国外的版权机构或者代理人常常对中国作家有一种类似“海外订制”的诉求，要求作品展现符合他们想象的中国的样子。曾经有一个在德国工作的法国人古维兰女士，她的职业是金融领域，但她对心理分析很感兴趣。她偶然看到鲁敏的小说《取景器》，想翻译成法文。关于翻译的问题你们之间互相发了不下二十封邮件讨论。她有没有成功翻译你的这部小说？最终是否出版了呢？

鲁：关于“海外订制”的问题，各个国家的版代总会对我们提出一些非常具体的要求，比如说意大利出版人要求“非虚构的、最好是出人命的”故事，比如德国版代要求讲述“女性的都市情感，当下年轻人在都市中苦苦挣扎”的作品。我觉得他们对中国文学的眼光具有新闻纪实的期待，西方读者很想了解中国在发生什么，人们如何生活、忍受生活。但是我一直认为，文学的内涵和外延是大于新闻的，不仅要反映现实，还要反映普遍、深沉、内在的感情。国外的读者好像在打量远道而来的远房亲戚，他们首先关注的是你的衣食住行、外貌形容，是否辛苦，但关注不到你的内心，关注不到你是否也经历了亲人离散，是否也有理想和精神寄放。这就导致了输出时双方期待的差异性：我们的作家在写作时依然希望写我们的内心，写我们的精神，写文学的永恒的主题，比如死亡和爱。但是国外的出版业更希望看到一些表面化的、社会性的或者新闻性的作品。所以说，这种差异导致了我们文学和艺术输出的延后。

关于那个作品的翻译，她是一位在德国生活的法文译者，看到我的中篇很喜欢，我们通了很多封电子邮件。我感觉翻译之路是很艰难的，很多我们看来很简单的问题，在她看来会有些困惑。比如一个人袖子上戴着“三道杠”，她不明白什么意思；或者我引用的一句古诗“吴刚捧出桂花酒”，就更没办法理解了。她完成了作品的全部翻译，但由于这篇小说所写的就是人的内心，是情感流失，不是那种时代动荡的纪实，所以很遗憾，它现在还躺在那位法文译者的电脑里。

黄：我个人十分喜欢鲁敏的写作，相信有朝一日一定会被译成法文。今年1月份我在法国参加了第一届关于菲利普创作的学术研讨会，我私下问菲利普说，你写了《误读之美》《东京归来》这些谈论日本的书，是不是也应该写一本关于中国的书，或许这也是一种“中国订制”。你会参考我这个订制意见吗？你接下来的写作计划和方向是什么？如果不迷信的话，可否谈一谈下一本书的创作？

菲利普：我在法国刚刚出版了一本很奇特的书《幸福的宿命》，是以字母A、B、C、D……的顺序来写作的，二十六个字母都将展开来写。灵感来自兰波的诗歌《元音》，每个元音对应一种颜色。这本书属于自传体。我的下一部小说将在9月份由伽利玛出版社出版。在这方面我有点儿迷信，所以暂时保密。至于关于中国的书，我有时候会在脑海中酝酿一些想法，形式可能类似《然而》。

鲁：听到菲利普的新书介绍，我觉得菲利普在创新上特别具有探索精神，可能因为他是先锋作品的研究者。我觉得中国作家，尤其是我，特别要向他学习这一点。他的《然而》里有游记，有人物传记，有评传，有非虚构，也有虚构，文体跨界比较灵活、轻灵，不会很“重”。二十六个字母这本书也应该是比较创新的体裁。再比如《薛定谔之猫》，是量子小说。中国作家很少会碰这种高科技宇宙论之类的东西，在这一点上，菲利普非常值得我们学习。

（原刊于《文学报》2016年7月3日）

对话者简介：

黄荭：南京大学法语系教授。著有《杜拉斯的小音乐》《一种文学生活》，主编《圣艾克絮佩里作品》全集，主要译作有《小王子》《人类的大地》等。

菲利普·福雷斯特：法国知名学者、作家，法国艺术文学军官勋章获得者，著有《永恒的孩子》《然而》《薛定谔之猫》等。

小动作的人性

——与于丹的对话

病、虚无，是人生的应有之意

于丹（以下简称于）：《九种忧伤》里的八篇故事，按完成的时间顺序来看，最早的一篇是2003年的《未卜》，最后一篇是2012年的《谢伯茂之死》。时间跨度九年，你经历了三十到三十九岁的又一个人生阶段，这期间你作为女性的改变是什么，这种变化是如何反映在写作上的？

鲁：三十岁出头的时候，我还是蛮关注女性通常会感兴趣的爱情、家庭、独立这些主题，快到四十岁时，“人”本身更让我有兴趣去写，从女性的立场转变成半社会化半自我的立场，我不知道这是好还是不好，但是非常自然，我听从于这样的变化。

于：这似乎可以直接引出另一个问题，我注意到这八个故事的主角，除了《暗疾》那篇是以梅小梅为主的众生相，其他七篇的主角都是男性，一般而言，女性作家以女性为主角是很自然的事情，你的反其道而行是有意为之吗？是否因为你认为男性更能体现你要表达的主题？

鲁：很早期的时候，我甚至以第一人称的男性身份写了一个故事，那个感觉蛮别扭的。《九种忧伤》里的故事，我一般是以全知视角的第三人称来结构的，用人物关系来承载思考，拿《铁血信鸽》举例，我认为穆先生会更注重鸽子跟自由飞翔之间的联系，而妻子会着眼在鸽子的养生效用。我不是以性别角度，而是从人的角色分配角度思考问题，绝大部分家庭里的夫妻，男人更注重社会得失与中年危机，而主妇可能更偏向于肉身、情感，因此女性更容易成为某种感情的显示物，而男性则会成为精神、灵魂或是某种病象的承载物，这也许是我的一种偏见。

于：这是一个非常不女性主义的观念，在我看来是很传统、日常的思维逻辑。

鲁：对，我的写作一直不是以女性主义立身或著称，虽然我一向追求女性的独立和自我价值实现。我觉得以日常角度来看人，可能更有意义，如果把女性写得特别注重精神生活，可能女性意识是增强了，却掩盖了我认为的人之困境，我更感兴趣、更想写的是普遍的人之困境。

同时，小说中我们所看到的关于女性病态的描写已经很多，比如强迫症、窥视、洁癖、性压抑、出走、跟外界的古怪关系，或者一旦具有了精神，就变得反家庭、反角色分配，要伸张性意识或者社会意识，我总觉得这些处理有些用力过猛，对女性的定位过分戏剧化和象征化，从这个层面而言，我有作为写作者的有意回避。

与之相对，男性很多时候被塑造成铁板一块，经得起敲打，有社会责任感，有勇敢的心，但没有细腻易感的心。其实我觉得男性身上的可怜——这个可怜不含贬义，因为每个人都很可怜——被呈现得太少，我很想让男性有机会“变态”，表达脆弱、失控、反社会规则：他是男人，也是人。

于：《九种忧伤》呈现了八种“城市病”，看过这些故事之后，我的感觉是它们其实是当下很多人身上都会有的问题，我想它并不局限于城市。作为写作者，你对这些“病”的态度是什么？

鲁：我所理解的“城市病”，是指整个中国在城市化趋势之下造成的，即使在乡村也同样存在这样的思维模式，比如过于追求速度、效率、物质占有、社交生活、外界认同、功成名就……

我原来打算以“暗疾”作为整本小说的书名，但是编辑从传播学的角度建议使用“忧伤”这个词，她是从大众的接受度来考虑的。我是偏爱“病”这个词的，在我的理解，它是个中性词，就像人皮肤上长的斑点，是很正常的身体构成部分。同样，“虚无”在我看来也是中性的，人生本是虚无，这并不表示绝望、悲观。虚无、病，都是人生的应有之意。区别在于是肉体还是精神之病，以及是否自己可知，外界可感。最令人戚戚的是别人看不到，自己意识不到，或者别人看到了但无能为力，我写的就是类似这部分的病。

找到一根绳子到达别人的内心

于：你跟笔下的人物是怎样的关系？

鲁：我认同这些人物的困窘境地，我只不过是想把它们轻轻地打开来给人们看一看，让大家意识到我们这些小小的生存困境。我在小说里没有给他们解决问题，因为我不知道如何解决，也认为大可不必解决。他们可能就是我，我也可能就是他们，比如《铁血信鸽》里的那对夫妻，他们就像我的两个分身，一个很注重肉身保养，试图练就金刚不坏之身，一个很鄙视对身体的这种过分“珍爱”，所以穆先生也是那个也许终究隐而不发的我，内心执拗、放荡不羁，愿意背对社会反道而行。

我是觉得社会越发展、科技越发达，人类越是需要艺术的慰藉，依靠它来做平衡，以此来打破生活，说服自己忍受种种过分实际的自私、计较——现实是如此的巨大，有时候自私和计较就是推动社会向上走的动力。我维护这一切的社会原则，只不过在内心里，我觉得人应当有勇气打破所谓的稳妥，愚蠢一回、反抗一回、飞升一回，哪怕只是短暂的瞬间，我激赏这些瞬间，所以遇到这样的人，总是会感动。

于：你对南京这座城市有哪些观感？

鲁：我十四岁到南京读中专，原来是东台人，家里人当时怕我考不上大学，也为了解决所谓的户口问题，连夜帮我去修改了志愿，我当时为此十分愤怒，一直不能原谅，觉得他们毁了我的大学梦，就像那首诗《林间小路》，老觉得如果走了另外一条路肯定不一样。但是到了现在就知道了：哪一条路都只是相对意义上的。作为我这一个个体而言，在不同的风景里最终都会感受到人生的复杂滋味。我也不觉得作家这条路就千真万确。从绝对意义上而言，有什么差别吗？所以现在很释然了。因为有这个原因，初到南京不是特别喜欢，但人是特别容易产生依附感和归属感的动物，到现在我已经对南京有了很深厚的感情，但没有刻意地一定要在所有小说里写它。这就像自己的家一样，写或不写，它都在，不需要强调或回避。

于：看你的简历，你是在二十五岁时决定开始写小说，这件事是怎么发生的？

鲁：那时候我还在邮局做秘书，以前一直有散文、评论文章在杂志发表，所以决定写小说并不是多么突如其来。我记得那天我把领导的讲话稿写完以后，就站在办公室的十七楼窗口，看着南京的天际线和楼下的人头涌动，那么多头顶像在大海里漂浮，他们的身影里都有各自的悲喜忧惧。那一瞬间，起了写小说这个念头。我当时刚结婚，工作稳定，生活简单得像一条直线，我不愿意过成这样一眼看得到头的直线。我想着，有什么方式能够比较安全，也最大限度地去体验不同的人？我就是想找一根绳子去到达别人的内心，想象的对方的人生也好，实在的对方的人生也好，而写小说，是能够让我抵达的方式。

我从小受的教育、家庭的出身，使得我对生存是重视的，就像农民要紧紧地贴附土地，我肯定要保证生存，这既是对自己，也是对家人负责，即使到现在，我都没有想过辞去现有的工作去专事写作。专职写作有时会受制于市场与受众。我还是喜欢有弹性的、更自在的写作状态。就像整天吊在一起的两个恋人，周围什么都没有了，关系就很容易毁坏，而利用“挤出来的”时间来写，愉快度是很高的。我常常怀念以前，白天上班晚上写，一直写到凌晨，然后到阳台上把头伸到窗外，听洒水车的声音，幸福得要命。现在精力没有那么足了，改成了上午早起写，晨时状态最饱满。

对人性不完美的纵容性喜爱，甚至激赏

于：关于爱情，你在小说《取景器》里所表达的爱情观念，跟当下肉体易得、精神难得的情况看上去恰好相反。

鲁：我们七十年代，包括此前出生的一些人，在精神交流上蛮投入的，很容易向对方解剖自己，而把肉体的交付看作是一件很慎重的事情，所以说才会精神上无限交流，却守着肉体不动，甚至觉得这样做很高级，一旦走出肉体那一步，会有点儿瞧不起自己。我始终认为每个人都有精神交流的渴望，现在大家为什么觉得困难，是因为不够信任对方，或者没有找到合适的人。正是因为现今的肉体之欢已经变得如此之容易，所以对于追求真正爱情的人而言，上床这件事反而不应当轻易行之。

我一直觉得男女之间，通俗地讲，如果是那种形而上的柏拉图之恋，可能关系会维持得比较长久，肉体的可望而不可即会加剧爱恋的强度。而一旦得到了，达到所谓的

灵肉结合，这是顶点，其实也是拐点，我的悲观看法是，两人的关系这时就会走下坡路。因为人是特别不知惜的动物，肉体的占有似乎预示和象征了一切的占有，代表着两人的互相臣服。

在爱情里，永远不要对对方和自己期望太高。坚贞从来不是人的本性，求变才是。正因为如此，男女才变得不可捉摸，才有意思，我们才产生了艺术文学。我喜欢马尔克斯的《霍乱时期的爱情》，特别喜欢那位男主人公阿里萨，他一生放荡不羁，有无数的女朋友，可是他最后会看着初恋女友的眼睛清晰地说：我对你忠贞如昔，我只爱你一人。这是我所理解的忠贞和爱情。

于：你对写作这件事本身的认知有过哪些变化？你的写作困境是什么？在写作上有何野心？

鲁：在早期的时候，要比现在勤奋，愉悦程度也高，那时是热情大于能力，只要能写，就觉得特别幸福，写不出来也没什么。但现在会有类似建功立业的职业化期待，对写作有很严格的要求。我刚才一直在想，为什么现在喜欢在早上头脑清醒的时候写，是因为我对它的态度变了，就像一对合伙人，对对方有要求，希望有回报、有成绩。计较于写作这件事情，从正面来说，你会精益求精、百般锤打，反面而言，是有点儿伤害了对写作的那种纯粹感。但是，用数十年的生命来做一件事情，确实会有压力和压迫感，这既来自写作本身，比如对理想审美的伸张，同时也来自对个人价值的建立，我一直重视写作的读者抵达，做不到功名深藏的境界。

我文学上的困境，不是能否写出，而是能否写成“我想达到”的样子，我想这是每个作家都会面临的问题。我认为的优秀和成功的作家，都是“完成度”很高的作家，他把自己的写作理想实现了，而且传达出去了。

我对长篇小说的写作存有一点儿野心，希望自己能在小而深刻、见微知著的长篇审美上有所作为。长久以来我们对于长篇小说的审美是偏向于宏大叙事的，这一方面受俄罗斯文学影响，一方面也是我们的评判标准使然。宏大叙事是审美的一部分，但我想不该是全部。我们在国外的当代作品里，会发现很多这一类的作品：很小的主题、寥寥可数的人物，但你看了之后会受震动，因为他写到了非常深入的地步，这是我想要在长篇小说写作上做的努力。从写《六人晚餐》开始，除了人和时代的关系，我还试图深入到人和人之间、人的内心、人和自己的关系。我明年的一部新长篇就会是这样一个审美的建立与诉求。

之前我们圈子里在讨论《斯通纳》，约翰·威廉斯塑造了一个失败者形象，稳稳当当地写了一部哪方面都经得起推敲的虚构人物传记。但我更喜欢同时阅读的另一本《如此苍白的心》，这部小说有些摇摇晃晃的，头重脚轻，细节也有破绽，但是我喜欢哈维尔·马里亚斯对人性不完美的纵容性喜爱、欣赏甚至激赏。

（原刊于《生活》杂志2016年第9期）

对话者简介：

于丹：媒体人，前《生活》杂志资深编辑。

我只负责把暗疾撕开

——与何平的对话

何平（以下简称何）： 写作其实是一个以无数人做分母的事业，你现在是分子了吧？一个作家要能够被读者记住而且要在文学长廊里留名，是要有成名作和持续不断的代表作的，这些作品有的是通过文学制度，像选刊选本、文学评论、文学史写作和评奖等遴选出来的，有的是作家自己暗自心许的，这两者之间肯定不会完全重叠，我想听你说这些重叠不重叠的部分。

鲁：“分母”一词让人哀伤又激动，每个行业都是如此残酷，炮灰弥天纷飞，写作没有理由例外。

但写作的留名，或者通俗地讲，成功，常有多重、混乱的交叉标准，五花大绑：民间与官方，现世报与历史眼光，全球和本土，商业与艺术等。可能此时是瞩目得志的分子，彼处则是庞大黯然的分母。尤其说到暗自心许，即一己化的标准，那就更富有万能的弹性了——写作及一应的艺术行为，其特殊的地方，是其既具有一切外在的分野、标准、竞赛、成败，同时又可以不负责任、无比傲慢地，当然也是安慰性地，只回归于缥缈悠游的个体心灵。因此在这个行当里，三六九等成王败寇的世故看法大可以假装忽略，每个写作者都能够自在成立、独自高潮，在个体心灵史的标准下，大家全是一分之一——我这是在有意搅拌浑水，我一边是在考虑着如何回答你真正的问题：关于重叠。

大致看来，外界与自我的重叠概率还是算高的。这有点儿像按摩和点穴，一百零八块骨头，十二条经络，七百零二个穴位，这个管放得开，那个管刹得住，这个主暖胃，那个主和肝。选本、奖项、评论，这一套千锤百炼的评判体系是熟谙的、精分的，而且也是在不断破坏、建立、有效更迭着的，其对当代文学的软肋与强悍，揿得是比较准的。

但对写作者自身而言，过分的重叠，并不一定是好现象。这起码会说明，写作者的审美意趣，显示出稳定、顺畅、漂亮动作的危险了，这一般不是有意的，正因为无意更值得警惕。审美的趋同，对文学史的渴望，对现世肯定诸如获奖的期待，已经融进写作者的手势与血液，甚至入到膏肓，使其失去生猛天性了。有时候，我就会有这种拐弯的心理。对选上的那些篇目，并不多么欢喜雀跃。我反倒会去倚重、偏爱未被评价体系青眼投射到的作品，并且认为，那可能正是我的一点儿个性化的贡献。

我早期的作品，重叠度是较高的。我最近给《小说选刊》写回忆文章，点数了一下，最高峰时期，十六个月里，我被《小说选刊》选用过六篇小说，其中三期都是头条，有两期配发批评家点评，有一期配发作者自述。我早期的获奖、上排行榜，包括我的第一批固定读者，也大致是由这批作品产生的。

但这个阶段之后，我开始对异质的审美有了莫大的劲头，有种走小路走野路的鲁莽欲望，我开始写《不食》《谢伯茂之死》……与此同时，不重叠开始了。包括近两年发的《万有引力》《幼齿摇落》《徐记鸭往事》等。只是入了一些选刊，不太进入年选，更不要讲学会排行榜。但我还是比较固执地珍爱着它们；这一批作品在外译推介中的反馈倒比早期作品好，像《谢伯茂之死》《暗疾》《铁血信鸽》都有好几种文字译本。当然，这不说明什么，中国小说目下的输出，非文学性的因素远远大过文学性的因素。

……总之，重叠是令人欣然的明亮，不重叠则是幽暗中的独自微笑。

何：你有本散文集叫《我以虚妄为业》，从我平时和你的交往看，你是能够随时从写作跌落到世俗烟火的日常生活，你的“虚妄”从何而来？

鲁：嘿嘿，约莫可谓是：大虚妄正在烟火中吧。这样讲像是有点儿参空悟道，我可是远远没到那个层面或境界。我有一两个同行好友，他们对宗教有自己的接触和体验。我是完全地不敢碰。我性格里火气很重，既有如你所说的烟火气，还有愤怒气、不服气、志气等等说来有些惭愧的成分。生活样貌上讲，我完全不是“空”或“虚妄”的人。比方说，我莫名其妙的，就很喜欢一大早去挤地铁，混在人群里匆促奔跑，那种使劲活着、朝气勃勃的滋味，总是让我感慨地捕捉、反复咀嚼。

可我从来又都是服从和崇拜“虚妄”的。虚妄，在我这里的理解，不是否定或悲观之词。它是挺实在的一个中性词。它就是我所理解的人生的一个常恒之态。各个阶段，各个方向上，我们都在含糊地占有与失去，追索又重建，虚处生实，实极又念虚。活着即是如此，写作更为典型，妙手空空，空生万物，万物归尘。

承认虚妄、倚靠虚妄，把虚妄定作这一生的基调，我才有力气，也感到踏实，甚至时不时还有点儿高兴呢。

何：“东坝”、“暗疾”和“荷尔蒙”是你各成群组的写作，某种意义上也是你个人写作史上的几个重要标识。你怎么会形成这三个系列的？

鲁：我的写作，感性占着强硬的绝对优势，饱受灵感奴役，常常是靠着无畏的热情在泥地里打滚儿。因此所谓的这些系列，并非也不可能去有意识地谋求，而是作品分布之后的一种粗略的主题性归纳，为着一种解说的方便吧。

我有若干作品远在这些系列之外，长中短都有，因此这种概括有时也是一种遮蔽。但无可否认，这三个群组有时间上的递进，并且确实跟我各个时期的旨趣有着强烈关联，是无可避免的自我折射。

写作这事情，其最值得期待的正是这种自我变幻。时间老卤的浸泡、阅读所带来的响亮耳光、身体能力的衰减、更专注于内部的骄傲等，都在改变和驱使着写作的我，带来不同的作品。

何：这里我们假定这三个系列的合理区分，我们来让它们排排队。你自己最看重哪个系列或者阶段的写作？或者这几个系列各自承担了你对文学怎样的思考？

鲁：好吧，假定，然后谈论。

东坝为场域的写作，我觉得很像是我少年经验的第一桶金，那与生俱来的胎记、童贞式的热切，我后来再没有过了。我很怀念那个阶段，像怀念死去的部分的我。但这个怀念是平静的，并不伤感。当时其实还有不少与东坝有关的记忆，孰料惊如阵风，这个兴奋点一下子就退潮了。可能跟当时各种获奖也有一些关系，我有强迫式的逆反和自我批判，我怕我迷失于这稳妥便捷的审美。但无论如何，我肯定会要写出东坝，然后才能走出东坝，这是一条必经之途，是对成长期的断乳与挖掘，更是对乡土经典写作的一个本能致敬。

“暗疾系列”则更加关乎我成年后的切肤之痛，关乎我对人间和人性的一个阶段性认识。粗暴一点儿说，我理解的生而为人，是若无暗疾，则不成立。那一阵子，我爱死这种熟视无睹的、普遍又多样性的暗疾预设了。我不断地翻看福柯的《疯癫与文明》《精神疾病与心理学》以及台版的福柯传记，他是我当时的强大支撑。他跟弗洛伊德完全不同，他对疯癫、疾病、神经质加以筑沟引渠，引申到社会隔绝、阶层压迫、教育误区、文明进程的戕害、平权与特权的诡变等，对我很有影响。他像语言不通的教练，从遥远处吹着口哨，鼓励着我在这个圆形跑道上一圈一圈地跑，拧着脖子变换角度打量同一道风景，盯梢沿途偶遇的人们，研究他们抛掉的垃圾与病历。我一边跑一边直挥拳头，小说不就要写这些吗？我很喜欢的谷崎润一郎、太宰治、斯特林堡、三岛由纪夫、普拉斯，对“病”“变态”“变形”的酷爱、辩护、自戕，是有着很大共同点的。但我的“暗疾系列”，对社会性的勾连，伸张得可能有点儿过头，这是残存的“中心思想”论在作怪，说明我对“人”、对“病”的尊重还不够。

再说到荷尔蒙。相对“暗疾系列”二十年弹荡经验的折射弧度，荷尔蒙的培育与生成期很短，不知打哪里突然就冒出来了。当然这终究还是跟文学观有关联。我在一则短文《为荷尔蒙背书》里谈过这个。很年轻的时候，我对构成一个人的几个方面，曾有个一本正经的排序，降序：精神—智性—天赋—情感—肉体。那时候肉体是用来垫底的，觉得肉体是可以受苦的、可控制和可践踏的。排在前面的那几样东西，则都是要好好追求、保护和声张的，因为正是它们，在改变、推动并决定着人类以及个体的命运……但一年年地过着，上述这一方阵的排序在不断发生着变化，真像是有着“所谓人生跑道”那样一个东西似的，我总会眼睁睁地看到，学问情谊天赋信仰，常会在具体的情境中遭遇困难，气喘吁吁地相互妨碍、纷自沦落，最终恰恰是肉体，以一种野蛮到近乎天真的姿态，笔直地撞向红线，拿下最终的赛局——大人物、小人物，男人、女人，或许都是以肉身为介质，为渡桥，为隘口，从个体走向他人，从群族走向代际，最终构成世相与文明，自然也包括着动荡的艺术创造。写作这一批作品时，我对肉体的暴动有种特别热衷的欢呼，故事、见识等都退居其后，连所谓批判性、社会时代性，也被有意抑制与删减了。我觉得我有一点儿反深刻、反理性、反智的倾向，这当然也是一种偏见与局限。但从我个人的写作来看，我认为是我的一个小微进步：我终于扔掉了“中心思想”的包袱。

何：“父亲”是你的一个心灵问题，也是你的一个写作问题，同时，你有文体意义上“散文”的父亲，也有“小说”的父亲，其实这里涉及你的个人隐痛和写作的关系，我不知道我这样揭开你的伤口是不是太残酷？

鲁：应该不存在，我经常自己主动揭呢。在若干的虚构小说里，反复地书写不存在、不在场的父亲，算是多次脱敏了。再加上2009年的《以父之名》，距父亲去世二十年，再以这篇冷酷的非虚构来自我排查，就是想要自己来“搞掂”这个问题，来一次心灵和写作上的双重清算。可能有些效果，但并不彻底。最近刚刚完稿的一部长篇里，父亲仍然是其中一个引擎式的阴影。当时我曾经想把这个动力角色设计成母亲，但发现我自己都说服不了自己。

实际上，我有一个倒推的假设，假如生活中我与父亲的关系并不是这样，但是极有可能，我仍然会以父性作为一个穷极追索的母题。因为这不是对具体一位父亲的渴望，而是对父性的一种悬空指认，这种指认是无血亲的，是一个精神上的抽象父性，其强悍又慈悲，懂得灰色，懂得绝望，足以构成备案式的源泉——归根结底，是我在智性上自给自足的程度不够，故而对外部力量产生了沉湎式的长期幻想。

时至今日，我已经不打算再做任何摘除或撇清了。我打算认认真真地接受这种情理与心理上的命定。裂纹，正是一种花纹，不失其美。

何： 如果我是你的一个有窥视癖的粉丝读者，我一定会跟读你日常读的书。你是有大阅读量的作家，而且你的阅读有着“极端”的私人趣味，你也喜欢在朋友圈暴露你对所读之书的好恶，能不能给出你近一两年的阅读书单，说出你的好恶。

鲁： 我对自己的阅读不满意，只能算很一般，广度和深度很不够，并且趣味上有点儿走偏。我并不期待读到什么，而是要意外读到什么。我会有意选择那些小众化、异质感的写作者。通常不是很瞩目，不是很经典的，由此我会有一种“发现”的喜悦，因为那是我自己在阅读中“嗅”出来的，像黑毛猪在清晨欢快而辛苦地拱出泥土下那外形粗粝的松露，芳香得直冲鼻子的大快乐啊！

有时候我在微信上力荐某书，也是有情境的。美国已故作家约翰·威廉斯的小说《斯通纳》去年年底被中国引进，并被视作被忽略的经典，各种书单排行榜一致推崇。《斯通纳》的好处是显见的，用料精细，骨肉调停，价值观上也有他的树立。相比而言，同期引进的西班牙作家哈维尔·马里亚斯的《如此苍白的心》并不完美，但他有他的独特贡献，对人心的幽僻极为深入，有大悲哀，我觉得有一种义务要让更多的人看到这样并非经典但依然富有独特光泽的写作。在通往经典化的终极大路上，有些作品只是两侧的林荫，但它们所贡献的那种姿态与养分，某种意义上，更为尊贵，饱含文学经典之路的沧桑与艰辛。

我的书单对他人没什么借鉴的。阅读正在变得越来越艰难，选择的难，契合的难，吸收的难。我会有一些复习，重新握手拥抱，重新彻夜长谈。比如《五号屠场》《法兰西组曲》《天真的人类学家》。会找着读没有看过的旧书，比如废名的《桥·桃园》，很多人推崇，这种阅读有时充满失望，废名的写作浸满爱、哀伤，但文风我认为不大自然，是有姿态的、过头的文人感。新书读得更多一些，这几天在看德语剧作家彼得·汉德克的《无欲的悲歌》，他以创意剧本《骂观众》等闻名，但后者我没那么喜欢。我看过的最好的剧本是桑顿·怀尔德的《我们的小镇》，看了两遍，依然有为之哭泣的冲动。可是，就算多次复习，我还是没法喜欢契诃夫的剧本。

这两年我特别喜欢的书还有里尔克的《马尔特手记》、薇依的《重负与神恩》、列维-斯特劳斯的《忧郁的热带》、英国女飞行员马卡姆女士的回忆录《夜航西飞》等。小说因为看得比较快，狗熊掰棒子，边看边丢，这里讲的几本都不是小说。

何：你的小说集《九种忧伤》，这种数数方式很容易让人联想到美国作家耶茨的《十一种孤独》。其实《九种忧伤》包括小说“八篇”，你也意识到我们的世界“忧伤”无法穷尽，或者如你小说中所写的那些卑微者，每个人都有着无尽的忧伤。“忧伤”又和世界的暗疾隐痛纠缠着，我们每一个人的生活就像星光下流淌的河流，你能看到的只是隐约闪动的水纹。《九种忧伤》封面上说“解读忧伤”。说老实话，我很讨厌“解读”这个词。别人的“忧伤”，你如何能“解”？作家至多是看者，想者，以己度人者，借别人之忧伤说自己之忧伤者。甚至，我可以说，“忧伤”从来就是你小说暗藏的气息，就像我们的基础体温。

鲁：小说集我原来想叫《暗疾九种》，各种原因，后来妥协成这个书名。我不是很中意“忧伤”这个词，在豆瓣等介质上的过度使用后变得有点儿甜了。许多词语的当下指向都在癌细胞般的疯狂扩散中被扭曲、丢失、重新定义，热闹变凉淡，滚烫变反讽。弄得我们这些在字词里打滚儿的人，有时不免为之气闷。包括“解读”，包括一应的书腰语、封面推荐语等。

话说回这本小集子。你讲得对，究其实这都是我的块垒或“基础体温”所在。当然我写得比较夸张一些。正如美国南方女作家奥康纳所说：“对视线不好的人，我必须放大图案，对听力不足的人，我必须粗声叫嚷。”（大意如此）这一批小说里有不少失真、折叠、奇想的部分。但不管怎么说，这背后的根本都是我本人。我跟小说里诸位歪七扭八、摇摇晃晃的主人公同体共生，他们就是我的不同变身与寄托，一样的魔怔，黏黏糊糊，毫无办法，困境根本解决不了，或者本来也没打算解决，宁可变成只鸽子一跃而飞。《铁血信鸽》里的那一对夫妻，女的重肉身不老世俗快活，男的则有灵魂上的妄念与空渺，互相讲不通、不可调和。实际上，这两人都是我，我想不出他们的下一步来。

我只负责撕开来，夸张地变异地呈现给大家看，但不负责“解说”或“解决”。我并没这个企图，或也没这个必要。

何：你对“荷尔蒙”这个系列用力很多，记得我和你交流过其中《西天寺》这篇我喜欢的小说。那天你在朋友圈征集大家对这个系列小说集封面的意见，我当时就说，“荷尔蒙”不够。类似的话题在我读《三人二足》之后与你也有过很长的微信交流，当时我就觉得小说中的“恋足”写得不过瘾。当然就像你和我辩解的，你写“荷尔蒙”是王顾左右而言他，但即使如此，既然是“荷尔蒙夜谈”，“荷尔蒙”的料还是要够足。我想，你的节制可能和你害怕写得太狠，自毁形象有关。再有“荷尔蒙”写充分了，别人以为是“小黄书”，恐怕发表出版都会有麻烦。

小说固然是虚构想象的艺术，但肉身在场的经验，其有和无的差别还是很大的，所以你的“荷尔蒙”只能是“夜谈”，当然“夜谈”“夜话”也是可以谈出暧昧妖娆鬼魅的东西的。

鲁：谢谢你喜欢《西天寺》。这篇小说，正是我们前面所谈到过的，不在重叠之列，但我确实大用心思的小说。《三人二足》的反响则大一些。程永新主编后来跟我说，他发这个小说，当时老主编是有不同意见的，几乎要和他翻脸，他也是承受着压力发出来的。随后我记得《文学报》很快就有了表示不满意的评论，认为我怎么一下子写得这么等而下之，又是恋足又是毒品又是坠楼，俗气得简直一点儿起码的手腕都没有，写东坝的那个淳朴唯美的鲁敏怎么堕落如斯了？不仅是批评家，确实很多半专业的读者都最大程度地接受到了其中“俗”的部分，加上《北京文学·中篇小说月报》的选用，几家影视公司立即来买，最终还以一个穷作家完全没想到的价格成交。我一方面为金钱的回报感到一阵爽利，同时也有种被如此简单误读的不解。性有高深莫测之力，我这次是单独把“性”拎出来拔河了，那一头是大生意，是诺言与理法，是世俗评价，是随波逐流，是性命交关，最终我让“性”赢了，肤浅而俗气地赢了。于是，沉重、宏大的人们果真感到了冒犯，无法接受，乃至感到对小说对文学的一种亵渎。

话又说回来，由《荷尔蒙夜谈》的书名而期望着更多的肉身在场、多重暧昧，虽是正当的望文生义，但荷尔蒙或力比多并不是性欲的婉转语，性，也确实不是我的追求和擅长。写爱情，写性，都是非常难的事情。村上春树写性就不大好，马尔克斯也是堆砌过分，令人发笑。而我所闯入的这个地带，并举起这面标签似的小小旗帜，是因为我根本不是在写性啊，我是写生命力与身体的“纯粹性”与“独立意志”，这是与智性、思想、社会性等因素完全背道而驰的部分。这代表着一种认识论或灵肉观。未必是正确的。但哪里又有一种观点是一劳永逸、所向无敌的？

至于“小黄书”，虽是玩笑话，其实是大理想。色为人之大欲，最天真最悲凉的欲。我与几个同行私下里还总在开玩笑，约定着，看哪个人，真能写一部这样的书出来。难。

何：批评界有一个好玩儿的现象，一边质疑代际归类，一边又不得不承认代际有时候还是很管用的描述角度。观察当代文学的代际命名其实和期刊运作有很大关系。我在2010年的一篇文章，相对于丁天、卫慧、棉棉、朱文颖、魏微等1990年代即走红成名的几个七零后，把你和徐则臣等几个新世纪后登场的七零后作家称为“晚熟的七零后”，后来随着阿乙、苗炜等七零后再出场，你们又成了“早熟”。你怎么看待你们这批七零后作家？

鲁：还是来了。七零后七零后，哈哈，这真是一个有点儿老态龙钟的话题。就我的认识，我们这一代的写作，跟前一辈同行相比较，确实有一些变化，比如，对城市经验和审美的建构要大过对乡村传统的继承；对“沉沦小个体”的深切关注远远胜过对“宏大格局”的崇拜；对意识形态既不正面介入，也不有意识地投机式背反，我们实际上有点儿“去意识形态”化……可能这会被认为很不知识分子，不够社会担当，不够了不起。但我还是觉得，这是符合文学规律与时势推进的一种演变，我们在勉力试验和坚持着“小”的审美，并希望有朝一日它可以达到与“大”一样的高度。

何：我们一直约好了好好谈下文学，没想到真的谈起文学却是以这么认真严肃的方式。平常我们太多的见面反而都是谈些和文学无关的一地鸡毛。我看到最多的你的文学活动是到先锋书店给各地作家站台，撑场子。生活中的鲁敏，文学生活中的鲁敏，我的脑子里这会儿晃动着无数的画面。

鲁：是啊，见面时，大家总是嬉皮笑脸，笔谈很容易就一本正经、心事重重了。写作者和批评者，是欢喜冤家，互相都顶着莫名其妙的劲儿，谁缺少了对方那一阵营，大概都会觉得对手难寻的寂寞。先锋书店是我们双方共同的大本营，我是很怕聚会和出门的人，还有轻微的吃饭恐惧症，但为外地来宁的作家站台，不管有用无用，我总是尽量地“抛头露面”。写作者都是孤独又自爱的人，经年累月、枯灯一盏，捧出一本集子、拿出一本新书，实乃呕心沥血、冷暖自知之事，若能够站在他（她）的身边，帮衬着吆喝几句、呼哨几声，对我而言，也同样能感受到一种兄弟姐妹、亲如手足的暖意。

（原刊于《青年报》2016年12月3日）

对话者简介：

何平：评论家，南京师范大学文学院教授、博士生导师。

我所倾心的不是坠落，是摆成飞翔姿势的坠落

——与走走的对话

走走：2011年第5期《收获》发了你的《不食》，我特别喜欢这篇，觉得它以浓郁的恐慌感直接切入当下中国现实的诸多尖锐问题：官场堕落、爱情无能、食品安全、人心虚空，等等。荒诞中传达了这样的主题：被物化的现代人试图回到自然人的历程，不仅痛苦，而且绝望。与现实对抗的未来结局，似乎就只有以身饲虎……

鲁：谢谢你的喜欢。也谢谢《收获》，我经常会有一些带点冒险性、一言难尽的作品在这里刊出。《不食》即是这样。出来后得到两极的评价。它被收入几个年选，有一位北京导演，老想做成电影，同时又觉得肯定没有票房，会死得很惨。我也曾一本正经报它去参加一个评奖，

然后得到评委们压倒性的差评。有朋友也直率地表示：你以前那样写多好，干吗这样写了？

我清楚地知道《不食》的毛病，它有点儿急于举手发声，表明态度。当然，我也会骄傲地承认它闪亮的部分，它不肯苟且的弃绝。我最近看到批评家刘涛写于2013年的评论，他说，我有一批小说，有写“高人”的倾向。看到这句，我有点儿迟到的惊讶。我有时写小说，情绪化很重，几乎带着怒气与不平气。这不好。我好像总在寻觅一种高蹈与理想意义上的外弱内强的人物，他受一切的苦厄与沉重，他退步，他倒走，他去试验，哪怕是试错，是自绝。《不食》有这个意图。我是一个偏向灰色调的写作者。对娱乐、享受、明媚、进步，对软和的好的东西，总有点儿恐慌的避走。这不算很健康，会体现在写作中。记得当时，还想写系列，类似《不衣》《不字》这样吧，大有反社会反文明之心。后来也不知为何没有写下去，可能是没有能够找到解决我诸多困惑的那样一个人物。但我似乎仍然在找，不见得为了写，是为了寄托，幼稚地以头撞墙般地寻找。

《不食》是六年前的作品了。当时让我绝望的外部世界，没有发生好的变化，或者更糟，更普遍和深入。但我已不会再写《不食》这样带点寓言意味的东西了。我的愤怒，到了中年，像人一样，有点儿寡言和木讷，常有举笔如鼎的愚笨感。我现时是觉得，文学趣味是比较脆弱也是比较纯粹的东西，指陈恶疾的肆意诉说，会对文学性有种“力量正确”的伤害。

举两个例子。比如李商隐的诗，他一生诗作丰沛，有长篇叙事诗具体投射当朝衰荣，也有抽离一些的，以空愁浓情个人哀怨为客体的写意诗，影响广泛得到激爱的大都是后者。再比如韩国电影，有些紧密结合时局，大胆反思社会问题，好看，评分高，有力度。但你会发现，它的“当下意义”与“政治态度”往往要高过其在艺术审美上的贡献。这里面，是有艺术观和立场取舍的。艺术与社会与时代的关系，谁为谁服务？如何服务？正面渲染是一种服务，反面批判其实也是一种思想先行的服务；审美趣味是手段与方式，还是审美趣味本身……也不是说有多么绝对的分野，或者还是写作者的能力与认识问题吧。不讨论了。我就像笑话里所说的，读书太少，却想得太多。

走走：2015年，我有幸编发了你的《拥抱》，记得最初的名字也很不错，叫《亮晶晶》，把中年女人的心态写得真是一波三折悲从中来。当时你我通信中有几句话我印象特别深，“虽然算是写完了，根本还没好好改呢，我要的劲儿还没到位。……因为对残障少年的性主题我太爱了，想再改改玩玩。……昨晚到现在，新改一遍。再不发去，我又要改。有改稿强迫”。你很喜欢改小说？你要的劲儿具体来说是什么？我感觉是一种夸张，你追求一种异质的极致，一种生机勃勃……

鲁：近几年确实总在改小说，说好听点叫雕花琢玉，说老实点大概也是一种职业上的“努力工作”的心态，我很笨蛋地认为，好好用功啊，多改改啊，会越改越好的。我有次跟叶兆言老师讨论过，叶老师的修改也是穷尽其极。我们还交换过彼此的“无聊”修改大法。比方说，同一大段里，绝不能忍受出现同样的形容词。把“地”“的”“得”弄弄清爽。把形容词尽可能改成动作。改对话，去掉其中的书面语。掂量语气词的激烈程度，改掉问号和感叹号……这很可怕。有时自己也觉得要疯，要大声地喝问和嘲弄自己：WHO CARES?

我以前是很爽利的。记得2007年左右，写得快而猛，一年发七个中篇，外加五个短篇。次年、次次年，也是保持七八篇的速度。那时朋友们还劝我慢下来。现在好了，不要任何人劝，想快都快不起来。

不开心的是：好坏跟速度没有正向的逻辑关系。有时候，就算改一百遍，烂苹果还是烂苹果，口感依然很差。反之，一枚脆嘣嘣的小脆枣，随手打下来的，随便擦一下就扔到嘴里，好吃极了。

我现在的改，有两种情况。一种是出于不满意，想要给成色欠佳的苹果抛光、上蜡，用技术去挽救。还有一种，是特别倚重，不舍得轻易放手，因为一旦改完，这小说就结束了，手上就没有东西盘了，我接下来就空虚了。《拥抱》属于后一种情况，我蛮喜爱这篇小说的：其最根本的点，是对“性意识”的无条件尊重。

这个故事有原型。确实有这么一位孤独症少年，以其无辜的生物性，向这个文明的、衣冠楚楚的社会，传达出他顽强的不自知的性需求。人们试图程序化地、更体面地处理这件事，但那些想当然的对羞耻的反复遮掩与苦情戏，愈加显现出这个少年的真切与蓬勃。真实的生活也许很难做到。但在小说里，我让这位中年女人全力以赴去跟他一起达成最初步的对两性关系的开启与慰藉。最重要的，她这样做不是出于人情味或现代化教养，那就等而下之了。这个过程中，我让她也唤起了关于身体和青春的自然寄托，她是以同样期待的状态去共赴约会。小说末尾，由于少年对自己的力量控制不好，导致对这位女士的碾压性拥抱——这个写得比较隐蔽，我光是改这个结尾，就犹豫了好几天。我可以把这个碾压改得很明显，变成反讽的大悲剧。最后还是算了，这并不是这篇小说最重要的所在。当然读者会觉得不太明确，有人发留言问我，是把女的给压死了吗？我说，你看呢，你觉得呢？

至于说到“劲儿”，你说的大致不差。就是不管不顾，对礼仪、对惯性、对理性、对文明等外套与包袱的脱掉甩掉。我不是要哗众地、反着劲儿地甩。只是想陈述一个事实：人们有甩包袱的权利和渴望。我们常常接触到的装置艺术、后现代绘画、黑色摇滚，等等，都是对这个主张的反复呈现与叫嚣。我们的小说，端方、深刻、重大，久矣，繁矣。我想来点不这样的，然后殊途同归，归于人性，归于尘土。

走走：我看过一篇你和何平的访谈，里面你谈到，"正如美国南方女作家奥康纳所说，对视线不好的人，我必须放大图案，对听力不足的人，我必须粗声叫嚷"。我们总是说，唤不醒一个装睡的人，你用粗粝的质感，纯粹的偏锋，试图面对的是怎样的世界？你是否觉得本质上，所有人心里都有一个想象世界的人，都和小说中那个自闭症孩子一样，都是孤独的？

鲁：是，挺赞同奥康纳的这句话的，常用来自勉。我有一些小说，由于主人公的过分乖张，会被质疑：这不现实吧，这不符合常情，这有点儿缺乏逻辑。这当然需要反省和检讨：一定是我设计的参数与外界打开的方式，两者还不在一条线上，我在荒诞的空中轨道飘移，没有贴着地面奔跑，没有结结实实踩出每一个脚印。但有时也会有默然的辩论。什么时候，逻辑与常情，就成了小说的卡尺与准星了？夸张变形与现实主义，向来不是死敌，而是互相勾结的同谋，越是荒谬，越是心酸，越是变形，越是苦痛啊。我这几年的写作，总在深一脚浅一脚地尝试，喜忧参半，有得有失。总的来说，我没有愧对无数个黑白时日。

你问到世界，所面对的是怎样的世界。这话题有点儿大。我生就一对小眼睛，所见狭窄，但这细小的观照中，我所见到的，是巨大的独裁式的孤独，人人如此。大家都在向各个方向支棱着隔膜着，千头万绪，穷力扑闪。但有一点，短暂寄居尘世的人们是比较一致的：功利化的妥协。仅此一样利器，世界就卓有成效、理性十足地转动着。花朵妥协成蔬菜。审美妥协成公式。少年妥协成老人。等等。

我也常妥协臣服于功利，我把自己定义成一把俗骨头。大约正是因为这样，写作成了我异质的不合作的唯一出口，我不全是为着叫醒装睡的人们，更是为了让自己不要睡得太死。

走走：你对于人的欲望，把握非常准确，就像我看到你的新长篇《奔月》，仍然没有为迎合而建构的宏大历史叙事，但无论是渴望隐姓埋名从此改换人生的妻子，渴望了解自己床伴逐渐对寻找本身产生感情的情人，还是先与妻子情感难舍最终却在两年内接受他人的丈夫，你的笔触关注的全是社会平常人物的日常生活，只是这个与城市相关的平民世界，被环境被世俗被物质被欲望挤压得有那么一点儿变形，而你关注的正是他们变形的、肿胀的、浑浊的，甚至自己都不太清楚的那一部分。但这些部分不脏，不狡诈不卑劣，不贪婪不算计……真实得出其不意却如影随形，让我们看到自己的斑驳。我想很多时候，我们焦虑、疲惫的时候，也会想就这么不负责任地消失，哪管真实世界洪水滔天。你最初是哪里生发来的，关于这个“消失”的设定？

鲁：还记得四年前的夏天，当时脑子里有两个不同素材，都想写长篇。我的选择症发作，为了先写哪个，老是在院子里散步，想来想去。当然最后还是听从了“冲动”这个魔鬼，我对“消失”这个题材，迷怔得不是一天两天，平时没事就留意和收集这方面的料：有驴友经过精心谋划假装失事就再没回家的，有个专门教人如何“像真的一样失踪”从日文翻过来的技术长帖，还有各种所谓的寻人网站，还有外国网友的“失踪”体验报告等。当然这些都不是我想要的。我不是出于对现实的厌恶、不满或逃避，更主要是对“生之偶然性”的一种挑战和实践。为什么，一个人是在这样的时空里以这样的角色与周遭这样的一群同类共同呼吸过活。转一下魔方，调一个方向，换一个频率，把自己像石子一样扔到另一个毫不相干的角落里去！这是个吃力不讨好的主角，因为这看上去多么自私和神经质啊，全然不讲道理，这过得好好的，又没什么大不了的事儿！是啊，就是因为没什么事儿啊，而且，别以为这里有很多的悬念有最终的揭晓，没有，在煞有其事通往各个方向的假设、寻找、推理、误解之后，我要再一次地告诉你，没什么事儿，换个地方也一样没什么事儿！这就是飘萍般的、万向轮般的、可随意尽欢的人生内核。是的，这就写了这个新长篇……

走走：不过直到最近，为了准备这次访谈，我看了你的一些散文，那篇《以父之名》，我才真正理解你作品中对逃离、缺席、不在场的家庭基因的描述。我觉得在这部长篇里，你和那个不肯原谅父亲，目睹他去世也没掉一滴眼泪的十六岁的自己有所和解，你也以一个写作者的旁观态度真正同情、理解了父亲，我觉得这是写作带来的很好的事，它也许是这部长篇对你而言，最大的意义？

鲁：关于以各种不在场的方式写父亲，是我一个无意识的自选动作，并且成了每次对话的“必答题、必然梗”。有点儿不太想谈了。其实，我也做过努力不写。比如这个新长篇里，本来想把失踪的父亲，设计成失踪的母亲，从戏剧推动角度来说，也是同样成立的。但没办法，那样写的话，我好像就一点儿动力都没有。这是一种固执的移情，磁石一样，我白绕上几大圈，还是回归到那个点。有时候觉得这也挺好，总归有个惦念。时间、衰老、世故，随便什么轮番上场，都熨烫不平这个大褶子。

这部长篇对我的意义有很多，其中一个，是对父性的再一次寻找，再次的寻而未得，再一次的两手空空没有抓落：这也是一个小收获。但如果讲这个长篇的意义，对我来说，更主要的还是对个体身份之可能性的追索，破坏性的重建与自救。我是个彻头彻尾的街巷中人、俗世动物，却总对这些抽象话题难以自拔。写这个长篇，最主要是对个体纠葛的纾解和释放，也是试图在人海中寻求与此主题有相近感受的呼应与回声，更大的想法，是企图在文学长河中塑造这么一个凡俗奔逸者的形象。

走走：最近刚看完你2017年1月出版的短篇小说集《荷尔蒙夜谈》，我发现你的短篇写作很有系列性，就像之前乡土写作的“东坝系列”，城市日常生活“暗疾系列”的《九种忧伤》，这次的主题“荷尔蒙”是怎么找到的？

鲁：没有特意寻找，这期间同时也写了其他主题的短篇。包括收入这本集子的，也有不那么荷尔蒙的。定位为《荷尔蒙夜谈》主要是结集出版时一个最大公约数或合并同类项的归纳梳理，但有趣的是，这么一顺，发现也的确恰有其实，成其为一个主题系列了。

我这三四年的主要注意力好像是比较集中在反复攀爬同一个高地。其实，荷尔蒙，不仅指色、性、欲，它是一个很宽广也很温柔的概念，对具体个体的困境有着无限的垂怜之意，像和气到带点怂恿意味的法律条文，支持和鼓励着你，在艰难时凭此做出不负责任的、仅仅是身体直觉的决定。让下流成为正当，欲望成为正义，坠落成为超脱，男女大防成为细细的一扯就断的红线。这多好啊。

我还在写呢。我二十年前并没有过像样的青春期，大概人到中年才在小说里长出这一批刺目但也值得欢喜的红肿痘痘吧——在这本新书的封面上，印着一句话："向身体的六十万亿细胞，表达迟到的尊重"，这是我为荷尔蒙所作的一个背书。

走走：看《荷尔蒙夜谈》，我会想起刘小枫那本《沉重的肉身》，在那本书里有这样一些话。"根据自己的感觉偏好去生活，就是道德的行为，这种道德的正当性在于自己感觉偏好的自然权利。……享乐的生存原则的正当性基于身体的自然感觉，身体是'永恒不变之体'，感觉是它的渴念和掳取。就个人的身体感觉来说，没有人民的公意道德插手的余地，身体的享乐本身没有罪恶可言。丹东的价值观在这一点上与妓女玛丽昂是完全一致的：不认为人的生活方式有善罪之分，每个人在天性——自然本性上都是享乐者。不同的只是每个人寻求享乐的方式——有粗俗、有文雅，这是'人与人之间所能找到的惟一区别'。无论以粗俗还是文雅的方式享乐，感觉都一样，'都是为了能使自己心安理得'。"

书中还引用了毕希纳给自己身后的思想家们写下的谶语："您看，这是一个美丽、牢固、灰色的天空；有的人可能会觉得有趣，先把一根木橛子楔到天上去，然后在那上面上吊，仅仅是因为他的思想在是与不是之间打架。人啊，自然一点吧！你本来是用灰尘、沙子和泥土制造出来的，你还想成为比灰尘、沙子和泥土更多的东西吗？”

至少在这一本短篇集中，你其实是通过肉身承载了你对人性不易察觉的幽暗深处的探究，而且站在了肉身的自然属性、本能欲望这边。“不谈情感、不谈思想、不谈灵魂，都太抽象，谁知道有没有呢。谈身体吧，趁着还热乎乎的。”（《坠落美学》第一句话）事实上，你的短篇和你的长篇气质相当不同。短篇野蛮生长，注重的关键词是感性和肉体；长篇精神智性，注重的关键词是理性和命运。

鲁：谢谢，你的发现和提炼很好。好多年前读过刘小枫。前一阵在微信上看到他出席一个活动的照片，我扒出来，放大了反复看。他当时那本书影响很大，我读的时候，是个小小中专毕业生，震撼可想而知，哪怕是半懂不懂的。

我对短篇和长篇的态度确实有亲昵与敬重的区别。写短篇就像捏泥人，有创造感和胡乱捣蛋感，不行就打破了重捏，说不定捏歪了更有趣更好看呢。长篇总像搭厂棚起架子，要做大型石雕了，恨不得更衣沐香断食三日。除了字数、工作量的原因，也有对影响力权重的考虑吧。这种考量是有点儿偏见的。即便如此，我对长篇的智性支撑，还是远远不够的，认窄门、钻牛角尖、自择小道的情况还在。

我在理性思维上的能力比较短板，所以才会这么用蛮力撞开肉身这扇沉重的大门，凭着喜欢与直觉在里头乱转乱写，算是扬长避短的鲁莽之勇吧。

走走：你是不是喜欢描写坠落感？《坠落美学》里，“她甚至还写写画画地准备了一份简短的坠机通知：女士们先生们，各位身体们，本次航班将在三分钟后自由坠落，请您的身体保持镇定并做好坠机准备，我谨代表本次航班全体机组人员感谢各位身体的配合，并向各位身体送上最亲切的道别……如果能有机会这么来一下子，怪有趣的不是吗？”《收获》曾经刊发的《三人二足》，被伪装成恋足癖的贩毒者利用，不明真相替他运毒的空姐，在最终知道真相后选择与毒贩一起坠楼。据说，人在坠落过程中会感觉时间慢了下来……

鲁：我还在短篇《铁血信鸽》里，让我的男主人公，错觉自己是一只鸽子，爬上窗台张开双臂扑向光线旖旎的暮色。我所倾心的不是坠落，是坠落之前的飞翔，或者说，是摆成飞翔姿势的坠落。

也可能这是我心理上对大地引力、对踏踏实实的一种厌倦和反抗吧。我们镇日、终生蝇营狗苟四肢着地，孜孜以求地不断攀爬、避害趋利，走三步想四步又退两步，五十步去笑一百步，偶尔弹跳半寸就沾沾自喜，以为得其正道、超然众人。其实，唉唉唉。

因此，与其说我是喜欢描写坠落，不如说是渴望飞升，精神上的也好，肉身上的也好，然而这不可能或达不到。那么退而求其次，以坠落为终点的飞升，在空茫的宇宙大气层，得到虚无与宁静。

我喜欢一种花，我们乡下叫杨花，刚刚百度了一下，《辞源》里解释为柳絮。在仲春季节，在河边上，它们会飘起来，非常之慢，像停在半空中，说不清它到底是在往上飘还是在往下坠。有一年的这个季节，我到苏北的兴化去玩，在一片不大的水面上，看到特别多特别密的杨花，全部停在半空。我不能动，呆呆看了很长时间，感动得都发起蠢来，心醉神迷。我觉得在这极度缓慢极度没有意义的坠落里，感到了纯粹的解脱感，时间不存在了，我也不存在了。幸福。

走走：我也想和你聊聊精神分析。你很多中短篇都涉及精神隐疾。比如跟精神洁癖、异食癖有关的《不食》，跟习惯性呕吐、习惯性退货有关的《暗疾》，跟社交无能有关的《谢伯茂之死》，跟安全感有关的《死迷藏》，跟恋足癖有关的《三人二足》，跟偷窥癖有关的《坠落美学》，《羽毛》中的瘙痒症，《墙上的父亲》里妹妹的暴食症……

鲁：许多作家都有这方面的偏好吧。这不算什么。生理病、心理病、社会病、时代病、流行病、传染病等。我以前借小说人物之口说过，一个家族或一个人的病历、病史，绝对可堪细读，可能不比他（她）们的工作经历或情感史差。其实我们生理上所呈现出来的各种毛病，比如胃病，过敏性鼻炎或脂肪肝什么的，也大致跟此人的童年地域、消费方式、睡眠伴侣、度过无聊时光的模式等密切相关。我一直认为，生理病都是心理病，病史就是心灵史，是人的性情与命运。

而以心理轨迹与精神分析来写小说，算是很占便宜的事，具有直观的戏剧性与文学趣味。不算高级，我觉得属于技术范畴的基本装备。有一阵子我也以求知的态度看过一些精神分析书、解梦书等，看得越多越觉得无趣。精神分析作为学科之后，失去了中世纪巫婆神汉的那种鲜美爆破与黑暗感。

我现在所写到的一些病相或精神痛楚、生理强迫症，都是没有相应精神分析学依据的。我是凭直觉和主观需要写的，也属于无知者的耍流氓吧。就像庸医，隔帘子搭着个男子脉，就恭喜对方“有喜”了。我所写的人物的隐疾，也大致如此。我笔下的父亲一旦紧张，会扒着路牙子当众呕吐。我笔下的少女，喜欢到超市偷几个打折的桃子，毛茸茸地藏在袖口里，廉价的刺激中获得莫大的欢乐——别问我为什么，我搭的脉象就是这样。

走走：你的小说中出现死亡的频率其实是相当高的。2011年底，我看到了你的长篇《六人晚餐》，当时对你写人物的功力印象很深，觉得传神生动，这里面就写了一场城郊接合部化工厂的大爆炸；《坠落美学》里网球陪练因为和雇主的太太出轨，遭遇了一场惨烈的车祸而送了命。太太自己则在自制蛋糕中添加了剧毒的夹竹桃液，“从托盘里取出一块热乎乎的草绿色风味蛋糕。一只手往嘴里送，另一只手在下面接着，以免碎屑掉落。嗯，又松又软，甜香适度，各方面比例都无可挑剔，她谦逊而满意地点头：味道对了”；《徐记鸭往事》里，被戴绿帽的丈夫却杀死了对方的妻子，理由却是“这个被反复背叛反复抛弃，谁也不要，包括她自己都不要自己的女人，真不如死了的好，不是吗？”你如何看待死亡？在《死迷藏》里，似乎有所暗示，“是他亲手榨的两杯橙汁，搁在冰箱里，小童半夜回家来喝了一杯……可老雷他妈的说他不是故意的，只一杯是有毒的，小童喝这一杯他便喝剩下的另一杯，优先权在小童，他预先也不能知道，儿子会选哪一杯……”“老雷的意思是，杀死他儿子的，非他，亦非橙汁，而是偶然性。”“偶然来的东西，就应当偶然地去！对不对？……所有的死亡我们都不要操心，它是独立而纯粹的，不管是意外或是自取，随便哪个替哪个算账，反正归根到底也都是原始意义上的偶然，就跟最初获得生命一样，这里有一个恒量上的公平与公正……”

鲁：作家都是杀人不眨眼的刽子手，手不用起刀不用落，键盘啪嗒，一命来，一命走，也算是我们的职业特权吧，就像我们同样设计和处理了无数的背叛、爱与忠贞。我们是纸上的微型上帝。

写死亡是理所当然的。不管我们写或不写，死亡总是在频繁和耐心发生的，不像忠贞、阴谋或富贵，生活里并不那么容易亲历或目睹。死亡是极为常态的，是三餐四季，是暮鼓晨钟，是默默走在我们前面或尾随身后的那个存在。我们生活的全部动力与局限也在于我们在不断衰老，在不规则变速地走向死亡，由此，有了艺术、贪婪、爱惜、无情、抛弃等一切的动机与行为。死亡太伟大了，它是高高举起、不停抽向人类的伟大鞭子。我服气它。

因此我密切地关注它，各种方式、不厌其烦、误会重重地写它。我对写恋爱很没把握，写聪明人或大人物也拐不了几个弯，写知识分子一准破绽百出，写波澜宏大更是力有不逮。我比较熟悉的都是手无寸铁、身无长物的人物与他们的琐碎恩怨，他们没有别的，他们手心里就紧紧攥了自己一条命，到了某个关头，这就是他们做决定的武器与方式。终有一死，死得其所。为所爱，为所苦，为所痴，为所不值。因此我所写的死，大都不是寿终正寝，而是自我（作家）的决定。

写《六人晚餐》时，男主角丁成功，是要在小说里死去的，我一直想不好他如何死才好，这听来是粗暴简慢，但我正是想用最大的郑重去赋予他的死亡，哪怕就是“路倒”，也有“路倒”的意义。小说卡在丁成功的死亡上。恰巧此后不久，南京发生了一场很惨烈的管道大爆炸，离我的小区还挺近的，家里被震得满地玻璃屑子。好了，我一边扫玻璃屑子，一边几乎要手舞足蹈。丁成功应当有一个一意孤行者的玻璃屋，他的玻璃屋会在化工厂拆迁的爆炸事故中被意外地完全摧毁，他会借着那唾手可得的锋利碎片顺手找到他的蓝色静脉，借此终结他注定悲怆的爱情……

我喜欢薇依的这句话：死亡是人类被赐予的最珍贵之物，最大的不敬就是用得不妥。作为判笔下生死的作家，更应如此，我要和我的小说人物一起，用最大的敬意去妥当地打开和使用这一珍贵之物。

（原刊于《野草》2017年第2期）

对话者简介：

走走：作家，人工智能浓缩书“谷臻小简”创始人。著有《得不到你》《房间之内欲望之外》《我快要碎掉了》《重生》《哀恸有时跳舞有时》《棚户区》《黄色评论家》等。

人到中年才认识到肉身的沉重与深刻

——与黄茜的对话

黄茜（以下简称黄）：在我的印象里，似乎没有哪个作家把写作的某个阶段完全贡献给荷尔蒙（或力比多）。你提到曾经对人的各方面进行排序，从前到后是精神、智性、天赋、情感、肉体。肉体原本在队尾，因为什么契机它突然抓住了你的注意力，逆袭到队列的最前面？

鲁：老实讲，并不是闪电来袭、暴雨突至那种戏剧性契机，虽然我很想来上这么一出。答案是老土的——只是时间，如尘埃静落，如野马纵腾，以一种时疾时徐、不停拐弯的力量改变了我。这种改变我想可能也是阶段性的，并且很多人都曾体验过。有人从粪土万户侯转为权力爱慕者，有人从势利眼变为淡泊明志，等等。只是碰巧我是一个写作者，同时又是特别忠实于自己感受的写作者。

肉身是很具体的，指尖长个倒刺、喝一口冰啤，这是肉身，欲念如刀人头落地，这也是肉身。肉身有它肤浅、异动、自伤自愈的一面，年轻的时候，确实很容易忽视和践踏，毕竟受教多年，一抬眼一起意就要想到理想光环或远大前程。真正意识到肉身的沉重和深刻，它功亏一篑、翻云覆雨、举重若轻的一面，确实需要时间来搅拌和发酵。我也是人到中年之后才意识到或者说才承认这一点，从写作角度来说，可谓是不自知地同时又是心领神会地接受到这一被指定的任务。

黄：《荷尔蒙夜谈》里的十篇短篇小说，有九篇涉及性、暴力，你在写作的时候，态度是完全开放的，还是也有所顾虑？写《荷尔蒙夜谈》《三人二足》《万有引力》《徐记鸭往事》这样的短篇，对你来说有挑战吗？

鲁：对虚构写作者而言，有一个职业特权：黑白、道德、伦理或律法，这些，都不是简单的错对或障碍。作家可以做杀人不眨眼的刽子手，键盘啪嗒，一命来，一命走，就像我们同样设计和处理了无数的背叛、爱与忠贞……具体到本书所涉及的主题，只要符合我本人的价值与审美，我并不顾忌。我甚至有点儿冒犯的乐趣与实验心理。

挑战是有一些的，除了技术上的，到最后，也要考虑发表与受众的接受。《三人二足》在《收获》发表时，编辑部内部是有不同意见的，后来还是程永新主编力主发表。此篇刊出来后，立即就有评论者在《文学报》发表文章批评，说鲁敏现在怎么这样写了？是不是有点儿低级趣味了？她长期以来的温暖向善和世道人心呢？我自信我的趣味不是低的。我曾经想过，书名不要弄得太触目，后来还是韩敬群决定，就叫《荷尔蒙夜谈》，我们不是故意标题党来哗众。作家是认真地在挖掘这个主题。

黄：这些故事的灵感来自哪里？《三人二足》里对恋足癖的描写让人印象深刻，这种经验你是从哪里获得的？作为作者，有时候窥探到人性的深处，会不会感觉危险？

鲁：我写小说，一向是以高纯度虚构为荣的。这一次偏偏没有。《三人二足》《坠落美学》《拥抱》《荷尔蒙夜谈》《徐记鸭往事》《枕边辞》，这六篇，都有点儿影影绰绰的来源。那些从风中所传来的人物截面与他们的果敢行动，总是令我激动而感触，这是多么锐利强大的力量啊，他们冲破多少年的教养与忍耐，不再深明大义或精明势利，冷然地剥除自己，还原自己，伸张自己！因此我在写作中决不给他们打圆场、顺逻辑、整衣冠，不愿意再做过多的整饰或文饰。

不过在细节脉络上，当然还是发挥我的无限虚构。《三人二足》里，空姐以鞋贩毒、与恋人双双跳楼是真，但恋足癖是我自己所加。简单的犯罪故事缺乏文学意味与性别意味。我事先确实做了些功课，搜索引擎是万能指导老师，它的功能太强大了。这篇小说发出来后，有恋足者在微博上给我私信互动，想提供更多的素材。我挺高兴的，说明我写得还算到位，几可以假乱真了。

至于危险，不会的，在人性的深渊面前，我没有恐慌症，我巴不得把脑袋伸得更远、目光拉得更长，投以沉默又热切的凝望。

荷尔蒙，不仅指色、性、欲

黄：荷尔蒙在故事里出现的时候总是一股破坏性力量，我们如何认识人的这种本能？难道我们穷尽一生之力不都是在和荷尔蒙对抗吗？

鲁：就我的理解，荷尔蒙是一个成长与变化的概念。比如说少年人的本能，常常是万物生长、春风蓬勃的正向荷尔蒙。不过，在我这本书里，我书写的是潮水疲惫的中年沙滩，是烟熏火燎的汁味收干，是工具化、病态化之后的残酷与暗黑，他们自欺或欺人，他们像接力跑似的传递这滚烫烙铁般的俗欲……但对此，我并非持有棒喝的态度，我一点儿不打算批判，如果不是说成鼓励的话。

我一直觉得，荷尔蒙，到了中年以后，就不仅是指色、性、欲，它是一个更宽的概念，对个体的困境有着无限的垂怜之意，带点怂恿意味地，牵动着你，在艰难时刻做出听命于直觉和此在的决定，让顺流而下成为动力，蝇营狗苟成为正义，男女大防成为一扯就断的细细红线，从而获得痛楚中的解放与黑暗中的笑声。

因此，大部分人在大部分情况下会对抗荷尔蒙，但在某些非典型环境中，也会呈现出听之崩裂的一面，这表面上像是破坏，实际上更是一种出口，是归谬性推理下的唯一选择，是柳暗花明又一村，哪怕这村子里四顾无人，他仍然是个失德背道的孤家寡人。但此时的他，已然不同了，涉过欲望的黑色河流——他宛若新生，获得罕有的自由了。

黄：在中外文学里，有没有哪些作品你认为对荷尔蒙和肉体的探索特别到位，或者作者的观念和你比较接近的？读《荷尔蒙夜谈》让我想起了英国作家麦克尤恩，但他显然更黑暗、更残酷一些。

鲁：其实，我感觉大部分作品里，或多或少都有着荷尔蒙的呈现与参与，荷尔蒙是无限自由的一个元素，丰沛奔放、压抑冲突、生生不息。《诗经》里有，《雷雨》里有，《北回归线》里有。

我不欣赏中规中矩与高度正当。我倾向于困境中的逾越乃至创造。所以我比较喜欢谷崎润一郎和三岛由纪夫。如果把领域扩展一点儿，我还喜欢哲学家福柯在这方面的诸多研究与论述。电影导演里，喜欢拉斯·冯·提尔与阿莫多瓦，他们教会我许多。

“乡土”太安全了

黄：你十八岁就参加工作，做过营业员、企宣、记者、秘书、公务员，这些职业经历对你的小说写作有助益吗？

鲁：毫无疑问，一切的经历，哪怕是单调乏味的，都会有帮助，比如会帮助你咀嚼到时间的苦杏仁味。我所从事过的这些职业，除了素材来源这种显而易见的影响：在邮局工作十五年，我会写到邮差、地图、火车押运员、查收死信的人等。但更多的影响我想是趣味和格局上的——比如我会对繁琐、枯燥的生活，有一种莫名的持久兴趣，这也成为我笔下大部分主人公的背景。这样的人物其实比较难写，但平常人的困境才更具有追究的价值。比如在这本书，普通的主妇、邻居、路人、小贩如何处理和面对他们的荷尔蒙，我觉得，这更有不可轻视的爆发性力量。

黄：你曾经写过乡土，也写过城市暗疾，现在为什么对这两类题材丧失了创作的兴趣？荷尔蒙之后，你会再写什么呢？

鲁：其实都是兴之所至、自然而然的过程。乡土太安全了，太容易延续那种四平八稳的审美。城市暗疾是我很有感情的一个地带。前不久，我在一篇论文里看到一个统计数据，说我从2001至2012年期间的小说里，共出现八十八位病人、一百多种疾病。这数据我不知是否准确，再说生理病并非我的重点，但起码说明，在某一个阶段，我一定是成了鲁大夫或鲁病人。到“荷尔蒙系列”，我感觉应该是对“暗疾系列”的一个解放，我让我的小说人物，从沉疴中奋起了，以荷尔蒙为突破口，行动起来了，打破和走出来了。下一步，我也很好奇很期待，会写什么呢。我有时会看着灰蒙蒙的天空，那上面什么暗示都没有。

（原刊于《南方都市报》2017年3月5日）

对话者简介：

黄茜：北京大学世界文学与比较文学硕士。诗人、译者、媒体人。现供职于《南方都市报》。

在别处：人性中萎泥与飘逸的永恒矛盾

——与行超的对话

写作是漫长的养成与奔向

行超（以下简称行）：在作家这个身份之前，你曾经做过很多种工作，邮局职员、秘书、记者……但不管从事什么职业，你一直都没有放弃阅读，可以说是始终怀揣着文学"初心"的作家。是什么契机让你从一个文学爱好者变成了职业的写作者？

鲁：像所有人与他最终所选择投身的事物一样，可能不是一个很具体的契机，而是一个漫长的养成与奔向的过程，包括许多曲里拐弯的偶然因素，但懵懵间似也有某种大方向上的必然性。上世纪八十年代的苏北农村，对读书或文化有种天然的崇拜。比如订杂志，我母亲订《雨花》，我外公订《民间文学》和《乡土》，我姑妈家订《海外文摘》和《参考消息》，我舅妈家订《外国文学》。反正走到哪里都有东西可以看，所有杂志都被我们小孩给翻得脏兮兮的，但谁家里都没有真正意义上的藏书。大我两岁的表哥，被舅妈要求顺着《成语词典》一页一页地背，我则一边笑话他一边贼兮兮地找《外国文学》上的裸体雕塑看。总之，我早年的阅读实在很不怎么样。十四岁到南京读邮校，同宿舍里有个苏州女生，爱读古典外国小说，我就跟着她一起，在我们那个工科中专学校的小图书馆里找外国小说看。趣味和视野很单一，我的阅读里就一直没有哲学、历史、逻辑学、心理学的任何构成……到后来，就会发现这限制很大。不过这些单向度的阅读，多少让我知道些好歹，尤其是发现我心怀热情的所在。这样，即使后来做着任何一个别的职业，都是有点儿游离与秘密的幸福感。我好像就知道，我最后会成为写作者的。

行：直到现在，你仍然是阅读量很大、兴趣很广泛的作家。你更倾向于做一个写作领域的“专家”还是“全才”？

鲁：哪里算是量大，“量大”也未见得就是好，其实我大概有点儿可悲的强迫症。顺着前一个问题就晓得，因为从小时候到现在，我都觉得自己读得不科学、太单一，因而有一种弥补和自卑的心态，就算现在这样读，我对哲学、历史或其他非文学的人文领域，都还是路人以下的见识，哪里还“全什么才”呢。

唯一值得庆幸的是，我至今仍然能从“读小说”中获得高纯度的愉悦与同行间的心气相通（尤其是故去的，通得更顺溜）。前几天跟一位老师闲聊，他有点儿不赞同的口气：你怎么到现在还能读得进去小说呢。我说是哎，还是爱读。老师又说，你读太多了，看你的小说，都知道你读太多了。这真惊出我一身汗，倒也不是我真的就改掉，要少读了，但确实感到一种“心惊”。

所以我前面讲，量大不见得是好。当然这话不容易说得清楚。阅读习惯，精读还是泛读，读新书还是读老书，反复读还是一读就扔，读本行当的专业书还是读远远的八竿子打不着的小闲书，这些都难以一言以概之。各行其道，各有其成。

宁可生涩，不要老熟

行：你的写作从东坝开始，《纸醉》《思无邪》《风月剪》……那个系列的作品底色比较淳朴、唯美，情感上趋向于一种清澈的温暖。很多作家的写作都是从自己的儿时记忆、故乡人事开始的。故乡是你最早的写作灵感吗?

鲁：倒不是。我1998年开始写作，到2006年左右才写起东坝。此前属于很典型的“热情型选手”，啥也不懂，就“一路小跑”似的写、到处发，也会有各种选，还在《十月》《作家》等处发了三部长篇。总的来说，是“乱拳”。但这都是必要的台阶，艰难地走过这些台阶，我才多少有了“文体感”，有了自己的“写作观”，而我的东坝，也就很自然地从被尘土掩埋的记忆里裸露出来，那不是简单的灵感，是对消逝中的故土的浓稠怀念，极为炽烈。那时我在南京已经二十年了，这个时间长度的发酵，可能是最合适的，最后才能达成那种如你所说的“清澈与温暖”。

行：不管是文学界还是读者中，“东坝系列”都受到了很大的褒奖。从福克纳、马尔克斯到莫言、贾平凹、苏童……很多作家用几十年的写作构建起一个属于自己的文学故乡，你几乎是一出手便成了。可是，这个系列很快就被你放弃了，为什么？

鲁：也不是特别刻意的放弃，那四五年间，东坝确实是写得蛮多的，也得到很大的肯定。但到后期，人们的喜爱让我有点儿不安。记得好像在2010年左右，得鲁迅文学奖之后，要写一个类似获奖感言的东西，我就写了一直在脑子里转悠的想法。大概是说，像文学故乡、地图上的指认与命名、唯美乡土、风物人情等类似这样的，美则美矣，亦能获得读者与批评界的认同与呼应，却让我有种警惕感，担心这里有一种“因袭”式的安全审美路径，而且前辈们已经写到相当高的程度，我宁可就此跳脱，去追求新的创造，寻找惊奇与陌生之美。我在写作上也是有点儿逆反心理。宁可生涩，不愿老熟。还有一个原因则是外部的，毕竟我都在城市生活了那么多年，对故乡的热恋之后，我确实还是对城市有更迫切的表达欲念。

行：东坝之后，你的小说基本聚焦于城市，从《九种忧伤》到《荷尔蒙夜谈》，一直在关注城市人的精神状态、心理隐疾。从读者的角度而言，这样的城市文学是我所期待看到的。在现实的都市生活中，生存层面的问题已不是最主要的，真正的问题出在每个人的内心深处，那种深层的矛盾、挣扎、纠结，是当下都市人最根本的症结。可是，很多作家虽然生活在城市，但是却关注不到或是写不好这个层面的问题。你怎么看待这个问题？

鲁：大家可能更乐于、更倾向于从社会学角度来实践和考察小说的城乡分野和文学意义，比如《子夜》就很典型，以阶层的递进与分化、身份地位与动机根源、势利意义上的成败、经济物质对人的左右等来写城市。这对后来许多作家写城市小说有很大的影响。比如大家会选择搓背工、大老板、宅男、女博士等这些看起来好像很典型的城市中人来作为小说人物，以他们的沉浮来作为小说脉络主线……当然，这也都是合理和有效的重要元素。但窃以为这不是截取和塑造人物的最佳维度，或者是我不太擅长这样写。我感觉，人之为人的最具文学意味的部分，恰恰是非社会化的那部分，并且常常是非理性的、反推理的，肉眼不可辨识，甚至自我亦无法感知的部分。这些迷雾一样的东西，大多指向“自我”的精神和心理层面。

因此，包括我早期写东坝，虽然写的是乡村，但我不大写贫穷、愚昧，我写的是他们对生死、病患、残缺、四季、食物、男女的感受。这都是属于“人”的，只是他们生活在乡村。到了我写城市也一样，我还是会写残缺、隐疾、荷尔蒙、男女、生死、自由与自我。你可以说这是城市的，但我更认为是“人”的。而且写这些东西，我不做价值或道德判断——我做不了，也认为不必做、不能做。我就是探索、撕裂和呈现那些幽暗的毛茸茸的精神和心理空间。这是我最有兴趣也感到大有可为的地方。

人是挂在时代巨躯上的一只只苍耳

行：我记得《六人晚餐》刚出版的时候，评论界有人认为，这部作品在个人命运、内心起伏以及人与人的关系等方面刻画得很出色，但是没能充分写好转型时代这样的历史大背景。“如何处理个人与时代的关系”这个问题多年来似乎一直困扰着七零后、八零后作家们，时隔多年，你怎么看待自己的这部旧作？对于这个问题有什么新的认识？

鲁：我记得有次郜元宝教授在评论《六人晚餐》时写过，这部小说涉及了产业重组、国企改革、关停并转、下岗分流等上世纪九十年代最为重要的一些时代背景，他认为这部分很有价值，我们这一代里也少有人写，但同时也感到我很“浪费”，没有把这一重要时代背景再多深入和扩张一些，好像很无所谓地在行文里点了几下就浪掷了，然后顾自用很大的笔墨在人物自身的命运上（大意如此）。可能这个评价是蛮有代表性的。

我是怎么看呢，当然是很个人化的一种理解。

个人与时代的关系，打个比较老土的比方，我觉得人就是挂在时代巨躯上的一只只苍耳，任何时代都是这样。时代行走跳跃，苍耳们也就随之摇晃、前行，也不排除在加速或转弯时，有少许被震落下来，永远停留在小道上……我所理解的文学，是以苍耳为主要聚集点，因为苍耳就是我们人类自己啊，它柔软，有刺，有汁，有疼痛与生死枯荣。最为理想的作品，是从这些小小苍耳的身上，读者，尤其是若干年代后或者陌生国度的读者，会感到那特定空间里，大时代或小时代的流变，流变中的冷酷与滚烫，对个体的推送、佑怜或伤害，感知到那既属于某个时代、又属于所有人的爱与哀。大部分经典作品都是这样的。

但对经典的那些特别好的阅读感受，可能也给人以一种目的化的理念，认为时代巨躯的起伏轮廓、激荡风云是文学的大抱负所在，区区苍耳不过是切入点与承载物，它们的悲欢离合五颜六色再精彩总归也是小了的，失之精微毫末，恰盘中青翠尔，对张爱玲、汪曾祺就常见这方面的婉转批评。我是不大敢同意。我觉得，苍耳本身才是文学最为之魂牵魄动的部分，况且苍耳从来都不是挂在虚空中或无缘无故、孤零零的一枚，哪怕就是它从巨躯身上掉落下来了，依然有它掉落的姿势与原因。所以问题的根本可能还是，我们能把苍耳写到什么程度。倘使这个苍耳本身没有选好、没有写好，那更遑论透视时代了。

因此就像大家常常会说到，七零后这一代的写作，总写小人物，太过生活流、琐碎化，缺乏大格局，缺乏历史意识与厚重的精神维度，这确实需要进行讨论和反思，比如，有时是苍耳本身的典型性与提炼度不够，呈现为过分随意的个性化写作。但如果换一个角度考察，这一代的文本气质与他们所书写的苍耳们，那些琐碎微渺精致与宏大理想主义英雄主义的决裂，所折射出的不正是外部社会与时代的某些特征吗？所谓时代长河的基本面貌，最终正是由“这一个”“那一个”的文学苍耳形象所构画叠加而成的。

从这一角度来看，《六人晚餐》多少是贡献了几只苍耳的，他们正代表了那一阶段我对个人与时代关系的一种理解。这六个人的相互关系、伦理取舍、起伏路线，是受制于时代风潮与滚滚车轮的，但我并不会去特别地强调这种明摆着的因果关系。做资料准备时，我搜集了《六人晚餐》所涉年份每一年的大事记，各个维度的都有（在写《此情无法投递》时也干过这同样的活儿，确实很有用），但我不会像打呼哨一样在文本里让它们有意出大声，最多会暗中撒一两把小豆子。我更想竭尽全力去做的，是创造出“晚餐”桌上那六只苍耳在其时其境的、来自末梢的颤动。

再多讲一句，在我看来，现今，个人与时代的关系，真的有主次、有依附、有倾向吗——是以典型人物去折射特定时代风貌，还是关切某一情境（时代）中的人与人性——实际上，我觉得并没有这么泾渭分明的孰轻孰重。天地人，在文学里也当是合一的。并不需要把时代与人提炼出来分别考问，计算比例与权重。

比如《鼠疫》，就算加缪特意虚构了一个黑色时疫的社会背景，但其真正的着力点，还是绝境下一个个的人与他们的人性之光（暗淡的或明亮的）。再比如《苔丝》《白鲸》《老人与海》《安娜·卡列尼娜》等，太多的例子了，是把人置于某种困境当中，最终来写人性的软弱或力量。

但与此同时，你在所有这些人物身上，又能看出性别、阶层、伦理、宗教等外部因素在人类文明洗礼下的不同进程。苔丝、老人、亚哈船长，如到了另一时代或国度，就会是另外一个故事。

厚颜说句有点儿托大的话，我写《奔月》，也是在这个方向上做出的一次小小的实践，让小六去置于特定情境（自我出奔），从中呈现人性中萎泥与飘逸的永恒矛盾，但这必定是属于当代中国都市女性的“这一个”，小六的行动与逻辑不会是嫦娥、娜拉、爱玛……从《六人晚餐》到《奔月》，也差不多算是不同阶段我对这个问题的理解。

行：小说集《荷尔蒙夜谈》是你写作生涯中的一次“出格”，描写欲望、身体、性，与你此前温吞、端庄的写作有很大反差。女作家写荷尔蒙，不免让人联想起身体解放、女性主义。但是，读过整个小说集之后我发现，其中的作品非但不是以身体和性为旗帜，而且目的往往不仅是写荷尔蒙，更是写俗世中生活的热情和生命本身的能量。与上世纪末那批女作家的“荷尔蒙”写作相比，二十年后的现在，这本书反而显得挺“古典主义”的？

鲁：这也是书名害义，我也是将错就错，其实你方才的概括更为准确。也许人们对“荷尔蒙”的理解有点儿狭隘吧，或者正是早先女作家们的身体写作助长和误导了这种理解。这也是我将错就错取这个有点儿“冒天下之大不题”书名的原因——我想为之正名。所以我还特地写了一篇小文就叫作《为荷尔蒙背书》。我是想扩张或恢复“荷尔蒙”的定义与外延，其对世俗的干预力本来就是多面的，绝不仅是男女情欲，可能还辐射到性别权力，呈现为心理与生理的疾患状态，呈现为惨淡中年的自我挽救，成为对自由通道的一种秘密开发，等等。这是我所理解的多歧义多面相的荷尔蒙。

是不是古典主义我说不好，反正这是我的一个理解。我对身体真的尊重到敬畏，我很想对那种一本正经的、唯正确主义的思维模式发一声喊，要以同等的热心肠来对待身体，不要总觉得只有智慧、才华、理性、理想等才是值得尊重和听命的。

行：你好像一直对于“越轨”有很大的兴趣，从《荷尔蒙夜谈》到《奔月》，你的写作风格与之前相比有了一个明显的转折，似乎更“大胆”、更“果敢”，一种天性中向往的生命自由、生活自由与写作自由被释放了出来。为什么会有这种转变？

鲁：我自己也说不好，我不好意思大剌剌地宣称这就是水流云起、行止有时。也有同行跟我开玩笑说我这是中年变法，就更谈不上了。我对写作既有职业化的持久战心态，也有理想主义的搏击与倚重，重到此命所系的地步，这心态并不很好，但也可能正因为是这样的贴身与投入心态，写作会相当直接地反射出我在每个阶段的感受。

可能对陌生读者来说，小说就是一本读物，对批评家来说，小说见文学观。对我来说，其实还有对生活、生命和我之为我的胡思乱想。比如这阶段，好像对生活本身有种崇拜与热爱，因为热爱而愈加不可忍受它的平庸、麻木与一应之定规。因此，我会有意注目，以欣赏、挖掘和怂恿的眼光去注目“越轨者”，我希望通过他们来表达和丰富我对生活的热爱，表达这激越而伤感的中年之爱。从写作层面上看，这也会使我选择放弃平缓、老熟、节制、雅正等审美方向的权重——当然，这会儿我虽算是认真分析，可同时也是一种胡乱分析。我写作其实很少谋划，谋划不了的，只是在回看时，才会发现一些煞有其事的似乎清晰的轨迹。

“这激越而伤感的中年之爱”

行：在小说《奔月》中，小六以身试法地证明了在现代社会中，个体的人是“无处可逃”的。很多年前你曾经写过一个中篇《细细红线》，与《奔月》处理的是类似的问题，某种程度上都是对“在别处”生活的幻想与向往。写作对你来说是一种对现实的逃逸吗？

鲁：写作有平衡和对冲世俗的功用，所以常有人用它来做钟形罩与隔离区。对我来说，倒不是这样，这是我的职业与志向所在，假如真有逃逸之心，反而会远远地离开写作吧。因此，写作不能讲是我对现实的逃逸。

那我为什么又会开足马力地写类似那样的逃逸者、越轨者呢，其实前面也提到的，是我想选择通过他们来表达我对生活和世界的感受，这个感受，有些是发自我内心，但更多会考察他人与外部世界，在内部与外部之间，寻找共通性。我们一开始就讨论过，我对毛茸茸的幽微地带有兴趣，这些越轨者，就特别富有重叠、交叉、易变的心理区域，他们是大时代下有自选动作的小苍耳，集中笔力于他们，有可能会以特别的方式获得与巨躯的共振——这种“在别处”的心态，我认为就是人与时代的“共振”之一种。

行：小六的失踪反而给了身边的人一个重新认识她的机会，不管是贺西南还是张灯，在寻找小六的过程中，都完成了对这个“熟悉的陌生人”的重新认识。现实生活中，一个人的身份、职业、社会地位、人际关系等往往会遮蔽这个人的本性。小说最后连续几个“小六快跑”，“她总算是实现她的妄想了啊，随便哪里的人间，她都已然不在其中。她从固有的躯壳与名分中真正逸走了。她一无所知，她万有可能，就像聚香刚生出来的那个婴儿”。对于小六来说，与其说这是一次回归，不如说是一次重生。从这个意义上讲，“失踪”，或者说“出逃”，是不是一种对现实的消极抵抗？

鲁：人们对于词语或行为的看法，有时也有固定模式。就像我经常讲“虚妄”，我就完全不认为它是个消极的词，它接近于某种本质，有这个本质作为前提，万事万物反而都是可喜和动人的了。包括“出逃”“失踪”，是消极抵抗吗？我恰恰认为小六是到目前为止，我笔下最为勇敢、最具自我意识和行动力的一个女性形象，她敢于打破哪怕并非一无所错的现状，去实践那个曾经涌上所有人心头的大胆妄想，她冲破了本分、责任、亲情、血缘、伦理、道义等几乎所有的定规与约束，奔往那无可参照、万劫不复的地带。

所以为什么叫《奔月》，我并不担心人们第一个会联想到嫦娥，因为小六完全是现代和当下的异质的嫦娥，她同样想摆脱世俗与人性的重力，追求本我的发现与飞升。这是积极的，或也是社会发展到现代性文明阶段的一个特征，是人类在走过了生理、安全、社交、情感等需求之后的更高需求：对自我的确认与探索——结局她是回来了，回无可回，但就像你所说的，这不如说是一次重生。走过了一、二、三与三、二、一，她脚下的那个零已不是最初的零了。

行：费尽心思策划了一场“失踪”的小六最终还是

选择回到自己原来的生活，但是这时的现实已经完全改变了，她的丈夫、情人、母亲以及周遭原本熟悉的一切，仿佛都换了个样子。小六最后还是回来了，乌鹊也不过是另一个南京。那么我们是否还要追问这场“失踪”的意义？

鲁：《奔月》出来后，关于小六“出逃”的意义所在，是被探讨，也是被追问得最多的问题。从这些问题其实也能看出我们对长篇文体的考察与度量标准。

比如说对“中心思想”的期待。大家一起跟着主人公小六辛辛苦苦地出走、折腾了一大通，然后又回去，又没回得去……请问你到底是想讲什么？要证明什么或得出什么结论吗？如果我说，没有啊，我并没有确定和高明的结论。啥？没有？这显得好像很不合理。

好吧，于是我接着说，我想表达的就是这种不可概括和终结的人生迷境，因为人生不是数学题，所以就并没有最终答案——就算有，是读者自我达成的，是我提供的这部分与你的个体经验碰撞后的结果。这会让一部分人觉得明白了。

但还有一部分，会显出更加迷惑的目光。于是我会进一步阐释一下（我很不喜欢这样说得太多），我说：我写的是人们终身的角色困境；写的是生命与生命相遇的虚无与偶然；写的是作为人，即使在异度时空之下也永远无法挣脱的本来面目；写的是我们这短促一生里，对另一条

“林中小径”的不可确证与不可触碰……

人们对这样的回答满意吗？似乎也不能讲太满意。所以你看，这里还包含着另一个阅读上的偏见与傲慢：结局期待，并且是偏暖调性的期待。他们总是希望看到人物的攀升（而不能忍受对原点的回归），感悟与收获（而非无悟之感、不获之获），希望看到从无到有（而不能接受从有到无）。

所以，与其说追问《奔月》里小六出奔的意义，不如先追问一下我们对长篇的审美维度，我们对终极意义的痴心妄想，我们对存在与虚无的定规之见——譬如，我恰恰就是以虚无的终场，来表达以疼痛存在的自我。

所有的出格都是一步步的不得已

行：你曾在多个场合提到自己对于虚妄、荒谬等不可言明的偏爱，比如“我偏爱不存在的荒谬胜过存在的荒谬”，“以小说之虚妄来抵抗生活之虚妄”……可是从你的小说写作手法上看，你应该是一个不折不扣的现实主义作家。你怎么看待这“虚”与“实”之间的矛盾和关联？

鲁：粗暴地概括下，这虚与实，可以说是灵与肉的关系。小说内部的灵的部分，我常常有点儿形而上，偏抽象，带点探索性，因此有虚无的灰调感。但肉，即及物的写作内容与技术手法上，我没有那样，并且如你所说，是不折不扣的现实主义写作。

春节假期里，我在一个APP里重听了一遍萨特的《恶心》和陀思妥耶夫斯基的《地下室笔记》，你看这两部作品都是蛮典型的，灵是形而上的，肉（即文本主体）是相当枯简、寓指化的。这样的写作，对作家和读者都有着太高太高的要求，我还做不到。当然，我们也会看到，像萨拉马戈的《失明症漫记》、卡尔维诺的《我们的祖先》三部曲，则是用传统叙事手法来写现代性内核的。他们教会我很多东西。最主要的是，现实主义手法对现阶段的我来说，的确更得心应手，这也是从“我能”的角度来考虑的。

那么矛盾有没有呢？有。比如有一些读者，有时会对这两个看起来像是两个风格的灵和肉感到迷惑。以《奔月》为例，有读者就会用现实逻辑来与我探讨，比如说：怎么可能呢？一个人用别人的身份证，能在外头蒙混两年？或者说，那个警察太不负责了，怎么能劝她不要回去呢……情节的隐喻或人物走向的设计，既会考验到写作者，也会考验到读者，这是阅读契约中最为微妙的部分。

因此，为了中和这两个方向，也为了不断地提醒读者我写的不是“现实生活”，我在《奔月》里特意置放了许多极为戏谑与荒诞的细节。比如“给亡灵烧纸钱，纸钱变白还是变黑”，“家族遗传症”，“失踪者家属联盟”，等等。以此来间离和柔化虚实之间的冲突。

行：写《奔月》的故事似乎是你多年来的一个心愿，小六的心病多年来也时时困扰着你。写完这个小说，这种困扰减轻一点儿了吗？

鲁：《奔月》确实是我惦记良久、终于得偿的一次写作，但咱们前面也说过，不论什么主题，包括《奔月》，一定是我的内心思虑与外部之间的化学反应，是我这个苍耳与无数其他苍耳的共通点。包括以前的《六人晚餐》也是这样，我父亲就是大厂区的工程师，我也有单亲家庭的体验，但最终，我还是会把这些个体经验汇入到“失败的大多数”那样一个更宽广的主题里去。

一次写作，就是对一个主题的开拓、挖掘与偿愿。小说“奔月”了，我反而落地了。新的主题，又在混沌中慢慢地缠绕上来了。耐心地等待着。

行：我看到有批评家指出，这些年你的写作越来越熟练，越来越圆融，应该是一个作家走向成熟的标志。但是这也导致从《荷尔蒙夜谈》开始，你的一些作品在叙事上似乎有些滑向“技巧性”，以及对某种“猎奇”心理的呈现。你怎么看待这个问题？

鲁：你讲的这个问题可能在《荷尔蒙夜谈》里有一

些呈现，这个集子是在多年作品中进行的挑选，有出版上的考量，也便于集中来呈现我对“越轨”“身体”“暗疾”这些元素的穷追不舍，同时，也想在大多数“伟光正”的书写里，表达文学对“不一样”的最大程度的包容与关切。

就我本人的审美理想而言，迟钝、缓慢、带有老衰感的写作，是美的最高级，也比较难。比如我们会看到那些刻意反情节、去剧情的艺术电影，其中真正的成功之作，并不多。我也写过不少这样的中短篇，在《荷尔蒙夜谈》里，就有像《幼齿摇落》《西天寺》这样的篇目，包括去年刚写的《火烧云》。总的来说，猎奇不是我的特点和追求，如果认真贴近这些人物，就会发现：即使最后做出再出格的事，但于他们，都是一步步不得已而为之。他们实在都是些平常人物。

技巧性这个，确实要探讨。最记得毕加索在晚年说过一句话，我最大的努力，就是能像一个什么也不懂的小孩子那样画画。所以技巧的最高境界，是人家看不出来你用了技巧，还以为你在说家常话，还以为你是本色出演，是意到笔到，是绝无心机。其实哪有那样的好事，“看不出来的”乃是最高的技巧。我大概还处在技巧外露的阶段，我想时间和年龄会在这方面对我的改善有所帮助。

（原刊于《作家》2018年第7期）

对话者简介：

行超：1988年生于山西太原，北京师范大学文学硕士，文学编辑，青年批评家。有作品见于《读书》《文艺研究》《南方文坛》《文艺报》《文学报》等。

在六朝烟水里野蛮生长

——与张黎姣的对话

一

张黎姣（以下简称张）：你从十四岁时就来到南京？

鲁：对，但其实我父亲一直在南京工作，很小的时候，我就往返于南京和老家之间。现在只要回南京，内心就会觉得安定，哪怕这里没有其他城市那么发达、中心化、国际化、有效率，但我还是很喜欢。

张：在你写的《戒指》中，写了三代人从乡下到南京，如何融入其中，当年你需要这种过渡吗？

鲁：因为父亲在南京工作，所以没有这种感觉，就觉得南京蛮好的，树荫很浓，"马头"牌的冷饮奶味浓重，很好吃。那时候我还很喜欢到电影院看海报，因为乡下的电影还没有那么普及，我爸天天上班，也没有人带我看电影，我只去看看海报，就觉得很满足，想着回去告诉我的小伙伴我看到什么海报，但不会讲我没看过电影。

张：感觉南京的包容性非常强，外乡人也不会有明显的界限分别。

鲁：我以前写过一篇南京特色有点儿明显的小说，叫《徐记鸭往事》，写的就是盐水鸭。南京的鸭有两种，一种是烤鸭，带秘制浇汁，还有一种是盐水白切。我们南京人最喜欢的，就是晚上下班拎半只鸭子回家。这篇小说中我就写到一位水西门鸭子店老板，他不一定是南京人，来斩鸭子的市民就会问他：从哪里来？鸭子卖得还不错吧？南京本地人有一种莫名其妙的心态，希望外乡人在我这里过得还不错，非常自然而然。

张：但你在南京也流转了几处吧？

鲁：我在南京住过好几个地方，在邮电学校那四年，住在老城南，那时候附近的地名也都很好听，考棚小学、长乐路、白鹭洲。而父亲留下的房子在城北，是军工厂（720厂），转民产造蝙蝠电扇，是南京当时的名牌，包括后来造依维柯的南汽，父亲是厂里的工程师，我们就住在厂区。我对那种大厂生活还蛮有感触的，它就像一个完整的小社会，有自己的电影院、澡堂、理发室、子弟小学。母亲后来就到子弟小学做老师，妹妹就在那所学校念书。

成家后，我在偏城北一点儿的邮电系统比较集中的区域生活了一段时间，有邮电管理局、邮电机械厂、邮电器材公司，跟行业人员生活在一起。后来我们自己的小家，在地铁边上买的房，算是我第一次在网上发现和交易的东西，在一号线的最后一站迈皋桥，买下的第三年地铁就通了。以前那一带是有化工厂的地方，又靠近郊区，所有在南京生活的人都问我为什么买在那里，其实我后来写《六人晚餐》，是几种元素发酵在一起：大厂的生活，对化工厂和城郊接合部的区域性的感受。

张：迈皋桥离南京市中心有些远，为什么选在这样的位置？

鲁：它在南京的东北位置，我们当时没有多少钱，那个房子有楼上楼下，又在地铁旁边，就觉得蛮好。到现在朋友们都建议我换房子，我实在也操心不了，也因为我天然对那种粗糙的场景有一种亲切的感觉。我那时候下班，出了地铁站，就会看到广场上一堆乱糟糟的人，打工的人晚上都在那里聚着，唱卡拉OK的，卖那种劣质塑料制品的，卖气味很可疑的烤串的，还有当天卖不掉的鲜花，恨不得一块钱捧一大把回来。一天中沉淀下的东西，都在那个地方最后一次集中利用，进行价值压榨。但那个污水横流、泼辣有生机的地方，我很喜欢。

当然，这是一种文学的审美，谁不喜欢光鲜的地方，但光鲜不会让我产生激动的、热气腾腾的感觉。就像每天早上，我的工作并不是严格要求踩着点儿进办公室的，我完全可以不要等早班车。但我觉得跟一班人挤（当然没有北京这么挤，相当于北京非高峰时的容量），早上看到很新鲜的面孔，带着富有生机的样子，走路匆匆，留下一点儿肥皂或漱口水的味道，我挺喜欢那种状态的。我喜欢人处于行进之中、忙碌之中，有可能发生变化的那种茫然的期待。在早班地铁中，这种感受很明显。

厂区位于城北以北的郊县，算是一块被扔得老远的“飞地”。其空气，最显著的一个特点，不是“空”，而是丰满、拥挤，富有包围感，它亲热地绑架一切，裹挟住所有人的鼻腔、咽喉以及肺部：有时是富足的硫化氢味儿，像是成群结队的臭鸡蛋飞到了天上，或者是甜丝丝显得非常友好的铁锈味，又或是腐烂海鱼般的氮气的腥，最不如人意的是二甲苯那硬邦邦、令人喉头发紧发干的焦油味，像一个顽皮的家伙从背后紧紧扼住你的脖子——依据刮什么风而定，以及风的上游是什么厂而定，有时早晨和黄昏还各不相同，有时还会是两种或两种以上气味的混合，好似有个设计师在进行不大负责的搭配。

要是风再刮得大一点，这肥美的厂区空气还会赤裸着把自己慷慨地奉送到市中心——多么了不起的激情与长途跋涉！可惜市区的人们不解此种风情，甚至当他们由于工作需要，不得不深入厂区开阔的腹地，这含情脉脉的空气亦使他们感到莫大的冒犯。他们嫌恶地暗中诅咒着，尽量屏住呼吸，巴望着早点离开，同时又不忍心似的，看着十字街上尘土里嬉戏的孩子，以及一长排门铺前裸露在风中的油炸点心、碱香馒头，觉得这简直是牲口般的生活。

返城的小车子来了，他们仓促地爬上去，急忙驶去的车窗闪过他们皱成一团、变得难看了的白脸。厂区的人们默然地目送客人离去，反而生起一种敝帚自珍般的欣慰——这厂区的空气，如同生养自己的娘亲老子，无法摆脱也无法痛恨，不如就这样粗枝大叶地一起过活吧。

——《六人晚餐》

二

张：起初，你进入邮电系统，跟写作并没有那么多关联。

鲁：我是喜欢上学、念书最好一直念下去的人，但我家人非要让我学邮电，我有一段时间是排斥的，觉得它断送了我上大学的意愿。而且在我们乡下那边，“人民邮电”那几个字是毛体，都是老绿色，斜斜的，好像里面总是光线不太好，人也不太多，那对一个少年是没有吸引力的。

张：但在南京的邮电学校时，还是有一段集中的阅读？

鲁：我的一个舍友是苏州人，也很喜欢看书，她爸妈都是早年的大学生，家里有看世界名著的习惯，所以，在邮电学校，跟着她把图书馆里的世界名著都看了一遍。当然那时候对世界名著的理解很狭隘，比如《巴黎圣母院》《三个火枪手》……我们俩是根据“名著目录”来看的。因此，我觉得自己早期的阅读是很残缺的，为什么现在我会想读一些其他学科门类的，虽然也无法读得很深入的书，就是因为觉得自己之前太差，想了解不同的人、不同领域的思维，虽然现在看已经没有用了，我这片土像水泥地一样已经有点儿板结了，浇不进去了，只是作为对心理缺憾上的一种自我弥补。

张：在邮电系统工作时，起初你在新街口那个营业厅，虽然跟作家完全不搭界，但感觉它像是城市一个流动的窗口，你可以通过它观察更多人的讯息。

鲁：那时候完全没有意识到以后要做一个作家，而且那样的观察是非常浮光掠影的，来来往往的顾客都是看一眼人家就走了，但在邮局里有同事，比方说，有多年不结婚的老姑娘，有风流的俏女子，有富有野心的营业班长，有老是像喝醉酒的大宗后台工人。邮局也是小社会，像路内在工厂中看到很多人，张楚在税务局看到很多人，在任何一个地方，都会看到社会任何的角色登场。

张：记得多次有人写过，你在邮局做营业员时，碰到苏童来买邮票，还默想：除了阅读，这会不会是你跟文学发生的唯一瓜葛。那个时间段，还有什么与文学的关联吗？

鲁：我那时候工作的邮局在市中心的新街口，有一个好大的卖杂志和报纸的柜台，《人民文学》《十月》都有，我看《人民文学》封面那几个字落在淡灰色底上，觉得多了不起啊，我连翻开看看的勇气都没有，觉得自己不行吧，还是看看《读者》《大众摄影》得了。我那时候是要跟柜台的师傅小心翼翼地处得很熟了，才能借出来看一眼。后来，我自己本身在报刊零售柜台待过一段，杂志今晚到，可以借一两本回家连夜看看，并且不耽误明天一大早摆到柜台上。那时，都会带着敬畏的心态想，这么高级的文学杂志，恐怕我一晚上匆匆地看是太轻慢了，算了，还是看些通俗的东西，我绝不敢想有一天自己的东西会在上面发表。

张：但你很多作品，又与这个行业，有着重要关联。

鲁：对，比如《谢伯茂之死》，跟我在邮局的经验很有关系。我在邮局做了很长时间的行业记者，每年“五一”都要做劳模的报道，我们那儿有个特别典型的劳模，他非常擅于查找“死信”，因为他是老典型，基本每年都会采访他。他特别有意思，我们去时，他总会拿出一摞本子，上面都是各种电话、人名、地址，他把寻找“死信”的过程都记在上面，他是一个有记录习惯或者说有点儿“劳模意识”的人，当然我后来的小说并没有从这个角度去写。

邮局的经历挺有意思的，当时南京到北京有一个T66/65车次，是全夜班车，那时候所有南京、北京两地间的邮件都在这趟车经过的站点交接，因为它停的站点特别多。我前后跟过五趟，随着它去采访押运员。那种整天生活在火车上的感觉是很奇怪的，当时他们跟我讲，到了北京后，走在地上都觉得地面不对头，就像坐船的人到陆地上的感觉。当时，我会觉得这种采访经历有点儿重复劳动，因为大家都通宵不睡，要不断在每个站点搬运，我一个女的跟着他们又不太方便。但是多少年后，那个场景又闪闪发亮，会觉得我们这些人像蚂蚁一样，在铁轨上慢慢从南京爬到北京。后来我写了一篇《在地图上》，王安忆老师挺喜欢我这篇，还编到她主编的一本书里。

张：他们在车上的活动空间是怎样的？

鲁：堆放邮件的那几节车厢是普通游客不能去的，他们会在上车之前，买很多吃的，开出去之后先饱餐一顿，再开始夜晚漫长的工作。百十来斤的大邮袋拿上来就要赶紧分拣，目的地远的挪里头，反之则码堆在外面，所以每站都特别忙，并且灰尘很大，呛得很。我在小说中写到一个押运员特别爱干净，这个站点刚抹完桌子拖完地板，差不多忙完就上来了一批邮袋，他弄完以后，马上车厢各处抹一遍，自己身上擦洗一番，实际上到下一个站点就又是一身的灰——我在采访中，真的碰到这样一个押运员。

大多数人想当然会觉得他们可能有点儿邋遢、粗鲁、将就，实际上并不是。人们对行业和职业的误解，对他人的误解，包括对自己的误解，太多了，所以我特别喜欢跟陌生人打交道，我想打破那些误解。

张：其中还有一位在火车上画地图的押运员是怎么来的？

鲁：那是我虚构的，其实是我的一个同学，他没事就在那儿画地图，我以为他画的是家乡或者以前去过的城市，结果他给我一看，完全是他想象中的一座城，哪里有河，哪里有棉花厂，哪里有小山坡、医院、工厂……都是自己设计的。后来我就给这么一个整天在铁轨上行进的人，赋予了这样一个爱好。

张：每份职业都会在我们身上留下痕迹，所以许多虚构作品中的细节自然是有来由的。

鲁：我以前在做营业员的时候，工号是0429，后来写了一本小说叫《左手》，里面写到的营业员工号就是0429，她跟所有人都说“我是0429”，朋友找她，也说找0429，这是我拿自己开的一个玩笑，因为我到现在都没有忘记自己的工号。我在邮局做秘书时的经验，我也写进了《秘书之书》。那时，我们会有一个职业习惯，身上带三支笔。领导经常要开会讲话，你要随时掏出笔来记，有时料不到笔会不会坏掉，所以带一支备用。为什么要有三支？因为你是秘书嘛，经常会有人向你借笔，他们认为秘书肯定是有笔的。还有一个梗是，我们那时候离开领导的房间，如果要比较尊重领导，起码得是半侧过身，一般不会一调转脸就把背部对着领导，那会让人觉得你不是一个好秘书，应该更多地表现你的谦逊，和职业性的肢体语言。包括写公文，也是充满奥妙的事情，为什么我后来大胆地离开做了十五年的邮政行业，就是我在做秘书时，挺有一种身份代入感的，帮领导写讲稿或重要讲话，我都会“局长附体”，扮演一下局长，这些东西让我觉得不枯燥，增加戏剧性的成分。我前面那些年，做了好些与写作无关的工作，我发现我总会有不自觉的旁观意识，反讽的、解构的、第三只眼的心态，这挺有意思，可能也让我慢慢坚定了一个想法：我更适合做一个虚构写作者。

张：我觉得你的一本书的标题很好，叫《取景器》，职业和城市，都是你的取景器。

鲁：有人会觉得采风，到哪里去体验生活是很陈旧、土气的说法，我觉得只是这个说法听上去陈旧。其实在生活中，许多不知不觉的经历，是在做这样的事情，当然，这绝不是主观粘贴式的、刻意的，只是生活的水淌到这里，你在这漩涡、小沟塘中待了一段时间，对它形成特殊的个人化体验，这对写作者来说还是有特别意义的。反过来讲，刻意的采访或体验，倒未见得是真实的，往往是被安排和剪裁过的。

稍后我们一起吃夜宵，他的几个伙伴抱怨这份工作：

“每隔一天，跑一趟火车，把我老祖宗几辈子、子孙几代的计划都跑完了。等退休了，我永远不坐火车，永远不出门。”

“最可气的是，我现在不会正常睡觉了，就是睡在家里的床上，也总觉得像在火车上，哐里哐啷地响，在梦里东倒西歪地走。”

他不吭声，只小口小口地喝着酒，脸色像个孩子那样粉红了，这才摇着头也摇着杯子，慢悠悠地说：“在火车上，在床上，在家里，在街上，在商店里，其实在哪儿都一样，人永远都是在地图上，从一个点到另一个点，从这条线到那个线，如此而已，移来移去，跟蚂蚁一样。所有人都一样，没什么好说的。所以，我偏就喜欢现在这样，我都不想下火车呢，真正走到静止的地面上，我会浑身都不舒服，比缺氧还难过呢！并且，你们想想，所有那些无聊的事情都来了，房东要涨房租，家里东西坏了，有人找你谈事情，老爹生病了，要哄女朋友，邻居在吵架以及一大堆过期报纸，网上太多太多的新闻……”

……直到十年之后，重新得到关于他的消息，一个不算好的消息，我才明白：那个晚上，以及他手绘的那张伪造的地图，正好是这出小悲剧的一个暗示与象征。就像他曾经描述过的场景：一只极为纤弱的蚂蚁，在闪闪发亮的铁轨上，无穷无尽、没有终点地爬，它的整个人生，都在一张单薄的地图上。

——《在地图上》

三

张：我看你所有照片都笑得很标准。

鲁：这个笑还有个笑话呢，在我们小时候，拍一张照片，那可是大事情。我妈妈是乡村小学老师，每年到毕业季时，学校会组织给毕业师生拍照片，5月份的时候，油菜花开了，很适合拍照，毕业生们都在摆各种姿势。虽然还小，我妈也会带着我去排队拍一张，只能一张，黑白的，因此一年总有一次机会拍照。但那个时候，胶卷是很珍贵的，我妈每次都千叮咛万嘱咐：镜头对着你的时候一定要笑。从那时候开始，我就留下一个非常顽固的习惯，只要镜头一对着我，我就笑。

张：你所有的生活路径都很中规中矩，但书中的人物可不是这样，你写过自己有一个执着不放的问题——踏上左边的路，就永远不知道右边的路。难道你没有试试另一条路的叛逆时刻？

鲁：没有，我挺乖的。我以前一直总结我为什么有张行政脸，不光有张行政脸，我觉得我可以算是按照一种“被安排”的方式来生活。我最爱打的比方是，如果把我倒在马克杯里，我就是圆柱体的形状，如果倒在茶壶里，就是茶壶的形状。我的勇气和乐观在于，或者说努力的指向是：即使我在茶壶或茶杯中，但里面装的是茶、是酒、是水，别人是不知道的，我装的是自己，外界的形式干涉不了我，也局限不了我。

张：因为这些容器，你会觉得自己没有那么自由吗？

鲁：人在绝对自由下不是好的自由，好的自由是有限制的自由，有形状的自由。我觉得是在压力之下才有弹性甚至反弹力。所以在家庭、职业、性别的角色扮演上，我的心态就是这样。

张：所以你书中的人物可以替代你去尝试，比如《奔月》中的小六，她原本拥有在社会标准判定之下还不错的生活，却偏要在自己的生活中“消失”。

鲁：我是想塑造一个人，代表我们打破这种白日梦，去做这件事，哪怕明知不可为。也会有读者认为这个女主人公怎么这么不按常理、不讨喜、不惜福？小六是一个勇敢的人，表现在多个方面，比如对亲情、恩情、社会身份和既有一切的摆脱、决裂，这是很勇敢的，因为我们人都是感情动物，对既有的一切是有迷恋的，这个人物却打破既得利益、感情纽带，斩断一切出走，探索另外一种可能。作为写作者或者旁观者，我在写作之前，知道这应当是一个通向无解迷津和内心空间的结果，但是我还想让这个文学人物去打破一下，因为我们在真实生活中妥协、幻想、放弃得已经太多了。所以整个小说写到最后，我所能确证的就是一个人自我的“本来面目”，无论在怎样的时间、空间，人性的重力在哪儿都会渐渐显山露水。

张：感觉有一点儿无解和悲观。

鲁：人的“自我”，是像血液一样，不是时间、空间和人物关系变化就可以改变的。《奔月》不像其他小说，没有说什么“人会成长”，或得到了什么明确的、明亮的结论，它是从有到无，从多到少，从确定到不确定，一切都是反阅读期待的。这很大胆，有主要人物行动线的大胆，也有我作为一个写作者的大胆，因为它很可能让我的同行、批评家，以及我的读者有点儿阅读上的不习惯，看到最后会发现都“空”了，好像这个人白走了一场。我觉得这些都不是“白走”，是对无解性个体生存意义的探求与搏击。

我们从小就被中心思想化了，比如看一篇文章、做一件事情都一定要有结论，要有意义，其实这是一种非常功利化的自我规训，生活中很多事情到最后都是无解的，或者说，有解，但这个“解”就是未知。人生的意义就在于此啊。我们都知道终点就是躺在床上死掉，但我们从来不会因为这个而放弃追寻。这是我的生活观，也是我这个阶段的写作观，就是对“无解”的敬重和探讨。反正我对这种中心思想化、确定性结论的写作，起码在这个阶段是比较反叛和追求打破的。

张：除了这种生活观为你提供了动力，你的视角也足够特别，比如，你说会在傍晚在窗口看小区的颜色变浑浊，笼罩四荒八野，尽管是想象中的荒野，窗口的风景到底是怎样的？

鲁：人与你生活的空间有很大逻辑关联。我的窗口前面也是楼，后面也是楼。每个人觉得在追求最大自我的同时，其实不觉中或者已经被这个时代复制和同质化了，比如应该有房有车，与异性恋爱结婚，生一个或两个孩子。还有生活品质的复制，比如购买某个品牌的衣服你会觉得比较高级而另一个则不够高级，这即是一种潜在的导向。此外，审美上，比如吊脚裤流行，就会有一种审美“规范”。所以人是被复制的，你以为在追求个性，以为你是你，可能，你只是一个复制品。我经常跑到我家的厨房向北一看，是对面人家的阳台，跑到阳台向南看，是对面人家的厨房。天天这样看，就会有一种哲学意味的感喟：我以为我是谁啊？另外一个窗口可能站着跟我一样的人。在现代主义中，这是一个很不新鲜的命题，但即使这样它还是有意义的，它会时刻提醒我自己，要以什么样的面目去面对人生。

（原刊于微信公众号平台“行李”2018年6月22日）

对话者简介：

张黎姣：自由撰稿人。曾任《中国青年报》记者，访谈过格非、毕飞宇、朱天文、周国平、严歌苓、何伟、珍妮特·温特森等一批当代作家。

我想表达无可慰藉的人生迷境

——与傅小平的对话

小六并不是命题承载者，她是不畏去程的探求者，她代表我们所有人

傅小平（以下简称傅）：读你的长篇新作《奔月》，感觉你是从生活世相出发，先给自己设定了一个命题，然后一步步论证它的合理性和可能性。这样首先碰到的问题是，得让怎样的人物来承载你的命题？最后你选择了小六，或反过来说是小六选择了你。我想知道，你构思时是怎么考虑的？

鲁：这个问题经常被问及，也经常以不同的方式来回答，这样反复的回答中，感到一种背时般的孤独，一种仿佛是与阅读审美惯性为敌作战的疲惫。从中也能看出我们

对长篇文体的考察与度量标准。

比如说对“中心思想”的期待。大家一起跟着主人公小六辛辛苦苦地出走、折腾了一大通，然后又回去，又没回得去……请问你到底是想讲什么，要证明什么或得出什么结论吗？如果我说，我并没有确定和高明的结论。这就显得好像很不合理。

傅：因为小说带有一定的预设性，读者对“中心思想”有所期待，也可以理解。问题在于，一些所谓的深刻命题，是否是评论家们的过度阐释？或许小六无须承担这样的使命，她只是想逃离，逃无可逃之后，又回到日常生活里。就像是霍桑小说《威克菲尔德》里的主人公，有一天突然离家出走了，他在离家很近的街上租了房子，一住就是二十年。又有那么一天，他晚上不声不响踏进家门，像是从来没离开过家。你要去追问他为什么离家，又为什么回家，都看似多余的。当然，如果说小六承载了“我是谁”的深刻命题，我倒是倾向于雷达先生的一个判断：她无力承载，她进行的或许只是“带有游戏性的、戏谑性的一次逃离”。

鲁：再比如说，对主人公的“智性”或“高大”的期待，我们不大能够忍受一个“失败者”或“平凡人物”。而我从一开始的写作初衷，就决定小六绝对不能是一个高级或深刻的厉害人物，那她很可以走宗教或哲学路线了。

绝不是，她就是一个中等站位的女人，我对她的定位就是写字楼白领与贤惠妻子。她就是街头的路人甲乙，就是你我他，只是比我们稍许勇敢一点点，她迈出了我们永远走不出的这一步。她不是命题承载者，她是不畏去程的探求者，她代表我们所有人。

傅：如你所说，实际上我也怀疑，在我们这个为娱乐和消遣所定义的时代里，是否真有什么人物承载得起这样严肃的命题？姑且认为你在小说里融入了形而上的思考，也不妨看成一种反讽。

鲁：人们对长篇通常会有诸方面期待，就好像期待一部电影似的：大结局，并且最好是偏暖调性的。希望看到人物的攀升，而不能忍受对原点的回归。希望人物得到成长与收获，而非无悟之感、不获之获。希望看到生活从无到有，而不能接受从有到无。

因而，我所感到的一种孤独与疲惫，大概是因为人们对终极意义或超人的痴心妄想，以及对存在与虚无的定规之见吧。

傅：从这个意义上，我觉得你一开始设定的书名《逸》也很贴切。“逸”可以是“逃逸”的“逸”，也可以是“旁枝逸出”的“逸”。它没那么形而上，不会导致小说必定要承载什么的联想。要是把视点适当下移，也能看到小说包含了另一些有价值的命题。比如白烨分析小六与林子、贺西南与绿茵等之间的关系后道，前者止步在于小六老隐瞒身份，让林子不满意。后者虽然最终在小六回来前举行了婚礼，但当贺西南向绿茵求爱时，绿茵却说等小六回来再说，她不想乘虚而入。两个人止步的原因都跟对方无关，跟真正的当事人无关。他认为，你写出了当今爱情生活非常严重、普遍的问题：人们还有没有能力建构爱、守护爱？

鲁：这也是挺有意思的一种解读。虽然《奔月》的着力点不在“爱”上面，但人物行动与相互关系所致，自然就产生了这么几对男女。我对成人世界的爱情是悲观的，觉得爱情也经历了从古典到浪漫到现实到现代、后现代的路径，爱情的童年与少年时代已宣告结束了。当下时代的爱情，哪怕是幼儿园的初恋都进入了成人练达期。哪怕有时我们也会看到死去活来的爱情，但他们真正所爱的大约也并非对方，而是“爱”的这个感觉，处于“恋爱”之中的自我。因此，在《奔月》里，就发生了这些与“对方”无关的爱情，从发生到高潮到退潮到终止，皆是如此。生活中也常有所见所得所感，成为上述情状的有力佐证。

傅：我也因此联想到你作品的一个关键词：虚妄。因为你出过一本题为《我以虚妄为业》的散文集，也因为读你的小说，时不时会碰到虚妄之墙，更因为《奔月》中的小六为逃离虚妄，结果是逃不出虚妄，她费尽心力重构生活，却不过是在另一种意义上重演了原有的生活，等她想回到自己的原点，却发现回不去。倘是套用石黑一雄一部小说的题名，看到这样的结尾真可谓“无可慰藉”。

鲁：实际上，我想表达的正是这种不可概括无可慰藉的人生迷境。我写的就是作为人，即使在异度时空之下也无法挣脱的本来面目；写的是我们这短促一生里，对另一条“林中小径”的不可确证与不可触碰。

“我是谁”，这不是新命题，也永远不是过时问题，它不是数学题，可能倒是化学题——不同的时代、不同的写作者以不同的方式在不断刷新，然后又通过读者的阅读来进行个体解读，各自认领各自所属的角色困境，认领生命与生命相遇的虚无与偶然。

傅：读小说集《荷尔蒙夜谈》，也是同样的感觉。樊迎春说，从其中的几篇小说里，读到了文学作品中常有的孤独、隔绝。还说，作者的犀利在于这种孤独、隔绝中体现出的可怕的坦然，一种理所应当。包括她提到的《大宴》中对容哥这一不明身份的人的崇拜，并非出自盲目或非理性，恰恰是一种理性思考之后的经济人的行为；《坠落美学》中对牛先生按顺序追逐空姐的理解和默认，对外遇和出轨的宽容淡然。如此种种，看似轻描淡写，却给人一种沉默的绝望感。

鲁：这几年我的确是有点儿“冷色调”的写作，也不至绝望，算是一种观看世界的角度吧，就像切苹果一样，一般都是像花瓣那样直过来切，但如横过来当中剖切，会看到不同的纹路。正确的事情，大家做得够多，也写得够多。乖谬失误的事情，我不妨来认真写写，不仅要写，还要以平和、包容甚至稍微带点纵容的心态去写。文学是特别宽广的怀抱，对所有的孩子，固执的、不开心的、恶作剧的、闹脾气的，都会抱在怀里，倾听和理解他们所发出的“这一个”声音。

傅：想到你的另一篇小说《火烧云》，读后印象比较深。这个短篇讲的是姜女士在世俗生活里遍体鳞伤，想要借上山当居士来重整自己的人生，最后不明所以地死在了山上。一位男居士却因为姜女士的出现，最终下山不当居士了。从宽泛的意义上讲，这也是有关逃离的故事，同样不怎么美好的收场。你在处理类似的故事时，是有些决绝的，属于反汪曾祺、反废名一路的。何以如此？

鲁：我是非常喜欢《火烧云》的，谢谢你提到。

讲到这种决绝与反叛，大概时间和年龄是根本原因。四十五岁的人、二十年的写作，已经没有办法再“顺着写”与“写得顺”了，因为我早就不这么看待世界与他者，看待自我和写作了。我现在总是处于希望“不顺着写”以及确实“写得不顺”的阶段，我相信背道而驰与缘木求鱼，相信人始终不会被理解的隔阂，相信理想与现实的冰炭不同。

而具体到此篇，所谓“不美好”的收场，其实我觉得是一种美好。该散的散了，该收的收了。这就是美好。不仅“生”是美好，“得”是美好，“死”与“失”也都是。我觉得这里的两位居士，生死互换，去留互换，真的各得其所、再好不过了。

我有个“傲慢与偏见”，觉得“触动人心”不应当是文学的终极目的

傅：从《奔月》里，我读出了人与人之间的陌生与隔膜。无论是贺西南，还是张灯，都自以为熟悉小六。直到小六失踪后，他们在共同的追索中，才发现小六有为他们闻所未闻、见所未见的另一面。才发现小六之于他们，在某种意义上，只不过是一个“熟悉的陌生人”。耐人寻味的是，小六也是在“与陌生人说话”中，对自己有了新的认识。读了你其他一些小说后，感觉“与陌生人说话”，倒是能体现你写作的重要面向：你试图进入陌生人或“熟悉的陌生人”的心灵世界，并给人一种类似于豁然意识到什么，意识到后又不由感到震惊的阅读体验。

鲁：写作的外在呈现形式，也可理解为就是在纸上说话，而假想拟定中的说与“何人”，会决定到写作的基本

调性所在。

与熟悉的人，比如与亲朋好友，会有耻感或道德束缚，不免诸多保留与抑扬。与古今中外的同行前辈说，会交织着征服攀比的野心以及与之相伴的怯意。与业界内相关对象说，比如编者、媒体、书评人，会有审美规训、社会学或媒体传播的自我暗示（哪怕是无意识的）。与批评界、汉学家乃至世界文学场域说话，又会伴生文学史站位意识、代际担当直至东方叙事想象等。这里面都或多或少会产生扮相，会用假嗓子。

傅：从宽泛的意义上说，小说，乃至非虚构文体，都很难直接用真嗓子说话。因为写作不是生活本身，倒像是对生活的一种模仿，或是一种经过过滤后的呈现。而就说话这个行为而言，人们在日常生活里说的，也的确很难原封不动搬到作品中去。

鲁：当然，文学性的说话，无疑总会有扮相与假嗓。但区别就在于什么样的扮与什么样的假。

所以要真的是与“陌生者”说话，彻底和绝对的陌生，迷雾中完全看不见的面孔，你也同样以一个蒙面、隐匿不可见的面目与其对话。这是我认为比较理想的“纸上说话”，排除掉身份与体味，摘干净欲求与期待。就好像在空房间，在地下室，又好像在大广场，在地下铁，黑暗中向无数张开的耳朵说。这种对话，激越开放自在，遮蔽的会显现，次要的会上升，强大的也会落潮。

当然，这样的“与陌生人说话”，不排除也会有扮相与真假嗓子，但这是纯粹文学意味的扮相与虚造，是技术主义的，是出于气氛，是出于爱与痴，是出于梦幻的灵感，以假面与假嗓去最大程度地接近另一颗陌生的心。

傅：写作时如此，写作之外呢？当作品发表后，你会想象它们以怎样的方式与陌生的读者见面吗？

鲁：当被问及（常常会被问到）：你在开始一篇小说时，你会想象到，这是为谁写的，谁将会读到它吗？不知别的同行如何，我确实一无想象，就连“读者”，对我来说都太过具体了。非要说的话，我甚至会觉得，不读的那部分人更是我想象中的“陌生人”，他们完全不在文学生产与消费的这个场域，他们是真正的外部世界，是生活本身，是衰老的记忆，与亮闪闪的未来。我所试图诉说的对象，就是这样终身所看不见所遇不到的人。

傅：当然，人其实都希望打破人际阻隔，内心里都有“与陌生人说话”的渴望，但也都会怀疑这样的说话，如果不是出于实际的需要，是可能的吗，是必要的吗。何况人与人是如此不同，与陌生人说话能产生深层次的交流与碰撞吗？所以小说《与陌生人说话》的结尾：就这样，像从福利院出来的那天一样，最终小灿又一个人站在了大街上。她走向她遇到的第一个陌生人：你可以，跟我说会儿话吗？这句话似乎可以看成一个写作的隐喻：写作或说话并不总是有效的，但人们还是得依赖它。

鲁：现实中人的“与陌生人说话”与写作者的“与陌生人说话”完全是两个概念。前者看个人，看性格，看场域，甚至看时间与当时的温度，比如说特别的冷，室外又落着细雪……那真的很容易对话。这个方面我比你乐观。我觉得陌生人是相当可以说话的，并且质量有时也会相当地高，高过亲密的人。此处不作本次讨论的重点。

傅：不管怎样，无论是生活里，还是写作里，人之为人，都渴望有深层的说话。但我们都知道这很难，你是否怀疑过自己的写作总能抵达人心的深处？

鲁：嗯，谈回写作这个通道——写作能抵达人心的深处吗？这个我倒没有前者那样的乐观。同时，我也并不认为，人心的深处，是写作的唯一或最终目的地。我们不如先谈谈写作的绳索，我们千辛万苦地顺着它摸索，到底是要通往哪里呢？

当然这个问题一下子又显得很大了，而且也是会有很多不同的层次吧。但我有个基本的想法，写作与其说抵达人心深处，不如说是通往人性深处。虽是一词之别，但确实是不同的追求，难度也大不同。人心有时仿佛是很容易到达的，它也不是我们想象中的难以企及，有时老外婆的一碗泡饭，青年时代的某支流行曲，电影镜头里的初吻，黄昏中的一只归鸟，真的就会拂动人心，以貌似肤浅简洁的方式抵达心的深处，让人热泪横流。这么多的渠道之中，文学并不显得更加地擅长或有效。所以我常有个可能算是傲慢与偏见的想法，觉得“触动人心”不应当是文学的终极目的。

傅：很有启发的一个观点。写作当然也可以诉诸理性。譬如读博尔赫斯的小说，触动你的更多是智性的部分，你会感受到一种精神的愉悦和智力的满足。

鲁：固然，文学在大部分的阅读与传播中是以感性面目出现的，但就我的理解，文学也常常会以理性、智性乃至风刀霜剑的战斗性来立身。此处不赘，还是说回“人性”。

傅：哦，人性？人心总是关乎人性。那就说说人性吧。

鲁：这个词现在给大家谈得特别多，因为人性实在是个巨大巨大的筐，什么都能往里头扔，并且听上去也总是正确的。大概不仅文学领域会这样讲，许多的艺术门类、学术研究、建筑设计包括商业与营销，究其实，不也都是在研究解剖、压榨和利用人性嘛。但我们做文学的，对人性的认领或者说特别贡献之处，又在哪里呢？我觉得，是要对人性进行一个类似“主持公道”的发现与“无穷尽辩护”的书写。

傅：此话怎讲？

鲁：人性有根本和永恒的构成，七情六欲生离死别爱恨嗔痴等，但也总在随着时代、文明、教化、宗教、所处国度或星球等各种参数的牵掣与变动，发生着极复杂的变异与迁移。那时错，这时对。彼处大美，此处极恶。昨日众人唾弃，今朝齐声赞誉。文学的目标与工作，就是要拨开这些仿佛是阶段性的、风云际会性的道德处决，把被判处死刑的人性给解救出来，以文学为之申诉，为之背书，为之大声吁告。于连的野心。包法利夫人的爱欲。贾宝玉的痴傻。阿Q的圆。月亮与六便士。火烧金阁寺。等等。文学的目的就在这样的地方。我们没有称斤论两的就势取利，没有伦常纲目与社会性审判。我们只有文学道德的罪与罚、恶之花。我们要把各样飘零与沉沦的边缘人性，从羊肠小径给拉到大马路上，进入到整个世界的体系——文明内核里的那个体系。文学总是这样的，以具象到琐碎的人物、情节、日常，去建构看不见的精神高地。

傅：从生活日常，一下子跳到精神高地，一个很大的跨越。

鲁：这样说，也许听上去显得大了，但确实也是我对写作的理解。那可以举个小点儿的例子。如果有人跟我讲，他（她）读《奔月》，觉得特别感动，差点儿都有眼泪了，谢谢，我会有小小的高兴。如果又有人跟我说，读《奔月》，他不安而愤怒，因为最终的结局几乎毁掉了他对于“在别处”“在远方”的诗意寄托，那我会有大大的高兴。大概就是这个意思吧。

只写一类人或一种主题，要么是懒惰与贫乏，要么是执着而大勇敢了

傅：说到陌生人，你确乎喜欢把不同领域的陌生人拉到取景器里来观察、剖析。我之所以说他们是陌生人，是因为从生活本身出发，人不太可能结识并深入体察你笔下那么多不同职业或身份的人。就我的阅读，多数作家偏好写某一类职业或身份，且多半是跟他自己的处境有关的主人公。这样有一个好处，毕竟作家熟悉自己的领域，要写得准确深入，也能起到“一即是多”的效果。

鲁：倒也没有特别去留意这个。可能跟我个人经历有关，我十七八岁中专一毕业就工作，算是进入社会比较早，邮政局是劳动力密集型的劳作方式，同时也是一个外向的窗口，后来进入行业宣传的部门，整天在下面跑采访，跟媒体打交道也特别多，后来又到机关做秘书，等等，总之，本身的职业内容与接触面，多少增加了我对“人物”形态的描摹可能吧。

傅：我有点儿好奇，你在写全然不同于自身的人物和他们的内心世界时，是如何把握的？如果说写作品里的人

物，某种意义上就是写别处的自己，那是不是说作者本人也丰富多面，你把各个不同的性格特点，还有一己的、与众不同的观察赋予了人物？

鲁：对人物职业（邮差或工程师）身份（家庭主妇或知识分子）的选择，主要是看小说的内在生命力，什么样的人物与什么样的情境和主题，是同向合力或反向促动，一旦选定，写作者就与这个人物血肉交融起来，并且作家本人的特质和意志与之发生深入但并无规律可循的化学反应。他有病，则我心口疼；他闹恋爱，则我失眠；他失意，则我颓丧与麻木。或者反过来，他雪中求炭，我偏去雪上加霜；他一败涂地，我却得意摇笔；等等。

记得美国有部片子叫《分裂》，里面讲到一个人的二十四重人格，开个玩笑来讲，写作者也是具有多重人格的，算是写作者的基本能力所在，比如常常有作家宣布，他就是他笔下的某某某。这皆不足为奇。奇的是永远只写一类人或一种主题，这要么是懒惰与贫乏，要么是执着而勇敢的大力量了。

傅：当然，在写作中，你也偏好某一类人。这一类人相像的不是他们的职业或身份，而是一种精神意味。我不确定该怎么准确地称呼他们，大致可以称之为自成一个世界的“世外之人”吧，这些人物肉身在此处，但精神世界却在为一般人难以企及的别处。这或许是他们任由某种怪癖肆意生长所致，或许还有别的什么原因。这在你的小说《不食》《死迷藏》等里面有所体现，《奔月》里的小六也是这样的人物，毕竟很多人都有过逃离的念想，付诸实践的却是极少数。

鲁：对，有一个阶段，我特别侧重“精神意味”的人物。我的写作，外人看来似乎是有意识雕琢，其实我自己最清楚了，浑然无意识，我是没有办法的，一切都取决于我当时的所思所苦。我这个大脑，理性的部分短缺，早期教育不好，可说是打胎里就落下的缺陷，我的思想能力很弱，可能在其他学科上早就一清二楚、成为定论的课题，在我这没有教化过的脑子里还是处于纠结与跌撞的迷境。整个写作过程，我其实就是被动地在这样的迷境里。

傅：你在迷境里被动地写他们，他们却主动地在迷境里“迷失”。我总觉得，他们在某种意义上，是真正的行为艺术家。当然他们最后的结局都不甚美妙，似乎证明了并没有什么“世外”，在这个世界里终究是逃无可逃。

鲁：相当长时期，我重视精神大过肉体与物质，就包括在我早期的“东坝系列”，物质匮乏我是不去着笔的，觉得那不是我所认为的文学性，就算是乡野穷僻人物，依然是以情感求索、自我认同、生死价值观等去萃取他们的价值。所以我会写《思无邪》《离歌》《逝者的恩泽》《风月剪》等。

后来我进入都市场域，对城乡差异、打工者低层奋斗、房车职位等物化主题，我是兴趣不大，尽管那当然很有叙事性。我还是着力于他们在“精神空间”里升坠与腾挪。因此有好些年，我都在所谓的“暗疾系列”（这种命名是后来的概括）里打转，打转到后期，或者“荷尔蒙”或者“逃离”，都是其中的出口吧。所以，现在又有评论者说我开始了“逃离”主题的写作。

傅：其实，逃离也好，不食也好，正因为这些人物特别，你要为他们的行动给出充分的理由。譬如《不食》里，主人公秦邑在一次酒席上半醉后痛快地落了水，有了这次特别的体验后，就开始了节食，慢慢发展到了不食，最后为老虎所“食”——像是佛教故事里舍身饲虎的一次实践，最后成了一个植物人。而在《奔月》里，你似乎是把小六的“失踪”，归结于家族里有这样的遗传，反正小六祖上远到宗爷爷、叔公公，到她的姑姑、堂叔、远房表亲，近到她的爸爸，通通都失踪了，所以小六没有不失踪的道理。这样会不会把缘由给简单处理了？

鲁：看各人的理解，我的理解是与此相反的。小说里母亲的角色，其整个逻辑都是建立在想当然的“内部”，她从一出场就是荒诞角色，在这个定位下我给她加入了对“家族失踪遗传”的开题与一长溜例证，从她的史上家族回忆，以及小说里其他众多的失踪案例，我们可以看到，乱世、饥馑、革命、迁徙、宗教、暗杀、债务、人口贩卖等各种“具体”原因，都会导致人口的主动或被动消失。借着贺西南对母亲的忍让，也借着张灯之口对母亲的劝慰：失踪不仅仅是小六家族的，更是整个人类文明史连绵不绝的“伴生宿命”。这也算是小六失踪的大背景。

傅：以我的理解，你简化小六的失踪，或许是因为你在做一种像陈晓明在《奔月》研讨会上所说的“本质化”写作的尝试，你意图非常直接、干脆地切入时代的命题。如果不简化，你的小说恐怕会陷入“历史化”的模式里。那样的话，你得从她的生活、她的个性、她所处的社会环境等各个方面展开，得出她为何失踪的结论，就很难把小六的失踪作为前提，去进行带有哲理性的命题的探讨。

鲁：本书里我有我的主张。小六的失踪，一方面讲，是属于广泛意义上人类必然会发生的命运遗传，但上述那些都是“古典主义”的失踪，到了眼下这个时代，文明绚丽到烂熟堕落，失踪亦开始进入了具有“现代”色彩的阶段，小六这是新的类型了。不为任何具体的外在客观原因，纯粹出于内部自我追问，去追问我之为谁，谁之为我，此生何为，何为此生。这也是我最终敢于取名为《奔月》这个古老名字的原因。时间变了，风景变了，人类变了。失踪此事，也变了。

公共经验一定是伟大的吗？我倒觉得个体经验更可靠，更具追溯性

傅：“与陌生人说话”，显见地省略了主语“我”。这个“我”在小说里可能是叙述人，具体到写作，则是写作者本人。就我的印象，你的小说除了《在地图上》《取景器》等少数几篇，大多用的第三人称。但这是一个渗透了“我”的第三人称，换句话说，读者时不时能从小说里听到“作家声音”。我倒是挺喜欢这些声音的，因为渗透了你对人情世故的洞察，也有不少一针见血的，带有现实针对性的见解。但我又琢磨，为何不让作品里的人物自己说出来呢？

鲁：“作家声音”常表现为类似“旁白”或画外音的东西。“声音”可能与写作者的性格有关。前不久我曾向格非老师请教，问及我的一些困惑，我记得他三言两语的分析里，也提到写作与性格的关系。假如顺着这个前提来往下讲的话，叙述人这个隐性的存在，包括发言频率、语速、冷暖调性，有阐释癖的，不自信的热情，喜怒不形于色的，垂帘听政型的，等等，也是间接折射写作者性格的。从这个角度看，这确实挺像我的，总有着急切与热情的表达欲。

傅：说得没错，文如其人。

鲁：更广泛地来说，这种带有“性格”的叙事方法，

在文风上也特别明显，哪怕是无意识的，有的喜欢绕、扯闲篇，有的明讲三句暗吞七句，有的是成语大王，有的是未言先笑、满篇戏谑，文风也可能会形成惯性，导致衰减甚至破坏，但也有可能会形成冰裂纹，就此成就一种审美或风格。

傅：的确如此。会不会因为受“作家声音”的影响，你的第三人称给人感觉有第一人称化的特点。拿《六人晚餐》来说，六个叙述者，倒是给我感觉是六个“我”在叙述；反过来说，你的第一人称又带有第三人称化的特点。我有时想，人称的这种不稳定性，也可能多少体现出七零后写作的总体特点：他们越来越关注个体，但又不想失去对社会整体性的打量。体现在人称上，他们怀疑全知视角的不可能，又不想受限于一己的限制视角，在这样的矛盾撕扯中，“作家声音”成了一种有效的调和。说白了，小说本就体现作家的声音。问题只在于，是作家直接现身说法，还是让人物以自己的语调和节奏说出来。

鲁：《六人晚餐》就是这个设置：六个大的章节，每个章节以一个特有的名词小标来关联人物，比如“练习簿”“玻璃屋”分别对应小白和丁成功。虽然全书从头至尾都是第三人称叙事，但每一大章里，这个叙事者的取景器是站位在不同人物身边的。站位决定了这个叙事者将与这一章的关联人物一样，只能看到事件的局部，他（她）会有不同的道德局限、困惑与孤境，等等。所以，我在

《六人晚餐》里采用的叙事策略，与传统意义上所说的“全知全能”第三人称是不一样的，而是把某个人物附体到“叙事者”身上去的，粗暴一点儿地讲，算是以“第三人称”展开的六个“第一人称”。而这六个人物声音之外，如你刚才所讲，由于我的“作者性格”，又有着分布全篇的旁白与画外音——皆是写时急笔所至、发乎肺腑。

傅：所以，小说里的人物给人的印象，不是那么“小我”或“私我”的。我不确定有没有这方面的原因，读你的小说，我没有明显感觉到，就是女性写的。换言之，你的小说也没有体现出特别明显的性别意识。

鲁：这个我也说不好。我在生活中，性别意识即不是很强烈，偏刚硬。在刚开始写作时，甚至比较介意那种过度女性化的写作姿态，也许这种心态至今还有。所以在同性作家里，我会喜欢安妮·普鲁和尤瑟纳尔那样的。但男性作家里，我又会特别留意到阴柔风的，比如谷崎润一郎、三岛由纪夫、马洛伊·山多尔等。

傅：在我感觉里，很少有作家如你一般这么多地写到缺席者。比如《墙上的父亲》里的父亲，比如《缺席者的婚礼》里还在母亲肚子里的“我”，比如《大宴》里没有出场的黑老大，又比如《逝者的恩泽》里的陈寅东，甚至是《谢伯茂之死》里虚构的谢伯茂。这些缺席者无一例外都是重要的存在，他们与叙述人或主人公之间存在着一种充满张力的、紧张的关系。

鲁：确实如此。“缺席者”常常是最不可忽视的力量，搅浑了整个的一切。这在现实生活里也都是可以看到各样活生生的例子，甚至可以说得绝对化一些，那些表面汹涌的流动，无数泡沫的形成与破裂，在背后，都有一个或许哀伤，或许强势，或许如上帝，或许如小儿般的力量在牵动。这几乎就是世事渺茫之所在。看所谓大历史、大格局，背后的推动，都是从时间的上游一路积淀、延续、奔涌下来的，是不在场的力量所推动。小到具体的家庭里，比如刚才提到的几篇小说，死者（骨肉之亲或尚未成形的胎儿）虽然早就离开，永远消逝在越来越淡漠的记忆里，但对其家庭成员极有可能是终身的影响，性格上的、身体上的、情感上的。

傅：其中也包括虚构的人物？像谢伯茂本就是一个不存在的人。

鲁：当然，也包括我们人人都在内心假想的一个理想人物、理想目标、在别处的寄托，相当于我小说里那个“谢伯茂”，他是我们亲手“制造”出的一个不存在的幻象，却成为生活中最重要最具活力的构成……

很多艺术门类包括绘画、现代派舞台剧、恐怖片甚至喜剧都会动用这样的因素。我做了更加特别的强调，起题立章、开宗明义，就宣称其缺席。到《奔月》，小六也是全程不在场：在“这一边”的南京，肉身缺席，在“那一边”的乌鹊，身份缺席。这样的缺席，不仅是双重的，还是双向的——对外部世界，她缺席了；对她自己的内部，也需要面对这种自我“缺席”。因此对我而言，这一次对“缺席者”的书写，是富有较多创造也是颇有挑战的。

傅：赞同，人物在小说里缺席，就需要写作者来补充。这时，尤其需要“作家声音”的出场。当然，从我的角度，我更愿意把你小说里的“作家声音”，看成是你与时代对话，或试图把握时代经验的一种努力。我也有点儿疑惑，差不多是从七零后一代开始，个人经验与公共经验有了撕裂，要一味写个人经验，会被认为是小格局。要抽离开个人经验去写公共经验，自然是大而空，差不多是无效的写作了。所以现在很多人强调要从个人经验走向公共经验，当他们这么强调的时候，我就想起李敬泽的一句忠告，个人经验中不包括公共经验吗？

鲁：同意李敬泽老师的观念。我们在谈论好多事情时，包括我自己，经常会出现“二分法”，觉得思维清晰并且很牛的样子，其实常常是伪命题。世界多么混沌啊，文学艺术、个体体验、公共话语，都是对这个巨大世界的细小折射，哪有那么分明的事，众声喧哗而不可闻，所谓公共经验也是由一条条细嗓子汇聚而成的；独唱弱小，唱的人多了，就成了合唱，可同时也淹没和带跑了另一部分独唱。这是相携而行、顺中又有逆的事。

傅：因此，我也赞同李敬泽在分析《六人晚餐》时说的，面对同一个生活，由六个人来讲，并不是一个简单的技术问题，恰恰是这个时代意识分裂和隔膜的体现。要以此看，我们需要面对和解决的，或许是怎样让个人经验尽可能多地包括公共经验，还有怎样让我们的时代意识体现出完整性。

鲁：所以，我常常会注意到一个特别容易成为文学绑架的危险：公共经验。试问公共的，就一定是伟大的经验吗？庸众与公众，起哄与群言，众乐与众癫，用老词儿讲，叫“集体无意识”，无意识倒也罢了，集体“误会”、集体“投靠”、集体“错误”又如何呢？种种情境下，我倒觉得个体经验更可靠，更具样本价值，更具追溯性。我以前打过“时代巨躯”与“巨躯上的苍耳”的比方。我们能写好苍耳的经验，一个又一个的苍耳，那就是写出了时代的轨迹。不要贪求完整与整体性，那是理工科或统计学上的追求。我理解的文学不是这样的追求。

不体现写作者意志的“纯客观”“非虚构”，等于是放弃了虚构的力量与难度

傅：有必要做点补充的是，你小说里写到人情世故

的地方，给我比较深的印象，这或许是因为你真正写到位了。我记得毕飞宇说过一句话，人情世故是小说的拐杖。有意思的是，你对人情世故的观察，似乎也带入到风景描写里。比如《奔月》里写到乌鹊的风景，其中有一句：暑热终于过去了，鹊岭上满山的树木开始意见不合。这不，你把树木人化了，它们也像人"意见不合"了。

鲁：万物有情，甚至物的情大于人。我想不少人都是，对自然万物的爱，是大于人际人情的。但我们毕竟是人类，不是植物界，跟同类发生的交道最多，人情是我们最大的生活构成。所以，就会出现睹物思人，借景抒情，寄物示爱之类，都是这样的。物与景似乎成了道具与表达方式。

傅：说到风景或环境描写，在你的"东坝系列"作品，还有《六人晚餐》和《奔月》这两部长篇里，都有突出的体现。与此形成鲜明对比的是，和你同时代，还有更为年轻的作家，大多是不怎么写风景的，即使偶尔写到，也只是一笔带过。

鲁：我着力写风景，大致是两个情形，一是被文明作用过后的风景，比如我写厂区里像棋子那样四处散落的小卖部、电影院与浴室，写城郊接合部污水横流的街面，写化工厂那层次丰富堪比气味大全的空气。包括以前在《思无邪》里，我用很大的笔墨，写人工搭建的巨大的种植塑料棚，写乡间的排泄场所甚至包括其上的蛆虫……这样的“风景”并不开阔，因我是“选择性”择取的，同时是不取其“美”，而是取其“审美”，因我要用它们服务于我的小说，在这样的风景里，我的人物在那其中跌跌撞撞、生死将息、成就与毁坏。所以尽管这样的风景可能呈现出（由于我的选择）混浊、肮脏、失序，但我却会对它有一种特别的爱恋之意。

还有一类，即算是自然风景。这个其实我写得不算太多，但在《奔月》里，我是有意写了一些。主要是写月亮、乌水与鹊山。并且如你所说，以极主观的色彩去写，风景的属性本是自然的，但由于主人公所处的境遇不同，或沉沦或勇猛，她所投以视线的眼睛就是有调性的。

傅：你的写景，让我感觉找到了你早年喜欢读丹纳《艺术哲学》的原因所在，丹纳就特别强调环境对人物塑造的重要性。而你笔下的风景或环境描写总体说来，都带有比较强的个人化或主观化的色彩。

鲁：以前看欧洲或俄罗斯小说，古典主义的，风景描写极多，近乎纪录片风格的，追求的就是客观写实。现在这样单纯的铺陈的风景描写在文学作品中是少多了。由于传播与媒体方式的激变，也包括整个世界风景的流转，小说的诸多效用里，视觉传播效用已下降到相当的低了，而所继续保存和发挥作用的那一小部分，都是属于文学内部的风景，即“主观式”风景：感时花、恨别鸟。月亮是红的。河水是硬的。树林是燃烧的——起码就我而言，确实不会有兴趣客观冷静地去写风景。

傅：如此说来，你是主体意识比较强的作家。而主体意识强，会让作家能对小说的整体布局做到有效的管控；但也会使得人物成为作家的符号，不以自己的意志前行。我记得在几年前的《六人晚餐》研讨会上，邵燕君曾评述道，小说里六个叙述人，都从作者矛盾的意念出发，都来自某个特定情境下的程序。我不确定按你的写作习惯，你在下笔前，是不是多数时候都已经对人物、结构等了然于心了？我这么问，是因为你的写作给我感觉有比较强的设计感。

鲁：都说文学是灵感的仆人，但完全由灵感来扶拈，听凭其游走流动，那真是有点儿鬼话了。起码我不是这样的。外界与内心发生化学反应，起了触动——这第一步确乎是灵感，但一旦起笔行文、描画人物、结构情节，肯定是体现作家主体意识的，正所谓谋篇布局，也是你所讲的“设计”。

傅：你怎么理解这个“设计”？

鲁：这里的设计，我个人觉得有两种考量，一种完全遵循人物自身规律，所谓“合情”、“常理”与“逻辑”，这也是大多数作家所一直声明的：这不是我要这样写的，这是人物自身的行动规律。

还有第二条考量，即是否与如何体现出写作者的意志控制，以及这种控制的有效性和价值创造，即小说人物出现了“反常”“违理”“反逻辑”的行动与走向。老实人本可以一辈子老实下去，为什么作家让他杀起了人；中年妇女本该跳跳广场舞就算活拉倒，为何脸一抹走火入魔闹出事端。最优秀的文本，会为这种反常做出充分和“不得不如此”的铺垫与有力说服，稍微不那么优秀的文本，也可能就会在这里出现软肋。

但不管完成度如何，说到底都是出于“写作者意志”的设计，就好比我们常常会讲到的“作者电影”，就算其中有些生冷处，但它里面有主张，有价值创造，起码是有审美贡献的。所以就我的写作观来说，不体现出写作者意志的“纯客观”“非虚构”，那等于是放弃了虚构的力量、特质和难度。

当然，话说回来，即便如此，也从来到不了“了然于胸”的地步。

傅：说得也是，问题就在于，该怎么体现写作者的意志？

鲁：控制与设想，是相对而言的。过程中常会发生扭转、自我否定，结尾甚至面目全非。真正的主宰方，我认为是审美的力量。就像绘图者一样，本来以为红色搭白色，花瓶放在桌子左边肯定好看，写着写着，发现红色搭灰色更有气氛，而桌子上空空如也才更符合心境。大致是这个意思吧。

傅：你在《奔月》里写到的翻车场面，是否符合人物的心境呢？吴俊说，人在那个瞬间，可能是没有意识，或失去意识的。他的说法有待考证。但我认为，这时候即使有意识，也会是直接、简单的意识，而不是突然之间迸发出很多想法。

鲁：吴教授"代入感"很深，一眼看出我是没有经历过翻车的。所以我在小说里就翻车瞬间时的小六所想，只写了一句"她首先感到的并非恐慌，而是一种耀目的神秘，像有束刺眼的光柱正穿过梦境直射而来"。重点在下面——为何我要把车祸发生之后她的情绪，不照常识处理成"恐慌"，而是惊中带喜，略带嘲弄。

傅：为什么这么处理？

鲁：在确认自己的安全之后，小六即开始胡思乱想了，直至决定"放弃呼救""就此不归"。我前面所讲的"反常"，就此出现了。这相当于是小六的一个"楔子"，这个楔子启动了她后面的向月之奔。因此，她在翻车后的一段"胡思乱想"是异于常人的，是她之所以为她而非别人的一个重要表现。同时，我想这里也有一个"文学时间"或者说"艺术时间"的理解，类似于蒙太奇的镜头调度，在面临重大抉择或重要变故的时候，这时的几分钟，往往就是人物的心灵史与博弈场，一笔带过是洁笔处理。放大、特写，减速、倒带，独白、呓语，或回忆，或假想，是繁笔处理。我觉得这都是作家对时间刻度的不同取舍。

傅：吴俊还谈到，你写男欢女爱到临界点上的场景，可能写得有点儿理性化了。他认为，你一方面写得非常饱满，一方面又显出比较重的设计痕迹。读者在为你的想象牵引时，可能会想，有些想法和感受会不会是作者附加给了人物。

鲁：这一点见教甚是，多年以前程德培老师也提到过我的过分克制。也有些读者有这样的反映。我回忆了一下，在一些中短篇里，如《惹尘埃》里，包括在《荷尔蒙夜谈》系列里，也出现过这样戛然而止、以智性凌压的情形。我想这里面一方面是我所塑造的这个主人公，有的是逃逸在途（肉身在场而身份感不在场），有的是陷入信任危机的洁癖者（《惹尘埃》女主人公），有的是为了纯粹报复性的身体交易（《徐记鸭往事》），这些因素，决定这不是“日常逻辑”与“生理意义”上的路人甲乙，他们是带着整个“存在背景和心灵阴影”的。另一方面，前面也讲过，这跟“写作者意志”也有关，是谋篇布局所设。是否达到最佳处置，是能力问题，但无论如何，这仍属于写作者的权力范围之内。

傅：在不少中短篇小说里的章节前，你会以阿拉伯数字标号，是以前职业带来的痕迹吗？这也或许多少透露出你写作的结构或框架意识。

鲁：对，有时还会加章节名称。这是我在中短篇里常采用的一个方式，好像放东西一样，有一个秩序感。也会形成一种人为的中断，便于时空或氛围等的转换。说到底这就是一种习惯，哈哈，也没啥多说的。

小说家略带病态、偏执、局限、镣铐，
窃以为是最佳处境，通透洒脱则未必

傅：我想，要是以《六人晚餐》的发表作为一个特殊的时间点，你此前此后的写作其实有一个比较大的反差。我明显感觉到的有两点：如果说《六人晚餐》以及此前的小说，你虽然感到这个世界的不美好，但套用扎加耶夫斯基的一句诗，你依然“尝试赞美这残缺的世界”。但此后你不仅看破，毫不留情地揭示这种残缺，甚至时常透露出一点点宣泄的快意。我好奇何以有这样大幅度的转变？

鲁：得承认，我确实也是有转变的。你以《六人晚餐》为界，也有道理。对比最明显的就是东坝那一批作品，有时我自己读一读，简直都像两个人写的。这个转

变，我倒是没有认真想过，刚才想了想，似乎也没有很好的解释。姑且算是中年之变吧，一如年轮般的生长与变化。

傅：这样的变化，也包括你更多转向对非常态生活的展现吗？以《荷尔蒙夜谈》而论，如果说姐弟恋、出轨，乃至约炮都还算常态，那么诸如飞机上的手淫、恋足癖、贩毒、自闭症约会等，其实有些非常态。

鲁：还好吧。你这里有道德解读、集中归谬的嫌疑呢，哈哈。手淫有地点规定吗，自闭症少年也有与异性亲密的权利，各样的犯罪都可写，贩毒亦可，恋足更几乎都不能算是病了，是私人癖好——当然这是开个玩笑，也算是故意抬杠了。

当时出集子，为了相对集中和契合，对几年间的中短篇小说做了一个挑选，然后结集，假若厚颜无耻来把这几年的写作当作个小园子的话，那这并非一个整体面貌，而是从中采摘出来的一把黑色郁金香，好像每一朵都黑乎乎的如同暗夜。其实园子里还有深红与明黄。比如同样是这一时期写的《隐居图》《赵小姐与人民币》《零房租》等作品，风貌就是不同的。仅以《荷尔蒙夜谈》来作风格参照，不算太客观。

傅：也是。让我感到有点儿疑惑的是，你在写作上越来越成功，却像是越写越有一股子狠劲。这样的转变，让我觉得有点儿惊讶。因为，就拿以残酷写作起步的先锋作家来说，他们也是越到后来，越是多了一些温暖。

鲁：我现在是四十五岁了，也许我到五十岁左右又会有别的变化吧。时间永远是神奇的操纵者。把中年的心变硬，又把衰老的心变软。

其实我这“狠劲”也是相对的，假如参照粉红花朵，我能算是有点儿硬度，像不开花的铁树吧。粉红花朵已经有很多了，我愿意做那个固执而孤独的铁树。但我自有我的参照，还有石头一样的写作，还有深海一样的写作。我处于进程当中，也不知道将来会成为什么样。

傅：相比内容上的决绝和彻底，你在形式的探索上却有着某种不彻底性。体现在《奔月》里，你探索的是一个严肃的问题，却用了一个悬疑色彩的外壳。这雅俗之间该怎么融为一体？然后我感觉，正因为有那么一个形而上的层面，你似乎更有力地，用极为细密的针脚写日常，而且是非常态的日常，这种叙述的密度让人有点儿喘不过气。所以，在佩服你写实功底的同时，我又疑惑作者需要交代那么多吗，留些空白给读者去想象不也挺好。

鲁：哈哈，看来真是感觉我话多了，这个要改。不过可不要瞧不起悬疑与通俗化手法。我喜欢用如常的或者更低一点儿的姿态来谈论不大好讲的主题。否则，直接端上一盘哲学好了——我又没那个本事。我只会用我的方式来讲故事。

在我的阅读经验里，也是比较欣赏“好好说人话”“好好穿衣服”的那种写作。很怕艰涩高蹈的内核披挂着更加艰涩高蹈的包裹。我宁可建构一个长长的文学甬道，一路王顾左右，一路工笔细做，你看到的，还是一篇用功如常的小说故事，直到路的尽头，你才看到那道绝望又冷静的目光。

傅：这个不彻底，其实并不是我的“发现”，而是何平在分析《荷尔蒙夜谈》时提出的一个概念。我赞成他说的，你写“色”写得不够彻底。因为你要是写彻底了，反而会给人直接自然之感，反倒不会引发“低级趣味”的质疑。但我不是很赞成他说，你因为爱护自己作为作家的公众形象，只会把这种题材当成对于叙事的解放，而不是价值观和世界观的解放。我觉得，如果作家当真在价值观上也变得那么解放，对于写作来说未必是好的。

鲁：小说家其实是局中人、迷境中人，不是世外高人，更非绝世哲人。小说家自身略带病态、偏执、局限、镣铐，窃以为是最佳处境。通透洒脱当然也是做人的极妙境界，但未必是做小说家的最佳境界。

但通常外界总以为小说家是吃灵魂饭的人，应当会有极深刻、彻底的看法，无论发生什么事情都要拿来让作家谈谈看法，总认为他知道得更多。其实哪里是这样。作家当中，病人、疯人、痴人、畸零人、多余人，起码得占一半，另一半也只是看上去比较好一些吧，哈哈。包括伟大如托尔斯泰，如陀氏，如卡夫卡，如三岛由纪夫，不胜枚举。所以讲完这个前提，上面的问题可能也就有了答案。

傅：答案是什么？

鲁：作家终身都会在叙事技术上去做最大的开拓和新的创造，继承、打破、革命或解放。但作家本人，他摆脱不了沉重的自我下坠力，他带着这种下坠力去创造富有“个人力量”的作品。

傅：我只是觉得你赋予了荷尔蒙太多的意义，就像你自己说的，它既是故乡、原乡那样的东西，又是一种方法论和世界观，倒有可能多少束缚住你的手脚了。

鲁：我对荷尔蒙的看法，有生理性的，有心因性的，也有方法论与世界观的。这是我的一种主张——你可能看到的是束缚。还是那句话，我不喜欢写“顺水淌”的东西。

傅：说到了彻底、不彻底，我还是忍不住表示一下赞叹，无论从形式还是从内容看，你写“食”都写得太彻底了。像《伴宴》《大宴》《六人晚餐》，单从书名看，你就写到了“食”，在诸如《墙上的父亲》《当我们谈起星座》等小说里，你通过写“食”写人性，也是写得活色生香、淋漓尽致，让人不由想，你有过饥饿的深刻记忆，有特别发达的味觉感官，或是对盛宴里透露的人性有特别的洞察？

鲁：我生长于七十年代的苏北乡村，也算是有鱼有米有水，家里物质状况中等，吃穿教育等虽也不算太好，以节俭为日常法则，但绝无饥饿记忆。但你讲的有一个对的，我味觉确实好像比较灵一些，任何一个地方，一点点异味，众人无感，我就会觉察出来，并且百般地不舒服，一直念叨个不停，常被笑为是狗鼻子。有些含化学成分的气味，我甚至立刻能过敏起来。我后来偶尔在小说里也会写出这样的人物。《逝者的恩泽》里有个孩子，就会靠气味来判别身边人的身体与心情，处于什么样的状况。不过这也没啥详谈的，食与色，人之本能与大欲焉。但是我写好多别的东西就相当不行，权力、人际、金钱、争斗什么的，写不好。

最妙的是把平静的部分写出深渊，从夸张跳脱中找到生活的朴素滋味

傅：一般认为，你写了三个系列："东坝系列""暗疾系列""荷尔蒙系列"。我倒是觉得，你其实就写了一个核心的主题：人的心理或精神的创伤。三个系列的归类，让你更能被加以辨认，也在某种程度上对你的写作形成了遮蔽。我就偏好《隐居图》《当我们谈起星座》这样不太好

归类的小说。当然我偏好它们，也可能是因为它们有着某种意义上的敞亮，而你的不少小说给我一种在密室里旅行的感觉。当然了，这三个系列，实际上是交互发展的。所以，我想知道，你是有意识地这样写系列，还是自然而然写成了这样？你又怎么看系列之外的写作？

鲁：当然是自然而然写成的，这没办法做“职业规划”。但为什么最终会形成这样的分类，最主要跟我阶段性的写作状态有关系，年龄、经过的事情、在意的东西、所处的境况，乃至可以说是“四观”的变更：加一个写作观。写作上，我一旦对某一主题感兴趣，就会像磁铁与铁屑子一样，不停地发现相关触动点，然后就写下去，在一个大的阶段都会这样。但是这种阶段也不会很长，反复发起进攻之后，最终把山丘夷为平地，我就又开始放马往前，脑子里又疑惑或焦虑起别的东西了。

还有就是批评家的建树吧，总得分个类、提个纲，卸割为若干，才便于分析研究。对这个分类，我一方面是谢谢注目，内心其实更多警惕，这当中会不会有某种来自自我的惰性与习性？而另一批作品，为此也不得不领受一种光照之外的阴影命运。因为如果单单从数量上来说，散落在上述几个系列之外的习作还是相当多的，总有一半样子。而且我个人认为，那些作品当中有些也值得一看。比如《取景器》《白围脖》《镜中姐妹》《隐居图》《饥饿的怀抱》等。从某种意味上讲，这些不进入类别的作品，呈现出的应当是更自由、更自在的面目。

傅： 说实话，你的三个系列里面，我更偏好“东坝系列”，倒不是说希望你往回写，或一直写这个系列。你要是一直这样写，多半会有人说，你怎么写来写去都没什么变化？我也怀疑，作为生于社会转型期的七零后一代，当真一直写这么一块“邮票般大小的地方”，能把它写成一个无比辽阔的世界。我不排除我赞赏这个系列，或许有那么一点点田园情结的原因。但以我个人的感觉，主要在于从这些小说里，能读到那种从容舒缓的气息。相比而言，你后来的小说少了这种气息，视点也有些散乱，不像读“东坝系列”，读之如看流水缓缓远去般的畅快。

鲁： 毫不意外，至今有一批读者，反复跟我讲，“我喜欢你以前的作品。什么时候再写写东坝呢”。我前几天听一个维语出版社的朋友还告诉我，几年前《思无邪》翻成维语发表后，读者们在一个公共留言区的讨论延续了一个多月。这也说明，早期那一批“东坝系列”，大概的确有某种特别的意蕴吧。我也对那一批作品有着很深厚的童贞般的感情寄托。

但毕竟时过境迁，那种专注与纯美的心态已杳然而去。我必须忠实于我内心的变化，我不复纯真舒缓，我而今身陷现代性，这一热恋期还远未结束。读者是我极为在意、想要呼唤的，但自我，也是我想兼得和取悦的。记忆望着我，当下也在望着我。我是在流变之中写。

傅：不确定这样的流变，有没有你在后来的写作中加强了戏剧化的原因。你也曾提到一个困惑，在宽广缓慢的日常生活，和尖锐动荡的文学要素，这两种文学风貌之间该如何取舍？但细想，这两者之间存在非此即彼的矛盾关系吗？

鲁：对，不能算是矛盾关系。但有风格上的侧重，就像我们看画、听音乐，有冲淡的，有激烈的。呈现在写作中，就会影响到节奏、造句、语气、人物行止，在内部，也会有不同的表现，以大开大合为追求，还是随行随止为至美。包括对生活的看法，追求平淡，还是追求壮大，几乎会决定一个人的各种行为。

说回到写作，我对两种都有过着迷的阶段，像早年的《离歌》《思无邪》，这几年的《西天寺》《幼齿摇落》《隐居图》《万有引力》等，是偏淡的，情节少，随生活流淌，这类小说写起来，我觉得是特别需要力气，又要把力气藏起来。戏剧化强烈的则可在《荷尔蒙夜谈》这个集子里看到不少，写得比较充沛和过瘾，读者满意度大于批评界的满意度。我也有着花开两朵，各表一枝的心态，因为觉得各有各的趣味。

不过你这么一讲，我也想到，是不是还有更复杂和糅合的空间呢，静水深流未必不会带有凶相，九死一生说不定倒是荒诞常态，所以，最妙的是能把平静的部分写出深渊，从夸张跳脱中找到生活的朴素滋味——很想在未来，能够去追求这样的可能性。

傅：赞赏你在写作上的尝试与拓展。实际上，你不只是写了三个系列，你的小说展现了生活和精神的多个面向，还深入到了人性的褶皱里。你笔下的场域也涵盖了乡村、城乡接合部，还有时时都在变化中的城市。另外，你的小说是有知识含量的，而且你总是能把知识非常巧妙地融入小说里去。怎么做到的？

鲁：回答也许会让你失望。没有什么秘密通道。一是跟相关人士，也包括陌生人的交谈，有机会并且对方也不反感的话。这过程中，总会听到一些有趣的也没什么用的东西。但过了很久，那些谈话中有的部分，就会突然冒出来闪亮出来。二是网络，这个人人皆知，无须多说。但最后有最重要一步，就是如何把了解和搜索到的东西，如盐入水，化到小说里去，得像一个"很专业的"人那样偶尔讲一点儿边边角角，以平淡的方式……

傅：说得在理。我在读《伴宴》时，就不由感叹，你对乐理居然了解那么多，视角又伸展得那么远。

鲁：《伴宴》的机缘比较特殊，正好有一个较长的培训班，跟市民乐团团长做了同学，每天闲来无事就是聊天，不知不觉中沉淀下很多。那时也并不知道要写小说。到真正写起来，当然不够，得另外做功课。写完了仍怕写出外行话，我还发给他，请他办公室的秘书替我读了一遍，以免出现什么低级错误。

傅：也赞赏你取书名上的讲究。虽然像《九种忧伤》会让人想到耶茨的《十一种孤独》，《荷尔蒙夜谈》会想到薄伽丘的《十日谈》，《六人晚餐》会想到类似《最后的晚餐》这样的画面，《奔月》就直接奔鲁迅的《奔月》去了，但我依然觉得这样的书名挺好。因为书名重在切题，而不是非得怎样独特。

鲁：唉，取小说名也是一笔讲不清楚的账，有时得来全不费功夫，好似天生就在那里，我喜欢《墙上的父亲》《取景器》《颠倒的时光》《幼齿摇落》《有梦乃肥》这样的名字，觉得跟我小说本身是长在一起的，都不用想的。也有些名字费尽心思。《绕着仙人掌跳舞》《惹尘埃》《坠落美学》《三人二足》则都是专门想的。尤其像长篇，更加要考虑多方因素，包括还有后期跟出版社的沟通。我曾在《文汇报》写过一篇长文谈取名字之各种情况。像“奔月”，因为太熟的现成的词，拿来做书名，真的需要点儿自信和勇气。

傅：相比《奔月》，我觉得《惹尘埃》这个书名好。某种意义上，写作不也是惹尘埃嘛。要不是对生活有探究的热情，任尘埃落定好了，何苦要去惹它呢。既然惹了它了，就看它怎么飞扬，《铁血信鸽》里的穆先生就像鸽子一样飞起来了。然后再看它是怎么坠落的，像《坠落美学》，故事一开始就预示了小说人物的坠落。当然更多时候，尘埃飘浮于飞扬与坠落之间，就像我们俗世的日常。

鲁：现在大家似乎都越来越重视书名了。我常常想到以前的书名——《人生》《平凡的世界》《战争与和平》《包法利夫人》，是比较宽广的、大骨骼的，自有一种古典又豪迈的气质。所以我现在常看到绕口或小清新的长书名，就觉得有点儿怀念与失落，好像现在人是弄丢了前辈们的某些无形遗产。

没什么过渡不过渡的。每个时代都有被湮灭的光辉，也有被过载的日常

傅：坦白说，你有一类小说，吸引我读下去，主要是因为你的创意。我边读边想，你怎么想到找这样的角度写呢？像《拥抱》《正午的美德》这样超常规的视角，恐怕不是很多作家能想到的。《荷尔蒙夜谈》也是。即便是你早年的小说《机关》，你从一个司机的视角切入迷雾重重的机关，也给人一种四两拨千斤的阅读效果。在我看来，这也是颇能考验作家聪明和才智的地方。所以想问问你，

在以什么样的视角切入小说上，你通常有怎样的考量？你会反复斟酌吗？

鲁：大部分都是自然而然想到的，因为最触动我的就是那个角度，而不是故事本身。故事本身，有可能是貌不惊人的。但有了不一样的视角，就像打了强光，做了剪影，或镀了色彩，就会极为个性。中短篇小说，尤其短篇，都是在寻找一个最佳角度或截面。

像今年，我发了一篇自己挺满意的小说《绕着仙人掌跳舞》，因为题材本身的特殊性（多年前发生在南京的一起换妻案），我在电脑里把各种搜集到的素材放了有好几年，中间一度动念想去采访当事人，可又觉得那太笨太蠢了。我的目的并不是要照实写那个当事人，而是写这样一个事件呀。这样有一搭没一搭地想了好几年。终于在去年找到一个角度，不是从正面来写——而是假装把这个事件作为一个电影IP来处理，并且通篇采取了对话形式。这个写作过程，真的很有意思，但很难写。因为要靠对话去完成整个故事线，并包裹下我的理解和处理，真是写得要了命，改了七八稿。最后我还是挺满意的。

傅：其实，你很善于写家庭关系，尤其是姐妹关系、母女关系。我读了印象比较深的，像《镜中姐妹》《墙上的父亲》，还有《未卜》。像《六人晚餐》就带有偶合家庭的感觉了。我也是从这一点上，觉得你很七零后，因为之前的五六十年代，家庭还没有从集体中独立开来，到了之后的八九十年代，又成了独生子女的一代，对家庭也难有这样的体认。由此看，七零后一代带有过渡性的特点。

鲁：前面你提到“惹尘埃”，正好拿这个做比方吧。不同时代的天空总是在持续地飘落着不同的尘埃，落到同一代人的肩头，最终成为这一代人的财富、负担与精神衍生，直至压弯这一代的腰背，使其成为过去了的人物。作为处于时代之中的写作者，就会从上述这些尘埃也好，负担也好，衍生物也好，生出写作的资源与动力，形成独有的特质与面貌。

过渡不过渡的，现在大家都是局中人，这样讲也许为时过早，对写作与文学的考察，今天觉得十年是个比较合理的分界点，但长远来看，五十年一百年可能更合适。每个时代都有被湮灭的光辉，也有被过载的日常。

傅：最后再谈一点儿我的印象吧。你是少见的那种在生活与写作之间切换自如的作家。而对于大多数作家来说，写作久了，甚至会影响到他生活的能力。我记得余华说过一句话，大意是写作让他的内心变得越来越柔软。你不一样，给我直观的感受是，似乎是写作让你生活能力变得更强了。不妨从这个角度谈谈，写作怎样影响了你的生活，生活又怎样影响了你的写作？

鲁：从比较早开始，我所过的生活都不是我自主选择的生活。十一岁被寄居到亲戚家上学，很不开心，但也尽力适应。十四岁初中毕业，我特别想接着念高中，却被家人改了志愿上了中专，仍然是很不开心，但还是很努力。十八岁到邮局工作，职业岗位跟我的兴趣也一直是两岔，到后来虽然到了作协工作，但又相当于是进了机关——这些都不是我真正向往的生活模式。但这个过程对我是有教益的，对我内心的影响已经越来越淡、近于无了。

也算是比较早就明白了：生活不是这样就是那样，并非自我能去控制；就算你可以控制，但最终那个结果也未必就是理想之中的面貌。就我这一路与生活打交道的感受，是深深觉悟到，世上从来就没有什么自由，只有束缚和定规之下的相对自由，而由此带来的反弹力与生命力也许是最有价值的。我喜欢打一个比方，如果生活是容器，那么我就算是液体吧，没什么明显的脾气。装到卡通杯里，我就呈圆柱体，装到水壶里，我就是扁球体，但这只是表象上的体积状态，真正这个液体是什么，是沸腾的苦水，是冒泡的美酒，是黑色牛奶，是天山之水泠冲的茶。那是看不出的，那即是我自己。

不知道这能不能算是个回答。一言以蔽之：写作与生活是互相体恤、勉力中互相成全的。

（原刊于《上海文学》2018年第11期）

对话者简介：

傅小平：1978年生，祖籍浙江磐安。著有对话集《四分之三的沉默》、文论集《角度与风景》、随笔集《普鲁斯特的凝视》等，获新闻类、文学类奖项若干。现供职于上海报业集团文学报社。

辑三　取景器

取景器

创作会议的现场，是作家密度最高的地方，像来到了作家的森林，每一步、每一个面孔，摩肩接踵的都是作家。这跟平常有点儿不一样。平常，在各自的城市里，“作家”都是一棵棵单独的树，容易被“注意”到。“注意”的原因，除了对作家这个职业本身的尊敬善意与好奇之外，人们还总会有点儿替我们着急，进而调侃，听得最多的就是：现在这个时代、这个世界，变化如此复杂、如此精彩，几千倍地胜过你们的想象力与虚构力了，作家怎么拼得过来呀，你们到底该怎么写，写什么呢？这样的时候，我总是装着随意地摇头不语，做出一副“此中有真意，欲辨已忘言”的样子，不过当中到底有什么“真意”呢，老实讲我也没有想得多么清楚。

但在对中外经典的阅读中，我们总会羡慕而妒忌地看到，工业革命之后、资本入侵乡村的背景下，哈代写出了《苔丝》与《无名的裘德》，经历过二战的冯内古特写出了《五号屠场》，没有经历过二战的施林克，写出了《朗读者》，在我们的魏晋时期，竹林七贤成了那个时代气质最典型的注脚，我们的唐宋明清，诗词小说大家气象自不用提，光是散落民间的笔记野史都够我们读上半辈子了……而世界一步步走到今天，高度的文明，同时也充满精细的分歧，如此独一无二，裹挟着庞杂的内容扑面而来，一日好比千年，人们既敏感又不满，同时又怀着对经典之作的巨大期待。所以刚才开头所讲的那个问题，就算旁人不问，在我们写作者的内心之中，包括在评论者、出版人、阅读者以及所有关注文学的人当中，都存在着一种相当强烈的“时代焦虑症”。

我想起最近看过的一个摄影展。那许多摄影作品中，空难、战争或吸毒者无疑是非常吸引观者的，但同样好的，甚至可能更好的大师之作，却总是些日常景象与细节，就是街道上走路的人，就是正在准备晚餐的母亲，就是某个建筑物其某扇窗户与窗帘后的目光。这就像《苔丝》或《朗读者》，经典之所以成为经典，它们属于某个特定时代，但其动人之处更是超出那个特定时代而属于整个人类生活的。

那个影展结束后有一个商业化的器材展，全是价格昂贵的各种机身与专业镜头，众人纷纷感叹机子多么好多么重，值多少钱什么的，怪不得照片就是不一样。夸着夸着，有一位摄影师急了：你们真逗，把机子给你试试看呢，关键不是相机或镜头多重多贵，是看人家如何取景，如何构图，包括参数设置……

我注意到他说到“取景”——我们写作者也一样，面对极度戏剧化、匪夷所思的复杂世情，或者反过来，面对极度平淡的市井日月，一个写作者的才华，肯定不在于武装上最先进的镜头，气喘吁吁地用想象力去跟现实赛跑，最起码，不仅仅是这样。

文学之魅的奥秘同样在于“取景器”。这个取景器一定不同于新闻，不同于社论，不同于电视剧，不同于歌唱比赛节目，不同于微博。这就像社会分工一样，总有不同的行业在认领不同的领域，操心人们的工资、交通、婚姻登记、打针吃药与宇宙飞船。文学的容量与广度，自然可以涉及、涵盖甚至超出上述所有，但其核心部分，所认领所介入的，恰恰不是事件与物质，而是“精神”，是肉眼所不及的、非物质的部分；是被深深遮蔽起来，被克制或伪装起来的人性，是属于灵魂的那一部分——这就是写作者所独有，任何一个行业都无法取代的取景器。

我相信，在座与不在座的写作者们，人人都有一个秘密的了不起的“取景器”，这一取景器的层次、远近、构图、核心焦点、曝光参照、光圈系数，正是一个作家的眼光与气象所在……我们用各自的取景器去虚构或非虚构，穿越或架空，写诗写童话写科幻。我们以此对世界进行剥离与萃取，我们像劳作者一样站在大地深处，果实累累，风景重重，但我们不收割麦子，也不收割风景。我们只收割人性与命运，我们收割人们看不到的，但是让人疼痛或让人宁静的那一部分。

前不久，我看过一部电影，这部片子获过第六十五届洛迦诺国际电影节最佳处女作金豹奖，这个奖还是蛮厉害的，陈凯歌的《黄土地》、王朔的《我是你爸爸》都曾在这个电影节获过奖。片子的导演宋方，是南京人，全片由她自编自导自演，风格上有着贾樟柯和小津安二郎的糅合，非常像一篇小说，像一个作家的晚境之作。

电影这里不多谈。想谈的是这个片名：《记忆望着我》——记忆望着我，时间望着我，过去的经历在望着我，读过的那些书在望着我，最亲的亲人在望着我，非常遥远的陌生人在望着我，包括还有我自己，也在不安地望着我——我喜欢这个电影的名字：一个人与他所处的外界是互相张看的。

对写作者而言，这一点似乎更别有深意。写作者不仅要有“看”的意识，同时要有“被看”的意识；写作者与其所处的世界是互相凝望、互相寄托、互相成就的。

写作这个行为在起初，都是个人的事，就像曹雪芹、萧红或里尔克一样，你站在河岸的这一边，苦恼的孤零零一个人，为自己而写，为记忆而写；但随后，你所写的那些字，则如同射出去的箭，它们在彼岸构成了茂密盛大的景象，它们远远大于了你，超出了你，它们构成了外界的一部分。

所以说写作就是如此奇妙，一方面，它被这个世界提供的复杂所供养着，但文字跟庄稼又不同，它一旦生长出来，就自成体系，独具强大的审美，创造出一个字纸里的世界。这个世界可能是明媚的，可能是刻意寡淡的，也可能是极尽夸张变形之能事的。但是再怎么千变万化，各种突破、各种飞翔、各种创意，我们所创造出的世界与供养我们的世界，仍然是血肉相亲，有逻辑关联与互动作用的。每一个时代都供养并影响着一代人的写作，而这一代人当中的大师之作也会反过来供养并影响着一个时代。

因此，写作，是一个人的事；写作，是一个时代的事。这是并列的两点。

山河苍茫，文字流淌。在我们之前，一代又一代的写作者通过这种“互为镜像”的方式记录了他们所处的时代，在纸上创造了伟大的王国。现在，要看我们的了——这句话好像听起来蛮励志的，其实也不是，因为写作不需要励志，也无法励志。写作者最常态的情绪就是焦虑、疑惑与困境。我方才所说，也都是我在困苦中的零星想法，或者正确得中庸，或者多有偏见与谬误，但这并不是最要紧的。对写作者来说，说得对与不对、想得明白与不明白都是可以的，因为最重要的只有一个，唯一的一个：他（她），写下了什么。

写作，才是我们对世界发言的方式——与诸位共勉吧。让我们写，继续写，马不停蹄地写，野心勃勃地写。

（演讲于2013年9月
全国青年作家创作会议·北京）

当下中国写作中的流行与反流行

论坛的这个主题很有趣，虽然对当下中国的流行写作，我并没有特别研究，最多能算半个读者；同时我本人的创作也算不上是流行小说。但这样我想反而也好，正好带有某种距离感，可以提供一个比较客观的视角，来看待当下中国写作中比较流行的一些主题，以及与此相对的另一种写作形态，这里不妨称之为反流行写作。

说到流行，它在各个领域的表现，都是一个追求速度和消费感的概念，其周期往往很短，同时带着一种反复无常的调性，这个季节流行的，下个季节就被唾弃了，可再隔一个季节，保不准又卷土重来。因此我们所谈论的流行，往往是一个相对的、稍纵即逝的概念，是一个听上去很时新，可实际上其最重要的标志并非创新，而是商业魅力，以及由此所催生的强大购买力。

我下面简单列举当下中国的几类流行写作，它们即具有上述特点：在短期内走红，引起很大关注，畅销，发行量常常达到几十万、上百万。

一是青春小说（可以说它是白色），主要是青春纪事、叛逆表达、校园情感、性意识觉醒等。读者主要为在校学生，在青少年中影响比较大。中国有一本杂志叫《萌芽》，每年举办写作大赛，参赛人数高达数万，其中的优秀得主，出道以后也往往以这一类小说开始他们的文学之路。因为总有年轻人在成长，总有人在经历青春，总有人在失去青春，因此这一类书，算是比较稳妥的流行主题。

二是粉红爱情小说。为什么说它是粉红色的，因为这一类爱情小说是幻想型、满足型的。比较流行的写法：一种是穿越（穿越到唐朝、清朝，成为妃子、大家闺秀，与王孙公子谈恋爱）；一种是现代都市，总裁爱上小秘书，当代灰姑娘故事，或者是穷小子与富家女相爱，等等。故事的基本框架都是：由穷变富，爱情成功。阅读这样的小说，能够替代和抚慰现实生活中的平庸、劳繁，是一种填充与弥补，获得物质主义与浪漫主义的多重满足，像是带有一种心理安慰剂性质的读物。

三是悬疑小说（紫色）。比如写盗墓、侦案、旷野求生的等。这类小说带有相当的传奇性，有历史、神秘、悬疑、猎奇、禁忌等元素，并常常会在影视、游戏、动漫等周边领域得到很好的衍生。这类小说我认为同样带有安慰剂与心理调节作用，前面是给女性的，这是给男性的，用来平衡生活本身的平淡、世俗。

四是黑色官场小说。这在中国是有传统的一个题材。因为中国人对官场文化很迷恋，也是因为中国人特别讲究人情世故。从晚清李宝嘉的《官场现形记》，民国年间李宗吾的《厚黑学》，一直到现在比较流行的黄晓阳的《二号首长》，以及《侯卫东官场笔记》《驻京办主任》，并且也有版权输出到国外的。这可以算是一个非常中国特色的流行题材，不仅在写作上如此，平常人们在小酒馆、茶馆、网络、微信等领域，关于官场、政局、时势、高官动向与起落，永远都是最热门的话题，尤其吸引中年人。

五是金色的成功人物传记。我们处于一个对成功特别渴望的国度，加上处于一个GDP高速增长、资源紧缺、各方面竞争很激烈的背景下，只有成功者才能得到更多的资源，从房子、教育、医疗到职业、水源、食品、空气等，最后都跟成功直接相关。这种情况导致这一类书籍特别走红，那些对成功有渴求，但尚未获得他所要的成功的人，通过阅读这些图书，会觉得自己正在走向通往成功的路上。

上面所说的这五大类，不见得全面，只是一个阶段性的剖面的即时观察，他们会轮番掀起畅销效应，取得轰动，成为风云人物。

当然这里面也带有某种危险性。

一方面是商业上的危险。因为流行总是喜怒无常的，尤其对文学而言，昨天还很流行的小说，可能明天就遭遇到读者的抛弃。你需要像研究商业动态一样地研究市场（即读者）需求，并对未来趋势做一个预期的判断，去预谋、设计、操控一个主题，尝试通过下一个商业行为来挽回某些损失。

但商业上的危险还只是一个方面。更大的、我认为更加严重的危险，是对读者文学趣味的伤害。从前面我讲的白色青春小说、粉红爱情小说、紫色悬疑到黑色官场小说、金色成功传记，差不多等于覆盖了各个年龄层次的阅读，或者说覆盖了一代人的阅读，从他的少年到青年到中年，几乎囊括了一个人最好的阅读时光。而这部分流行读物由于其速食性、畅销性、话题性，也正像速食食品一样，在口感、色、香、味上，添加剂较多，装饰性较强，但营养成分上并不那么全面，甚至可能还有碍健康。这对读者阅读审美趣味的培养和形成，都是不大乐观的，或者说是有伤害的。因此，我想，这才是流行性小说最大的一个危险与伤害。

但是，我对此也并不忧虑。正如我在一开始也说过，与流行性写作相对应的，总有另一部分作家的存在，他们的追求是不同的。我想各个国家的文学生态应当都是具有共性的，这一部分作家，他们从血液和骨骼里，从潜意识里，从本能上，从一切的思维与感情上，在回避、排斥、对抗着流行写作，结合今天这个讨论主题，我这里可以笼统地称之为：反流行写作。

反流行写作，并不是简单地从主题上加以回避或区分。实际上，反流行写作，同样会写到青春、爱情、贫困、成功、失败、冒险等主题，但他们会呈现出截然不同的质地与气息。如果把主题比作一枚钉子的话，流行写作所挂在这个钉子上的，是刺激耳目的彩色灯泡，是讨人欢喜的小礼物，是热热闹闹的小故事，或者干脆就是闪闪发亮的圣诞树……但反流行写作不是，写作者在这个钉子上，挂的是锋利的刀，是粗犷的石头，是枯萎的枝条，是时代车轮下被碾压的人性，是人性困境的茧子，是埋葬理想主义的安魂曲……这样的写作，包括随之而来的阅读，可能并不那么漂亮或甜蜜，不那么戏剧性，因为他不是在取悦或俯就读者，而是拉着读者一起去攀爬一座高山，去触碰各种可能性，去探寻未知的精神边界，去拷问肉体、拷问灵魂……

由于主办方给我们的讨论主题是流行性写作，对于反流行写作我这里就不展开具体的讨论。从一个广泛的角度上来说，流行写作、反流行写作，在整个文学生态中，是同样重要的，并列存在的，它们和其他一些写作，共同构建成整个国家的阅读场域，并且正因为有了彼此的存在，才互有参照、互为补充，各自呈现出不同的风貌与华彩，满足了不同读者与市场的精神需求。

对流行写作也好，反流行写作也好，我最后还想表达一点：这两大写作领域的相互学习与借鉴。比如，反流行写作，需要在宣传策略上、读者定向上、版权开发上，向流行写作学习；而同样的，流行写作在追求畅销与流行的同时，也要尝试贡献出更具有艺术性和生命力的作品，从而共同担当起对整个国民阅读的趣味的供给与引领。

（演讲于2015年9月
首届俄中文学论坛·莫斯科）

从俄罗斯母亲到俄罗斯兄弟

2015年是俄罗斯的文学年，9月和11月，我分别在莫斯科国际书展和上海外国语大学参加了几场中俄文学活动，有一个虽不新奇但相当深切的感受：俄罗斯文学对中国写作者的影响，在不同年代的程度与表现是有较大变化的。

先讲两个小故事。9月份在莫斯科的俄中文学论坛上，与我同一批的中国作家代表里，有五六十年代的，像马原、刘庆邦、荆永鸣，有七十年代的，像我和徐则臣，也有八十年代的，北京青年作家、译者陆源。在俄活动期间，可以明显感觉到，五六十年代的作家对俄罗斯的感情是最浓烈的，可以说带着一种童贞般的激情，看到白桦林，看到橡树，看到一种结着红果子的什么树，他们都会情不自禁地相互启发、共同回忆，这是谁谁在什么书里写到过的。他们还比赛似的提到一长串女性主人公的名字，相互讨论，列举出各种细节和情节，争论哪一位女主人公才是最富魅力的俄罗斯文学女性形象，是拉拉还是冬妮娅还是安娜。可以听出来，这些女性形象陪伴了他们青年时期的阅读，甚至可以说是他们精神上的初恋、理想中的女伴。而我们七八十年代的几个作家，在这个话题上似乎没有发言的能力和兴趣。

再举一例，同行的刘庆邦老师此前已去过两次俄罗斯，因为一直没有看到托尔斯泰故居，而再次来到莫斯科。刘老师平常话不多，但在俄罗斯的最后那个晚上，他突然回忆起了一大串俄语，他开始用俄语祝酒、自我介绍，讲俄语顺口溜，用俄语号令大家起立，变得活泼起来。原来他在少年时代曾学过两年俄语，这次的访问触发了他沉睡已久的语言记忆。

上面讲的只是两个小片段，但这片段确乎具有某种代表性，正可以印证到不同时期，俄罗斯文学对中国作家的不同影响，从五六十年代，到九十年代，再到新世纪，这种影响是流动的、变化的、起伏的，是与两国的意识形态背景变化、政治博弈与交往、两个大国的国际地位、商业与经济合作、文化的输入输出等等各种因素密切相关。

以五六十年代为例。我父母这一辈的青年时代，当时从城市建筑设计、广场雕塑、军工品、日用品、油画、歌曲、体育、女性服装等各个方面，都深受苏联的影响。包括在教育领域，中小学教材里，选有大量苏联作品，几乎所有受过中等以上教育的人一张口都会背出奥斯特洛夫斯基在《钢铁是怎样炼成的》中的那段名言："人的一生应当这样度过：当他回忆往事的时候，他不至于因为虚度年华而悔恨，也不至于因为过去的碌碌无为而羞愧；在临死的时候，他能够说，我的整个生命和全部生命力，都已经奉献给世界上最壮丽的事业——为人类的解放而斗争。"在各种晚会上，《海燕》或《致大海》的配乐诗朗诵常常是保留曲目，《喀秋莎》《红莓花儿开》《三套车》等的前奏一响，人们就情不自禁开始摇摆身子。具体到写作领域，大量俄罗斯经典的引进与广泛的阅读、传播，已经形成一种母乳般的养分，俄罗斯文学成了中国作家们的共同母亲，并影响到起码两三代人的写作趣味与文体审美。比如，对宏大叙事、庄严主题的倾向，对历史与革命场面的偏爱，对出身原罪与救赎的思考，等等，这种主题一般会被认为是最经典最正宗的长篇审美……毫无疑问，从中俄文学交流的角度看，这是一个非常壮观的时期，但我并不认为它是最均衡最科学的交流模式。

到了九十年代，随着各方面格局的变化，俄罗斯文学在中国一家独大的局面不再，各国文学在中国都有了很大力度的推介，美英法德等自不用说，包括南美诸国、加拿大、意大利、西班牙、爱尔兰以及东欧等，各国文学一拥而入，这直接影响到我们这几代作家的阅读体验，我们应接不暇，胃口被撑得满满，成了国际文学的杂食动物，已不大可能再认某一国的文学为心理上的乳母或教父，我们这一代，热爱陀思妥耶夫斯基、托尔斯泰与布尔加科夫，可也同样热爱里尔克、加缪、马尔克斯、奈保尔……可以说，我们有了一大群文学上的兄弟姐妹，俄罗斯文学从母亲变成了其中的一个兄弟。

从综合角度来看，九十年代后的俄罗斯文学的接受比重虽有所下降，这并不代表俄罗斯文学的影响力下降，而是进入了更自然、更合理的阶段，国家意志式的强力推动在退场，更纯粹更民间更自由的艺术力量在上升。

可以举几个例子。犹太裔的俄罗斯作家巴别尔，其在欧洲的名声要大过俄罗斯本土，因此到了九十年代末才译介到中国，可能四五十年代的中国作家并不太熟悉，但在年轻一代作家，他具有独特的传播和影响，我们会像讲到一个口令似的提到他的《红色骑兵军》。再有像阿赫玛托娃与茨维塔耶娃等的诗，这两年在中国译介也很频繁，并吸引到一大批年轻诗人与读者的追捧，但这种吸引力仍然不是母性的覆盖式或淹没式，而是平行地并存于世界各国诗歌之林。

再比如在当下的戏剧界，人们会注意到，契诃夫这三个字简直就是一个迷人的招牌，《樱桃园》《万尼亚舅舅》《三姐妹》《海鸥》等剧作的原著重排、新编、戏编等各种版本，在各大城市都轮番上演，票房飘红，吸引到一大批年轻观众。契诃夫的戏剧是一种和气的、克己的、不愿惊动大场面、不搅和到剧烈动荡的审美，为什么在当下的中国戏剧里，尤其是小剧场话剧里受到追捧，我觉得这正是对早期苏联式的高大全审美的一种弥补与缝合。

还有，近年有一批与俄罗斯相关的非虚构译介，在知识分子中反响很大，像布罗茨基的《小于一》《悲伤与理智》,《曼德施塔姆夫人回忆录》，美国人写的《古拉格：一部历史》，等等，都进入了我们的年度好书榜，成为话题，人们会由此展开对集权专制、对革命苦难的反思，对自由意志的讨论。这种俄罗斯式的苦难与智性思考的影响已远远大过文学本身，而进入公共知识分子领域，并在学界产生较大影响，形成了一种俄中对照下的反思与警醒的风潮。这种影响，我觉得特别像来自一个兄弟，他伤痕累累，灾难深重，他熬过了漫漫长夜，在天亮之后才发出几声低沉的呻吟，我们听到了，作为中国兄弟，我们比谁都听得清楚，更有动于心。从这个角度也可以看出，俄罗斯文学、俄罗斯文化的输出在这些年的微妙变化，对中国知识分子影响的多义性与延展性。

（演讲于2015年11月

中俄青年作家双边研讨会·上海）

虚构花朵　人间颜色

一

我常常在想，人们所听到、所看到的作家这个形象，很有可能是在传播意义上或者说是在出版意义上的。其实在公共场合所出现的作家，我个人觉得是作家写作生活中很小的一部分，作家百分之八十的时间会处在两种焦虑状态：一个焦虑状态是因为没有找到好的灵感或者是好的写作素材，觉得自己很无能，一无用处；还有另外一个焦虑是好不容易老天爷开眼，灵感降临，开始写作了，可是整个写作过程中又被寻找词语，寻找段落，寻找风格，寻找结构这种寻而不得，或者是说即便得到了，其实现度和完成度又非常乏善可陈，所以说他又对自己的才华感到失望和愤怒。所以我觉得作家起码有百分之八十的时间是这样的，其中一半即百分之四十处于没有灵感的焦虑，另一半百分之四十是属于有灵感，但灵感没有处理好的焦虑。还有百分之二十，甚至要再少一些，这才是你们所看到的，好像出现在公共场合或者是签名售书，演讲，阐述自己的写作，回答公众认为作家应该回答的问题，他们有的时候会问作家，你怎么看待网红？怎么看待碎片化阅读？怎么看待这个社会的啃老族？怎么看待某某新闻事件——就好像作家可以解决世界上所有的问题。

其实，作家哪儿有那么能干呢？我所认识的大部分作家，我觉得都不是一个可以解答全部疑问的好像“全科医生”那样的人，实际上，作家本身就是一个自己怀有问题，得不到解决而以写作来纾解的人。所以作家是一个什么样的人？我以前看过一部电影，好像是奥斯卡最佳影片《逃离德黑兰》，里面有个间谍，在谈他这个职业时，他给自己打了一个比方：你知道我是干什么的？我就像矿工，我在矿下劳作时，满手都是黑的，但到了地面上的时候，即使我以为我把手洗干净了，我知道我的手指缝里面还有黑的煤残留着。我永远洗不干净自己。我觉得作家也是这样的，写作这件事，是他指甲缝里永远洗不去的胎记式的伴随。

作家似乎是过着雷同的时光，休息或者工作是没有什么区分的。作家也像很多人一样喝茶喝酒、看风景、发呆，但他实际上真的获得了休息吗？在这样的时刻，在他的心里，总还是有一个很警惕的小人儿在站岗，甚至有可能是很鄙视地站在不远处瞧着这一切，在怀疑这是否就是生活的真实，又或者在质疑自己，到底有没有资格和大家一起吃喝玩乐。看看，这就是写作者，他貌似休息，可他可能比工作的时候还要不安和软弱，永远处于一种精神的备战状态。

所以，我在想，作家可能是一个自带悲剧因子的生物，因为他生活中的喜怒哀乐，最起码我个人是这种感受，是受灵感所奴役，决定生存感与愉悦度的是灵感，而不是别的。

就说新书宣传做活动这件事，我个人从内心深处还是有些迷惑的。我和我的同行们，总像面包师一样站在台上，拿出我们刚刚烤出来的面包（书），给大家解释我用了多少面粉和添加剂和糖烤了这么一个面包，所有人都听到我做了一个面包，哦，知道了，然后可能随手翻翻掉头就走了，他们并不真的阅读这本新书，并不进入文本。我们比面包师惨多了，人们最终总还是会把他的面包买回去给吃了。但说实话我心里总在想，比如说沈从文或者说里尔克，他们会不会做新书分享，要不要跟人讲他们是如何做了一个实心馒头或是如何捏了一个包子……

不过我现在已说服自己接受了这个过程，并把这部分内容作为一个作家的职业本分所在，因为我相信所有等待阅读的作家和寻找作家的阅读者，其实彼此都处在迷雾之中，互相看不见对方，需要有人主动出来发出一声叫喊，我觉得作家必须打破他所谓的内向与矜持，要克服心理上的古老障碍，去往一些场合发出声音，也许会穿透迷雾，找到那个正想看这本书的人。我觉得写作者有这个义务，或者说是我们这个职业在这个时代里所需要做的一些调整。

二

好了，因为现在正处于我刚讲的那个百分之二十的宣传推广期，所以接下来我就要谈谈写作了，考虑到对文学有兴趣或者说对写作有一些幻想的读者，他们可能会想我将来要不要进入写作这个行业或者是说我要从事写作，或者是说把写作当成人生中很重要的一个构成，所以我想探讨的第一个方面是：为什么非写不可？也就是说，某一个个体和文学之间的必要程度到底有多高？

我一般拿自己的经历做例子，虽然一个人总讲自己蛮可耻的，但分享自己确实是比较方便的事情。

最起初，我和写作一点儿关系没有。我一开始学的是通信管理，我在江苏的乡下长大，上世纪八十年代的时候，获得城市户口是一个很重要的事情。我小时候成绩很好，这样讲我一点儿不脸红，我所在那个地级市是盐城，我中考成绩是全市第四名，但家里人出于各种实际的考虑，我原来填的是高中志愿，当时我爸爸连夜去帮我把志愿改成了中专，邮电学校，因为这件事我特别记恨，我是天蝎座，同样记恨家人，我认为这导致我这一辈子没有上成高中，更没有上成大学。我后来去了邮电学校，第一件事就是查字典，想看看我将来能不能做一个知识分子。当时《新华字典》上给的定义是：小中专以上的知识程度可以叫作知识分子。于是我知道，我只是一个小中专生，很勉强地算一个小知识分子，所以我上邮电学校的四年，一直在自学各种各样的课程，借我同学的高中教材过来看，有一种对课本知识的病态追求。然后我们同学之间互相写信，凡是同学寄来的信，尤其到了我上中专三年级，很多同学考上大学了，哪怕是一个很不怎么样的大学，但是只要看到"大学"那两个字，我羡慕得眼睛都要出血了，他们能上大学，我居然是中专。一年之后我开始拿工资了，第一个月工资八十四块钱，那八十四块钱拿在手上觉得非常羞耻，别人在课堂里学习，可是我居然在挣钱。我妈妈让我把五十块钱存起来，剩下的零花，可我一分钱都不要，我觉得和金钱打交道特别可耻。当然，我最终还是按部就班，像所有和生活妥协的人一样开始工作，在南京新街口邮局做营业员，卖邮票，拍电报，订报纸，我做大替班，所有柜台的业务我都会，确实也挺简单的。接下来我会讲一个小故事。

1992年左右，我在邮局卖邮票的时候，经常会在柜台下面的抽屉里藏一本书偷偷看，讲实话，对前来办业务的人，并不是那么热情地在“为人民服务”。那天有个人跑到柜台边，轻轻地说，我想要买一张古人对弈图，我一听，不就是寄个信嘛，讲究啥，还古人对弈图。抬头一看，是苏童，我立刻认出了他。当时苏童老师的一个作品《妻妾成群》正改编成了《大红灯笼高高挂》，在国际上特别火。南京城所有的电影院都有大海报。而且我当时也已看了苏童老师很多作品。但见到并认出他的那一刻，我心情很复杂，我没有表现出我对他的认识，只是很普通地，或者说态度比一般的时候还要冷淡地把邮票卖给他。因为我突然感到一种巨大的悲哀，我这么喜欢文学，可我这一辈子跟文学最近的距离，就是坐在邮局柜台下面卖一张邮票给苏童吧。说话间，也就到了2010年左右吧，当时博集天卷到南京先锋书店来帮我做一本新书《此情无法投递》的发布，当时请了好几位作家帮我站台。我记得来了叶兆言、黄蓓佳老师等，六十年代的代表作家就是苏童。在那天的新书发布会上，我跟他说，苏童老师我好多年前就见过你。他当然完全不知情，发出了苏童式的天真无辜的笑。

老实讲，这个小故事我在多个场合讲过，因为经常被人问起，我发现人们好像挺喜欢这样的故事，听上去有点儿不知是励志还是什么——事实上我自己并不喜欢。那个阶段，我很不安于生活本身，很不快乐，没有方向感，那代表了我最早期的一个状态。

但不管怎么说，在邮局工作的那些年，确实有一些小事情，让我认真地考虑起来，也许我真的比较适合写作。

有一次，我做国际长话柜台，当时打国际长途电话，是老远的一个一个格子间，离柜台比较远的地方，无法监控到对方打多长时间，还是打哪里，所以得先交押金，五十块钱或者是一百块钱。不知道为什么，当时有人给我五十块钱押金，可最后我给了他一百块的回执，并最终依此来退钱给他，到晚上结账发现不对。九十年代初期五十块钱是很大的一笔数目，大半个月的工资。后来带班师傅说我带着你去找他家。那时候人都很老实，按照业务单上留下的地址居然还能找上门去。记得当时已经是烧晚饭的时间了，一开门就闻到了饭菜的味道，还有酱咸菜的味道，还有不知道什么烧过头了的味道。家里到处放着衬衣、鞋子、包什么的，是一种被外人突然闯入、来不及收拾的场景。我记得我站在门口，踏半只脚进去，有种被这一场景所击打的强烈感觉，我只管由着我师傅跟对方交涉，心里非常无谓地想着，那五十块钱算什么啊，找不找得回来随他了。我只要有这一幕场景就好了。这里头，不知有什么东西，让我觉得很动人，很真实，但是又很悲哀，我也说不清楚。我觉得我很愿意，无数次地以不速之客的方式闯入别人的生活。当时我比较小，我是十八岁工作，所以那个时候才二十岁左右。当时我其实也不是很明确为什么这样痴迷这个闯入的瞬间，但印象之深，我到现在都记得，记得我那样由衷地感到高兴，因为那五十块钱把我带到了这个地方。

类似的场景还有。比如说还做过像大学里团委这样的工作，企业里的团委，在那个时候，有一部分的工作是组织团员跳舞。那个时候很流行跳交谊舞，大学里也会有好几个舞厅，食堂一到周末就兼作舞场。为什么要组织团员跳舞呢？因为我们单位有很多的光棍，别的单位有很多单身姑娘，所以工会和团委常常会觉得有义务把他们给撮合在一起。我当时很投入的，把头发吹得翘起来，穿一红毛衣做舞会主持人。我记得舞曲一响，灯光开始变暗，我就走下台去，看他们下舞池去跳舞。我在边上非常欣慰非常得意、想入非非地看着，就因为我组织了这场舞会，让这些单身男和单身女得以偶然地结识了，他们手拉手在一起跳舞，大家都在出汗，很紧张，也很兴奋。很可能有的人真的由此认识，有的交往三个月、三年，甚至是结为夫妻。这当中的偶然性和我作为旁观者的某种程度上的参与和推动，难道不是很戏剧化吗？当然这是很微妙的、不足为道的戏剧化，是我这种爱想的人才会想到这一点。我不知道为什么会想到，我只是觉得很高兴，我不停地撮合他们跳，虽然当时我也是单身，可我就是想操心别人这种聚散离合、爱恨情仇。

我在邮局那十五年里，还做过劳资统计员，后来做行业报记者，做秘书等。其中做秘书的时间比较长，有八年，做得还蛮好的。我所在的是一个很大的企业，五千多人，活动很多，要写各种各样的文稿和动员报告、慰问信或者是剪彩致辞。我内心里好像有一个角色扮演的强大功能，替局长写文稿的时候，就立刻变成一个局长，有所谓俯瞰全局的角度吧。比如说要做一个裁员动员报告，我会把裁员这件事说得所有人都会觉得我们企业就应该裁员，并且他就应当主动离开、去开始新的人生……我写出来的这种稿子还蛮有感染力的，有一次局长还说呢，我念你的稿子恨不得停下来说这个稿子写得真好啊。

秘书做到第八年的时候，有一天在办公室，我在十七楼工作，南京鼓楼，很高的地带，在那个十七楼可以俯瞰南京城，可以看到很多人在下面走路，我从窗户里看外面，看到很多人的头顶，我的想象力又开始发作了，这些头顶，可能是幼儿园老师，可能是警察，或者是小偷，或者是送水工，各种各样的人在走。我觉得我也是其中的每一个人，我跟他们所有人一样走在下面，我的头顶跟他们所有人的头顶一样。像在大海里面沉浮一样，我觉得我不能忍受在这里写公文了，我要到人群里面去，当然不是跳楼了，我要找一根绳子，通往下面走的每个人的内心去。我不想在这个办公室里，从一个科员、主任科员、小处长一步一步地下去，我觉得绝不应该如此，绝不应该像一张薄纸一样，把我的人生走到头。我应该纵身到下面，很贪婪地拥有每个人的人生。正是这种贪婪让我觉得我应该写小说。所以我在邮局工作十五年，成了一个很成熟、很老练的职员，但是最终做了一个很不成熟、很不老练的选择：写小说。

现在我经常碰到年轻人来问这个问题，说：老师你能不能给我一个建议，看我适合不适合抛弃现在的生活去专门写作？其实这个判断最终肯定会由他来做，但以我前面个人的经历来看，除了技术上（大量阅读、必要的写作训练）、经济上（如果一无保障，我觉得还是要三思）等通常的考虑之外，我觉得一个人的天性里，要有点儿戏剧化和神经质的部分，可能会更有利于写作。包括我与同行交流的体会来看，多少也是会有这种特点。神经质的部分用得好的话，会成为一个非常有个性的作家，当然到后面，神经质的这部分也会慢慢消耗掉，那也会需要别的东西来刷新和支撑。

三

接下来，我想说一说我的写作实践，像是做一个写作者的活体解剖：一个作家如何处理生活中非虚构的部分，然后一步步变成笔下的虚构的部分。我会举两到三个例子来谈一下。

我前一段时间出了一个小说集叫作《荷尔蒙夜谈》，这个集子里有八九个故事和荷尔蒙有关，一两个故事和荷尔蒙的关系不是那么明显。比如有一篇小说，叫《大宴》，写请客吃饭的。我发现我们生活中所有的交往方式，导师和学生交往的方式是吃饭，朋友和朋友，异性和同性，大家好像都是只有在吃饭的时候才交往、才存在，才会对话和交流，所以吃饭变成了一件非常重要的事情。我有位老同学也经常约我吃饭，我这人特别怕吃饭，约了好长时间未果。我后来想想不好意思，我反过来约他，可是我也约不到他，连续约了两到三次。他那段时间总这么回答我：对不起，我今天等一个重要的饭局。我说这怎么回事。他说：我正在约一个黑社会老大吃饭，时间对我来说是很被动的，我一直在等回话，但是我一定要请他吃饭。他的声音压得特别低，显得神秘又兴奋。这事儿后来也就不了了之，我不知道他最终有没有请到。但他当时讲的这句话——请黑社会老大吃饭——让我听了以后心中特别一动，我感到我也想去这个饭局，也想去跟那个老大认识一下……我仔细回味了一下我的心理活动，觉得这里面有一种一介草民的某种不安全感、盲从感，和对强权的投靠投机意识。然后我就此演绎了这么一个小说，把请神秘人物吃饭，给弄了一个特别庞大的饭局，本来一桌人的饭席，后来一传十，十传百，无数的人赶来，有人拖着行李箱，有人拖家带口，想在这个饭局上结识大人物，以后遇到什么困难可以请他来办事情。我就把这个小说写成了闹剧，最后变得像婚宴那样铺天盖地的一个大宴。这篇小说，就是来自生活中朋友的一句话。

再讲一个例子，讲生活中的外在力量，有时候对具体的写作困境，会有一个挽救与推动。在《奔月》之前，我的上一部长篇叫《六人晚餐》。当时，我写得非常不顺利，写到中间段的时候卡住了，当时写到了七八万字，我记得我不论是到北京出差或者是到哪里出差，整天把电脑背在身上，我总幻想着是不是路上灵感一通就把小说写下去了。我当时写的《六人晚餐》里的主人公是一个厂区的街头少年，随着整个产业转型，而被抛入了悬置、尴尬的境地，是一个通俗意义下的失败者。我在小说里开始写到他的死，但就是一直没有找到他的死亡方式。对于一个写作的人来说，主人公的死亡方式也是我的重要资源，我不会让他心脏病发作，或吃东西卡住死掉了等，我要赋予他的死亡某种意义，这是作家的想法，不是什么高级的想法。但是，因为一直想不好，就卡在这里，卡了有一年多。后来直到有一天，2010年7月28日，记得那天我在安徽黄山，突然手机上接到短信，有人问，你好不好，有没有出现什么状况，还安全吗？我觉得好惊讶，赶紧看新闻才知道这一天，我所在的南京、我所住的那个小区附近发生了一个大的爆炸事件，化工厂的爆炸，因为我家离厂区只有二点五公里左右，所以他们担心我在家里面出事情，我赶紧心急火燎地往家里面赶。还好我在外地，如果在家的话有点儿小残了也难说。我看到我家里面的落地玻璃全都碎了，厨房的冰箱和门，被飞起来的凳子砸坏了，我要在厨房的话恐怕就会受伤。于是我开始收拾、扫玻璃。我听到对门也在扫玻璃，我似乎听到了整个小区的人、整个街的人都在扫玻璃，听到方圆二点五公里的所有被爆炸涉及的人家都在扫玻璃。

就是我在扫玻璃的时候，突然心中一颤，特别地兴奋。我真高兴我是在扫着玻璃，我希望我的玻璃永远扫不完。因为我想到了，我应该让我的主人公死在一场大爆炸中，死在飞来的玻璃里，然后他顺手扯过一块尖玻璃来就把动脉给割了，这个人当时正好有一点儿想自杀，因为很失败，因为当时这个厂子倒了，他的爱情也出现了大问题，他正想借这个时机，离开这个被时代齿轮所抛弃所碾压的生活。所以就这么个细节，使我的整个小说复活了，并使我的整个小说获得了百分之八十以上的价值。我推倒很多篇幅，重新开始铺垫一个大爆炸，开始有了一个倒计时的时间节奏和核心事件，也改变了人物的命运，改变了爱的方向与死亡的重量。因此，我们可以看到，生活中的很多细节，可能对别人是无效的，或者说对别人是有伤害的，或者说事实上对你本人也有伤害，但另一方面，当它变成写作资源的时候，又具有某种化伤害为动力的价值，并且我觉得是非常宝贵的价值。

四

说到我新近出版的《奔月》，它跟前面几部作品的创作路子不太一样。在生活中并没有像上面这样具体的、影像式的反射，只能说是曲折的、混合的一种来自生活的诱因。它最深层次的动力来自对生活的质疑。

不知道读者朋友有没有想过，你们对现在生活中的每一个选择、所达到的每一个目标和每一种占有，是有着非常确定性的感受，还是说带有怀疑，觉得可能是一种偶然性：你选择这个专业而不是那个专业，选择的是这位导师而不是那位导师，你跟这个姑娘成了恋人，而不是另外一个。生活中的事件，虽然是你千方百计经营而来的，但并不见得是我们人生中最恰如其分的选择，说不定只是一种物质文明标准化之下的“高度复制性”。你和你的邻人是一样的。你和你的同事是一样的。你和另一个城市的某人是一样的。你们家冰箱里放着同一个牌子的花生酱，床头柜里面是同一个牌子的内衣，女孩在美容院整成同样的双眼皮，孩子在上同样的奥数培训班……你过的不是你的生活，是高度复制下的模具式的生活。我怀疑很多人会有这种疑惑，我讲几件小事情。

新浪上有一条很奇怪也很出名的微博，是一个早就死去的人留给世界的最后一条微博，他的意思是说我死了，到那边去了，你们好好地过，大概是这个意思，一条临终的留言。但是很奇怪的是，这最后一条微博上竟有三十八万条之多的转发留言，一个很庞大的数字。我很耐心地一条条翻看这些人为什么会有兴趣在这里留言，其实他们跟已故博主完全不认识，也不是过来对这个人表示悼亡之意，完全不是，他们是把这里当成一个树洞，讲生活中的不如意，平庸感与厌倦感——我不想再继续干下去了。我卖够保险了。我厌恶做PPT。我不想对每个人笑。我很烦，每天都一模一样，但没有勇气离开我现在的生活。你很好，你做到了这一步，我真羡慕，想拜托你能不能告诉去往另一个地方，会不会变得更好，有没有不同的世界。

前一段时间，有个玩深潜运动的女生，很优秀，国内知名大学毕业又到国外留学，不仅有很高的学位，在国际深潜界也是排名很靠前的高段位，但有次在勘测水底旧长城的深潜中意外出事，后来在网上形成了非常大的讨论。大家在探讨她的死亡。生前这个女孩子总说，我在淘宝上花一百五十块钱买一件大衣，但是我花十五万买一个潜水设备，我在国外辛辛苦苦做项目挣来的钱，都来买潜水设备了。如何评价她所选择的生活以及最后所抵达的终点，且另说，但我顺藤摸瓜翻到了这个姑娘的主页，有一句话很打动人。大意是：我在做科研、休闲，或生活中的一切，都觉得那只是表面化的“我”在行动，只有当我深潜到深水区的时候，一片黑暗之中，在那里我才觉得我的存在，感觉到我这个人。我是唯一的我。

再比如，一两年前吧，我看到一个新闻，江苏无锡有一个驴友去西藏旅行，中途发生了意外，不知道坠崖了还是什么的，他脱队了。各方面力量出面，前后花了十五万元，终于辛辛苦苦把这个人给找到了。结果他在哪儿呢？他在藏区一个很普通的小旅馆里头平安无事地待着，他非常尴尬地承认：其实我是有意消失的，我想借着这个巧妙的机会离开我原来的生活。没有什么特别的事情，我就是想去西藏待着，和我原来的生活一刀两断。

这些例子是互不相干的。不知大家听了有什么感受，但在我这里，它们都成了某种催化剂，在我的心里产生了各种化学反应，最后混合推进，诞生出《奔月》。《奔月》的内容其实跟上面几个故事并没有任何逻辑关联，但精神上是有某种内在性的。那实际上就是人对自我存在与自我身份的永恒质疑：我是谁，我从哪里来，我到哪里去。当然我是用了比较世俗的故事线：我写了这么一个平常的都市人，她做了一个决绝的打破，真的离开自己的生活，离开她的丈夫、情人、母亲、闺蜜、同事，以无名之躯去往无名之境……具体这里就不做详细地展开了。

五

所有上述这些话，都是以我本人与我的创作为活体，所进行的一个回顾与分享，最后我想讲几句关于这个题目的话。其实我最初的题目是《我以虚妄为业》。后来有读者说，这个题目是不是太灰度了。其实，虚妄不是一个灰色的词啊，它是中性的。

这一方面是我的一个，讲大点儿，是世界观。人生是转瞬即逝的、随时可以终止的。对每个人、每一个个体都是这样的。从这个角度而言，我们做的一切都是很虚妄的。但这并不是悲观主义，如果你能看到、明白、牢记到一切都是无为之为，才可以认识到自己所做的事情的本质的部分，而不在意其表面化的泡沫的部分。我只会去关注到自己想要做的那些事，在这微渺的一生里，过一个相对结实的生活，做我最愿意做的事情，并且用最认真的态度去做。所以虚妄是我的世界观，一个积极的世界观，可以让我更专注、更有激情地去写作。

同时，这也算我写作上的一个方法论。我从一开始到现在，都是以虚构的手段在写作，虚构我认为是具有巨大的空间也有巨大的力量与难度，但不管怎么样虚构，它最根本的还是体现、映射出人间与人性的色彩。当然了，我的色彩可能并不是那么暖色，赤橙黄绿青蓝紫，我大概得从“青”色往后数了，我可能是偏冷色调的，甚至是灰色的部分，更斑斓多义、含混的部分。我觉得任何一种色彩，都很有价值。

（演讲于2017年11月
清华大学“文新论坛”·北京）

我们这二十年

最早知道冯牧奖，是从几位师友简介里看到的，尤其是那些特别精短的简介，几十年写作生涯的众多奖项中，保留下来的极有限的备注里，冯牧奖总是保留其中，并就此传递出冯牧奖独有的分量与气息。记得上一届（2016年）结果出来后，我还补充搜索了从2002年起的所有得主，那是一串令人尊敬的名字，说得夸张点，可谓是串起了近二十年文学创作与批评史上的一大串珍珠。今天我站在这里，首先是非常高兴，也带点惶恐，并想与另外两位获奖者共勉，但愿我们在过去，在现在，在将来的写作，能无愧于这份宝贵的殊荣。

大部分写作者，不管在公众场合表现得如何自信十足、侃侃而谈，那可能出于各种各样的原因与需要，但在内心里，我们实际上都饱受着孤独和不自信的折磨，漫长的写作生命里，常常是苦涩、干枯、形单影只的。这个时候，来自同行、前辈、专业领域的注目，真的特别重要，就像有人在拍拍你的背，鼓励这么一句：干得不错，继续加油。所以，不管国外国内，都有着各样的奖项、排行榜、称号、推荐、比赛，我觉得都是为了给写作者以鼓劲，让各种类型、不同样貌的写作者得到一个被接纳、被肯定和得以传播的机会。

就比如像我这样，我是一个非常典型和传统的、通过文学期刊一步步成长起来的写作者。从1998年写作至今，恰好二十年了。这二十年里最主要的写作行为，就是往全国的大小文学期刊投稿，进行反复的淬炼，先是小刊，然后大刊，先是中短篇，然后长篇，短棒长刀的小手艺就这样一天天地练，然后才慢慢进入批评家视野，再慢慢进入出版领域，再进入媒体和公众……当然，最后这个媒体与公众，惭愧，也只能说是相对程度的进入，因为我们这种写作模式可以说是平淡无奇的，缺乏“传播学意义上”的标签或辨识度，但这又确实是我们这一代（也可能是最后一代）中大多数写作者的成长路径，我们仍然在以传统、以几乎是保守主义的方式在缓慢地自我锻炼，我们对文体感或写作观总是怀有执念，对流行或市场化有自己的态度与选择，我们还存有纯粹文学意义上的野心并被这种野心所折磨，从而成了更加孤独和不自信的写作者。

而这二十年的写作期，也是整个时代在高速发生着巨大变化的重要时期，我或者说我们目睹或参与着文学的忽而喧哗躁动忽而静水深流；眼看着网络兴起，数字出版与碎片化阅读的前潮后浪；与此同时，伴随着各自肉身的城乡迁徙，我们的文本场域也自乡土转为都市；时间在让我们变老的同时，也酿造着我们的感受与创造力，我们开始从个体经验的局限扩展到与外部的呼应；随着整个家国力量的崛起，我们也开始在世界文学版图中一点点构造起自己的疆界。我们实践着也见证着，文学在以貌似弱小和无形的方式，在嘈杂狂飙的世界中耐心传递着安静的力量。

也许从某个角度来说，所有的写作都是镜子，映照着自我，映照着他人，也映照着时代的斑斓与激越。因为我们每个写作者都在以不同样貌的努力，试图捕捉和呈现这激荡时代巨躯上所悬挂着的、如同苍耳一般的精微个体——随着时势的脉动与行进，苍耳们会有着共同频率的振动，也有自我意志的伸张，并从中折射出人性的委泥与飘逸，其中的爱与梦，以及无限可能。

最后，再次感念为此奖提供不朽命名的冯牧先生，感念所有到场和未到场的评委以及幕后的工作人员。也许，我们今天这个奖对社会大众的意义可能只是一则新闻或一条书单或几个名字，可能在第二天就被更重要的其他领域的消息所覆盖，但对文学道中人来说，文学奖总是持久的精神之光，是对所有过去那些“茫茫黑夜漫游”的褒奖与慰藉，也是对未来更漫长跋涉的持续能源供给——从这个意义上说，正因为有了像冯牧奖这样带有专业和肯定的目光，才形成了一种无形又公允的文学力量，推动着每一个写作者不断向前、走得更远，同时也带动整个文学场域的生生不息、蓬勃生长。

（演讲于2018年5月

第五届冯牧文学奖颁奖典礼·北京）